LINUS REICHLIN   Keiths
Probleme
im Jenseits

LINUS REICHLIN

Keiths
Probleme
im Jenseits

Roman

Galiani Berlin

Verlag Kiepenheuer & Witsch, FSC® N001512

1. Auflage 2019

Verlag Galiani Berlin
© 2019, Verlag Kiepenheuer & Witsch, Köln
Umschlaggestaltung Manja Hellpap und Lisa Neuhalfen, Berlin
Umschlagmotiv Hibiskus: © mauritius images/ImageBroker
Palme: © mauritius images/Winyu/Alamy
Hanfblätter: Normen Posselt/© Getty Images
Papagei: Kaphoto/© Getty Images
Hintergrund: www.myfreetextures.com
Lektorat Esther Kormann
Gesetzt aus der Utopia
Satz Buch-Werkstatt GmbH, Bad Aibling
Druck und Bindung GGP Media GmbH, Pößneck
ISBN 978-3-86971-191-1

Weitere Informationen zu unserem Programm
finden Sie unter *www.galiani.de*

Für Birgit

In the vastness of astrological space and geological time that what seems impossible might turn out to be inevitable.

Richard Dawkins

DIE SCHLECHTE NACHRICHT

Ich hatte Rebekka noch nie gesehen, und ich sagte ihr das auch. Sie sagte, du bist komisch, ist doch klar, dass wir uns noch nie gesehen haben, deswegen sitzen wir ja hier. Sie wollte in dieses Sushi-Restaurant, und ich dachte mir schon, dass das nichts wird, denn an Sushi passt mir nichts. Sie sagte, warum hast du mir das nicht vorher gesagt, dann hätte ich dich gar nicht gedatet. Sie sagte *gedatet*, dabei hatte ich in die Suchmaske unter *Alter meines Wunschpartners* 59 eingetragen, ich wollte eine gleichaltrige Frau für ein späteres Paarbegräbnis. Ich sagte Rebekka, dass ich Frauen nicht *date,* sondern sie manchmal nicht *understande.* Sie sagte wieder, dass ich komisch bin, und wenn sie es zweimal sagen, ist es aus, so viel verstehe ich von ihnen. Aber das Sushi war schon bestellt, und außerdem saßen am Nebentisch zwei Frauen, die mir gefielen, sie wirkten auf mich irgendwie gleichaltriger als Rebekka. Früher hätte ich sie spontan angesprochen, aber seit ich Frauen nur noch im Internet suche, brauche ich einen Bildschirm und einen Decknamen, um den ersten Schritt zu machen. Rebekka sagte, sie habe mit ihrem Mann ein halbes Jahr in Shanghai gelebt, deswegen liebe sie Sushi. Ich sagte, Sushi sei Japan, nicht China, und dann musste ich ihr zeigen, wie man mit Stäbchen isst. Sie hielt die Stäbchen in der Faust wie eine Brotzange. Sie sagte, sie habe es in Shanghai sehr gut gekonnt, jetzt aber vergessen, wie man's macht. Ich sagte, mit Stäbchen essen sei wie Schwimmen: So was brennt sich einem ein. Sie fragte mich, ob ich wirklich Physiker sei, und ich sagte, das hätte ich nie behauptet.

Eine der Frauen am Nebentisch atmete plötzlich ein vor Schreck. Sie sagte, oh nein, Keith Richards ist gestorben! Sie hielt ihrer Freundin das Handy hin, und die sagte, oh nein, nicht er auch noch!

Das konnte aber nicht stimmen. Ich hatte nämlich gerade vor zwei Tagen noch ein aktuelles Interview mit Richards auf YouTube gesehen, CNN, und er hatte von der neuen Platte gesprochen, und dass er, wenn er nur eine Gitarre auf die Insel mitnehmen könnte, sich für seine Stratocaster entscheiden würde. Er sah da überhaupt nicht aus wie einer, der zwei Tage später tot ist.

Rebekka sagte, ihr Mann sei nach achtzehn Jahren Ehe nicht mehr derselbe gewesen wie als sie ihn kennenlernte, er habe sich zu einem Sadisten entwickelt. Ich sagte zu den Frauen, da haben Sie bestimmt was falsch verstanden. Keith Richards hat so vieles überlebt, der stirbt doch nicht einfach unangekündigt. Er ist vielleicht einfach nur wieder mal von einer Palme gefallen. Nein, nein, sagte die eine Frau, da, sehen Sie doch, er wurde tot aufgefunden, es steht auf Spiegel Online. Spiegel Online!, sagte ich. Ich habe früher den Spiegel jeden Montag auf meinem Sofa gelesen, ich habe Chips und Salami dazu gegessen, das war eine Tradition. Aber damals war der Spiegel auch noch eine Zeitung, für die es sich zu essen lohnte. Heute würde ich nicht mal mehr ein Salznüsschen dazu essen. Die andere Frau sagte, es steht auch auf FAZ Online. Es tut mir leid, dass es Ihnen so nahegeht. Aber für mich ist es auch ein Schock. Er war so ein einzigartiger Typ!

Mir geht es nicht nahe, sagte ich, nicht bevor das verifiziert ist. Rufen Sie mal CNN auf, ob es da auch steht!

Rebekka sagte, sag mal, bin ich eigentlich auch noch da? Also ich hab auf Parship ja schon viel Bescheuertes mit Männern erlebt, aber so was noch nicht! Ich sagte, klar bist du auch noch da, aber jetzt muss das erst mal geklärt werden. Es ist doch schon geklärt!, sagte eine der Frauen. Wir können nämlich lesen, auch wenn wir keine Bärte haben! Das hat er doch gar nicht so gemeint, Lea, sagte die andere, es geht ihm nur einfach nahe, mir ja auch.

Ich wusste einfach, dass es Fake News war, ich spürte es. Nein, danke, nicht nötig, sagte ich, als Lea mir ihr Handy hinhielt mit den Worten, da, CNN, die schreiben es auch. Ich hatte mein eigenes Handy im Auto liegen lassen, und ich wollte mich nicht auf das verlassen, was auf den Handys anderer stand. Ich wollte es mit eigenen Augen sehen, und ich war sicher, zwei Stunden später korrigierten sie es auf CNN mit dicken Buchstaben: *Keith Richards still alive! Sorry!*

Ich habe extra einen Babysitter bestellt, um mich mit dir zu treffen!, sagte Rebekka.

Keith Richards hat das Heroin überstanden, die Zigaretten, den Jack Daniel's, er war schon immer ein bisschen tot gewesen, jahrzehntelang dachte man, dass er der Nächste ist – einen Babysitter? Du hast doch geschrieben, dass deine Kinder aus dem Haus sind, sagte ich zu Rebekka, und sie sagte, ach so, nein, ich meine mein Enkelkind, meine Tochter ist in New York, und ich passe auf Renesmee auf, und das tue ich auch gern, obwohl die Kleine gerade eine Phase durchmacht, in der sie Koliken hat.

Was war denn Ihr Lieblingssong der Stones?, fragte mich die andere Frau, die nicht Lea hieß. Aber ich war einfach noch nicht so weit. Ich wollte noch nicht von Lieblingssongs sprechen, ich wollte auf das Dementi von Keith Richards warten, *I'm alive and kicking despite the rumours some women are spreading.* Meiner war *Wild Horses,* sagte sie. Oder ist. Ich sage schon, war. Puh, das hat mir jetzt richtig den Appetit verschlagen!

Ich liebe *Wild Horses,* sagte ich, und ich werde es ihn spielen hören, wenn er das nächste Mal in Berlin auftritt. Das spüre ich einfach. Er wurde schon so oft totgesagt wie … Mir fiel kein Vergleich ein. Wie die Liebe, sagte ich, und Nicht-Lea lächelte mich schief an.

Ich sagte zu Rebekka, dass ich ehrlich sein wolle und sie im Moment nicht das Zentrum meines Interesses sei. Zu Nicht-Lea sagte ich, ich werde das jetzt überprüfen. Sie sagte, ja, mach das.

Ich setzte mich in mein Auto, wo ich mich immer wohlfühle, wenn es regnet oder sehr kalt ist, oder wenn ich mich mit einer Frau gestritten habe, dann fahre ich mit diesem Auto durch die Stadt und weine und denke, dass ich ein sehr empfindsamer Mann bin, der wegen jeder Kleinigkeit weint, und dass die Frau mich überhaupt nicht verdient hat, und das Beste ist die Musikanlage. Wenn ich weinend durch die Stadt fahre, höre ich mir *On The Attack* von Langhorne Slim and the Law an und freue mich darüber, dass diese Band ein Geheimtipp ist, den nur ich kenne, die Band spielt praktisch nur für mich. Wenn ich im Auto gerade nicht weine, höre ich mir regelmäßig die alten Stones-Platten an, *Sticky Fingers, Bridges of Babylon, Goats Head Soup,* und wenn es dann noch regnet oder sehr kalt ist, ist mein Glück vollkommen. Aber an jenem Tag war mein Auto keine Zuflucht, nicht, nachdem ich auf meinem Handy die Todesnachricht auf CNN gelesen hatte. Da stand in einer nicht zu überbietenden Deutlichkeit, dass Lea recht hatte: Er war tot. Die Nachricht war zu detailliert, um Fake News zu sein, ich wusste, es wird kein Dementi kommen. Höchste Instanzen waren davon überzeugt, dass Keith Richards tot war: Charlie Watts, Mick Jagger, Johnny Depp. Sie wurden alle zitiert, ihre Trauerworte zeugten von Erschütterung und Angst, Jagger wusste ja, dass die Stones damit erledigt waren. Ich saß in meinem Auto, und es begann zu regnen und wurde kalt, so als versuche das Auto, mich in die übliche behagliche Stimmung zu versetzen.

Keef is dead.

The Riffmaster died.

Michael Jackson, Prince, David Bowie, Leonard Cohen, Lou Reed: na gut, auch schlimm. Auch ein Verlust. Aber bei Keith war es etwas anderes: Keith hätte nicht sterben dürfen. Das war nicht nur ein Verlust, es war eine Epochenwende. Ich spürte: Von jetzt an stirbt jeder. Das war nur logisch, denn wenn er gestorben war, dann würden wir erst recht sterben, die ganze verdammte Generation. Es war kein Verlust, es war die Ouvertüre zum großen Verschwinden.

Aber solche Überlegungen machte ich mir damals gar nicht, damals saß ich einfach nur in meinem Auto und war erschüttert. Ich schaute mir auf dem Handy Fotos von ihm an, dieses breite Grinsen zwischen zwei großen Ohren, diese Faltenpracht, die man sonst nur bei frisch geborenen Babys nach ihrer Reise durch den Geburtskanal sieht, diese Hüte, die nur er tragen konnte, diese Schals in den jamaikanischen Nationalfarben, diese Zigaretten, diese Whiskey-Flaschen, diese knotigen Finger mit den kurzen, breit gedrückten Kuppen, unglaublich muskulöse Finger, die sechzig Jahre lang auf dem Griffbrett unterwegs gewesen waren, und das alles lag jetzt in irgendeinem Behälter. Die organischen Moleküle begannen allmählich zu merken, dass der Nachschub ausblieb, es fiel ihnen immer schwerer, sich aneinander festzuhalten, schon löste sich das erste Molekül von seinen Nachbarn und trieb allein und sinnlos in der Suppe herum. Der Tod ist ein Phänomen der molekulären Ebene, auf der ging es bei Richards jetzt zu wie in einem Zuckerwürfel, den man ins Wasser legt. Vielleicht habe ich mich aus diesem Grund vor vielen Jahren für die subatomare Ebene entschieden, auf der der Tod völlig unbekannt ist, ein Elektron hat eine Lebensdauer von sechsundsechzig Quadrillionen Jahren – nur ein Pedant würde das nicht als *unsterblich* durchgehen lassen. Keith Richards' Quarks und Elektronen machten alle weiter wie bisher, egal ob in einer Urne oder einem Zinksarg, das scherte sie überhaupt nicht. Sie waren quicklebendig, aber wenn ich das meinen Schülern jeweils bei den Vorträgen erzähle, tröstet es sie überhaupt nicht, sie sagen, *Kann schon sein, aber mein Opa war für mich mehr als ein Elektron.*

Ich fuhr nach Hause, und in den nächsten Stunden trank ich so viel Bier, wie ich konnte, und ließ jede einzelne Stones-Platte, die ich besaß, durch meine Hände gleiten.

Goats Head Soup: Da war ich fünfzehn oder sechzehn. Verliebt in Ruth Vollmer. Blonde Dauerwelle, Schlaghose mit kleinen aufgestickten roten Herzchen an der Innenseite ihrer Schenkel, dieses kleine Miststück! Diese prallen Jeansschenkel, und dann diese roten Herzchen, genau da, wo man als Junge die Hände hinlegen wollte. Sie flüsterte mir auf dem Pausenplatz ins Ohr, dass sie mich liebt, das war ihre Taktik: So lange sie es nie laut sagte, wusste keiner, wie vielen sie es sonst noch gesagt hatte. Ruth Vollmer. Und dann mit ihr schmusen, in meinem Zimmer, als die Eltern endlich mal von jemandem zu einer Grillparty eingeladen worden waren. Ich hätte in meinem Zimmer viel mehr Mädchen küssen können, wenn meine Eltern sympathischer gewesen wären. Die Stones spielten *Can you hear the music?*, und ich spürte zum ersten Mal eins dieser roten Herzchen in meiner Handfläche. Die Stones sangen *Winter*, dieses Stück erzeugte die ideale Stimmung, um Ruth den Pullover hochzuschieben. Bei *Angie* war ich schon mit der Spitze in ihr drin, aber plötzlich überlegte sie es sich anders und wollte noch warten. Ich fragte, worauf, sie sagte, das ist ein so schönes Lied, er singt von der Liebe. Ich sagte, er singt von der körperlichen Liebe, und sie sagte, nein, schau mir in die Augen, siehst du das? Ich fragte, was? Sie sagte, davon singt er, davon! Die Stones sangen *Silver Train*, das war ein vorwärtsdrängendes Stück.

Silver train is a comin'
Think I wanna get on now
oh, yeah, oh, yeah!

Bis heute ist *Goats Head Soup* für mich mit dem Gefühl unerfüllter Geilheit verbunden, blödsinniger, verschwitzter Geilheit, die dumm im Raum rumsteht. Und so ging das weiter. Jede der alten Stones-Platten löste Erinnerungen aus, meistens an Frauen oder Teile von Frauen wie die schlanken Füße von Celina Hubacher. Sie hatte die Füße in schwarze, durchsichtige Strümpfe gesteckt, so was sah man damals nicht jeden Tag. Als Celina merkte, dass ich und meine Kumpel auf ihre Füße starrten, legte sie eine Hundedecke drüber. Wir hörten an jenem Abend *Sticky Fingers,* Celinas Bruder hatte die Platte gekauft, jeder wusste, warum. Er war schwul und konnte dem Reißverschluss nicht widerstehen. Wahrscheinlich nahm er das Plattencover nachts mit ins Bett und zog den Reißverschluss hoch und runter, bis er in einen unruhigen Schlaf fiel. Später hat er sich im Ferienhäuschen seiner Eltern erhängt, ich habe seinen Namen vergessen. Es konnte nun mal nicht jeder auf die wundervolle Reise durch die Siebzigerjahre mitkommen, es konnte nicht jeder zu *Brown Sugar, Honky Tonk Woman* und *Wild Horses* gehören, und *gehören* ist das beste Wort: Man hörte sich diese Musik nicht an, man gehörte zu ihr oder eben nicht. Und wir beide gehörten dazu, nicht wahr, Jake? Du und ich, wir waren Schwarmfische, uns konnte man nicht von irgendeinem der anderen Späthippies unterscheiden, die in London, Hamburg, Zürich oder San Francisco aus den Seitenklappen der Kartoneinsätze von Zigarettenschachteln Mundstücke für Joints drehten. Wir sahen alle gleich aus, trugen dieselben Kleider, dachten dasselbe, sagten dasselbe, nämlich dass wir anders sind, dass wir Nonkonformisten sind. Und Keith war der Leitfisch, er sagte, macht einfach alles, was ich mache, Jungs, dann seid ihr dabei, dann können sie euch nichts anhaben. Jeder von uns wollte auf Partys so daliegen wie Keith auf dem berühmten Foto, auf dem er neben Anita Pallenberg liegt, mit offenem Mund und eingefallenen Wangen. Er war so bewundernswert voller Drogen! Das hat mir sehr imponiert, und ich hasste die Kleinstadt, in der ich lebte, dafür, dass man hier nicht mal auf öffentlichen Toiletten Drogen kaufen konnte, sogar dort gab's nur Bier und auch nur, wenn man es selber mitbrachte. In der Kleinstadt gab es nichts zu kaufen, es war wie im Krieg. Ab und zu brachte mal einer ein Klümpchen Shit mit, auf dem man die Fingerabdrücke derjenigen sehen konnte, die darauf rumgedrückt hatten, um herauszufinden, ob es echtes Haschisch war. Später fanden wir raus, dass man das durch Drücken gar nicht rausfindet. Wenn die Polizisten uns bei der einzigen öffentlichen Toilette rumstehen sahen, sagten sie, na, ihr Hippies, sucht ihr Drogen? Da könnt ihr lange suchen, hier gibt's keine! Es waren sadistische Schweine, nicht wahr, Jake.

Plötzlich stand Jake vor der Tür. Er sagte, hast du's gehört, Keith Richards ist tot! Er ist tot, und da hab ich's bei mir zu Hause nicht mehr ausgehalten, ich dachte, ich bin der Nächste. Vielleicht bin ich ja der Nächste, sagte Jake, das ist wie bei den Hochzeiten, wenn die Braut den Blumenstrauß über die Schulter wirft. Tut mir leid, wenn ich dich störe, ist es zu spät, soll ich wieder gehen?

Ich hab Bier mitgebracht. Ich sagte, dass ich das sehe, denn er trug einen ganzen Kasten vor der Brust.

Wir setzten uns bei mir ins Wohnzimmer, er sagte, das ist ja aufgeräumt hier! Ich warf ein paar Bücher auf den Boden. Jake hatte auf dem Bierkasten Stones-Platten mitgebracht, ich sagte, Jake, die hab ich doch auch! Ja, aber schau mal, sagte Jake, hier hat Anneliese 1972 was mit Filzstift hingekritzelt, hier aufs Cover von *Beggars Banquet,* in die war ich wahnsinnig verliebt, aber eigentlich eher sexuell. Dementsprechend hatte sie mit Filzstift geschrieben: *Make love again with me, Jake.* Die Hälfte der Anziehungskraft, die Jake damals auf Mädchen ausübte, verdankte er seinem englischen Namen. Im Pass hieß er Jakob. Die andere Hälfte verdankte er der Tatsache, dass er als Kind zwei Monate in den USA gelebt hatte, *I'm half American, you know, Anneliese.* Er sagte es leider auch oft bei unseren Auftritten, wenn wir auf einer Hochzeit spielten oder neuerdings immer öfter auf Beerdigungen von alten Rockfans, oder bei Betriebsfeiern mittelständischer Unternehmen. Zwischen zwei Coversongs trat er plötzlich aus seinem Bassistenschatten heraus ans Sängermikrofon und sagte, *I'm half American, you know, and therefore …* Therefore dies, therefore das. Ich hab ihm wirklich schon oft gesagt, dass nicht mal Jack Bruce bei einem Konzert jemals irgendeine Mikrodurchsage persönlicher Art gemacht hat, für Bassisten gehört sich das einfach nicht. Nur der Sänger und allenfalls der Gitarrist sind zu solchen Bemerkungen befugt. Ach was, sagte Jake, die Zeiten haben sich geändert, die Frauen, die Schwulen und die Bassisten melden sich jetzt zu Wort.

Jake sagte, dass sogar die Jungen noch wissen, wer Keith Richards ist, und ich sagte, bald werden es nur noch die Jungen wissen, Jake, denn wir werden es vergessen. Als ich meine Mutter letztes Mal im Heim besuchte, saß sie vor einem Teller mit einem Spiegelei und fragte mich, was das sei. Ich sagte, das ist ein Spiegelei, Mama, und sie steckte die Gabelspitze ins Eigelb, leckte es vorsichtig ab und sagte, kommt das nicht aus dem Arsch eines Huhns? Ich hatte sie noch nie das Wort *Arsch* sagen hören, sie war Klavierlehrerin gewesen. Ach, Jake, sagte ich und strich ihm über seine strähnigen grauen Haare, die sich anfühlten wie Stahlwolle. Am Scheitel hatte er eine Lichtung, auf die er bei den Konzerten eine blaue Wollmütze setzte, aber an den Schläfen und hinten im Nacken wuchs noch genug für einen dicken Rossschwanz.

Ich kann's einfach immer noch nicht glauben, sagte Jake. Er strich sich mit dem Handrücken eine Träne weg. Jetzt weine ich auch noch wegen diesem Mistkerl!, sagte er. Wir schauten uns auf meinem Notebook ein paar der Sticker an, über die Jake und ich früher immer geschmunzelt hatten.

EVERYONE'S DYING, BUT KEITH RICHARDS IS
JUST OVER HERE LIKE DEATH CAN'T TOUCH HIM!

FÜR JEDE ZIGARETTE, DIE DU RAUCHST,
RAUBT GOTT DIR EINE STUNDE DEINES LEBENS
UND SCHENKT SIE KEITH RICHARDS.

KEITH RICHARDS DIED 20 YEARS AGO –
BUT NOBODY BOTHERED TO TELL HIM.

EVERY TIME A CELEBRITY DIES KEITH RICHARDS
GAINS A YEAR.

WIR MÜSSEN UNS ALLMÄHLICH ÜBERLEGEN,
WELCHE WELT WIR KEITH RICHARDS
HINTERLASSEN WOLLEN.

Es sind dumme Sprüche, aber wenn man sie auf Facebook oder anderswo sah, kamen sie einem vor wie ein kleines Fäustchen, das sich dem Tod entgegenreckt. Es war einfach schön, dass einer überlebte! Dass er so viele Jahre lang einfach nicht starb! Was haben wir Menschen denn sonst! Nichts! Nur diese eine Hoffnung!

Und jetzt liegt er drei Fuß unter der Erde, sagte Jake.

– Ich dachte, es sind sechs Fuß?

– Bei uns in den USA sind es drei Fuß.

– Aber *Six feet under* ist doch eine amerikanische Serie!

– Aber nicht aus Arizona. Ich hab in Arizona gelebt. Und in Arizona sind es drei Fuß, wegen dem Wüstenboden. Im Sommer müssen sie den mit Presslufthämmern aufbohren. Es ist außerdem gar nicht nötig, dass man die Leichen tiefer als drei Fuß vergräbt.

Man könnte sie an der Oberfläche liegen lassen, und sie wären in drei Tagen verschwunden: Ameisen.

Es war schon zwei Uhr nach Mitternacht, und wir hörten uns *Exile on Main Street* an, *Tumbling Dice*, niemand weiß es, aber das ist der beste Song, den Richards und dieser andere, den Jake und ich nicht mögen, geschrieben haben. Wir tranken den Bierkasten, und Jake kiffte, er wollte, dass ich Kerzen anzünde, er wollte in eine Flamme starren, und danach wollte er ein Butterbrot mit Emmentaler, und er wollte Honig.

Glaubst du, dass wir es noch schaffen?, fragte Jake und starrte in die Kerzenflamme. Er meinte damit den Welterfolg. Ich sagte, wir sind eine gute Coverband, mir reicht das. Ja, aber du hast Kinder. Du hast eine Ex-Frau. Du hast eine Ex-Familie. Du bist ein berühmter Physiker. Mit dir hat es das Leben gut gemeint.

Ich weiß nicht, warum die Leute immer denken, dass ich ein berühmter Physiker bin! Ich bin nur Autor von populärwissenschaftlichen Büchern über Quantenphysik, von denen ein einziges ins Englische übersetzt worden ist. Es heißt *The earth is an unlikely place,* und die genaue Zahl der Verkäufe im englischsprachigen Raum beträgt 231. Und eine Ex-Frau ist keine Geliebte. Man ist nachts nicht weniger allein, nur weil man eine Ex-Frau hat. Und Kinder hat man, wenn sie klein sind und im Zustand der Furcht leben, dass ihre Eltern sie im Wald aussetzen könnten, wovon sollten sie sich dann ernähren? Sie wissen, wenn sie klein sind, genau, dass sie kein Eichhörnchen fangen können, und selbst wenn es ihnen gelänge, könnten sie es nicht braten, denn sie haben kein Feuerzeug. Aber sobald Kinder ein Feuerzeug haben, ziehen sie in eine Wohngemeinschaft, und sobald sie einen eigenen Herd haben, in eine eigene Wohnung, und sobald sie eine eigene Wohnung haben, leben sie mit jemandem zusammen, den sie lieben, der aber ihre Mutter oder ihren Vater oder beide nicht mag, und der am Sonntagnachmittag sagt, ich hab wirklich keine Lust, mir wieder anzuhören, wie dein Vater die Rekolonialisierung Afrikas fordert. Sobald die Kinder jemanden lieben, sieht man sie nur noch so selten, dass man Freundschaften wie meine mit Jake zu idealisieren beginnt. Wenn einer sagt, für mich zählt nur noch die Freundschaft, weiß man: Der Mann hat keine Frau und sieht seine Kinder nur zu Weihnachten.

Das sagte ich zu Jake an jenem Abend. Ich sagte, Jake, ich weiß nicht mehr, was ich dir gerade sagen wollte, und ich weiß auch nicht mehr, was ich vorhin zu dir gesagt habe. Ich glaube, ich sollte jetzt ins Bett gehen.

Jake fragte, ob er bei mir auf dem Sofa übernachten könne. Er sagte, er hat Angst, in seine leere Wohnung zu kommen, dort hängt doch das Foto von ihm und dem Präsidenten des deutschen Rolling-Stones-Fanklubs. Der Präsident hat Keith persönlich gekannt! War backstage bei einem Konzert der Stones in Düsseldorf. Hätte ich jetzt sagen soll, dreh das Foto einfach um, Jake, wir müssen jetzt die letzten paar Jahre ohne Keith weitermachen? Nein. Ich sagte stattdessen, du weißt, es ist ein neues Sofa, also geh bitte vor dem Schlafen zur Toilette, Jake, ich möchte, dass deine Blase wirklich ganz leer ist. Es ist schön, einen Freund zu haben, der angreifbar und ein wenig hilflos ist, das findet man heute nicht mehr oft.

Die ganze Zeit über, während ich mit Jake an jenem Abend Abschied von Keith Richards nahm, bekam ich Anrufe auf mein Handy. Ich sah es, weil es aufleuchtete, aber ich hatte es stumm geschaltet, und das Aufleuchten ließ mich kalt, denn um diese Zeit rief mich bestimmt keiner aus beruflichen Gründen an, und wer sollte mich aus persönlichen Gründen anrufen? Ich schaute mir die Anrufe nach dem Zähneputzen an, bevor ich ins Bett ging. Es war fünfmal dieselbe Nummer, eine ausländische. Ich dachte, sicher wieder das Callcenter einer Krankenkasse, die mir eine Grabpflegeversicherung aufschwatzen will, weil sie gesehen haben, dass ich bald sechzig werde. Die hatten mir sogar auf die Mailbox gesprochen. Eines Tages schicken sie eine bewaffnete Drohne mit einem Vertragsentwurf zum Fenster rein. Ist man noch Kunde oder schon Schlachtvieh? Ich löschte alle Anrufe. Aber bevor ich einschlief, sah ich im Dunkeln das Handy auf dem Nachttisch noch mal aufleuchten, und jetzt hatte ich doch das Gefühl, dass mich vielleicht jemand sehr dringend zu erreichen versuchte.

DIE GUTE NACHRICHT (1)

Am nächsten Morgen rüttelte ich Jake wach. Ich hatte in einer Stunde im Zug nach Karlsruhe zu sein: Vortrag an einem Gymnasium. Jake sagte, vergiss nicht, am Samstag ist der Auftritt in Potsdam, Hiller kommt. Es war eine Scheidungsfeier, zweihundert Leute. Der Bruder des bekannten Fernsehmoderators Hiller hatte sich nach achtzehn Jahren Ehe von seiner Frau scheiden lassen, aber die beiden mochten sich immer noch und wollten sich auf einer Scheidungsfeier zusammen mit all ihren Freunden tränenreich voneinander trennen. Hiller hatte uns seinem Bruder als Coverband empfohlen, er hatte uns mal bei einer Hochzeitsfeier gehört, er besaß angeblich einen Zigarettenstummel von Dylan, und wir konnten Dylan wirklich gut, vor allem den Dylan der *Blood On The Tracks*-Ära. Hiller hatte Jake in einer Mail geschrieben, wenn Dylan stirbt, möchte ich, dass ihr in meiner Talkshow ihm zu Ehren *Simple Twist of Fate* spielt. Jake sagte, das könnte unser Durchbruch sein, Fred, aber wir müssen bei der Scheidungsfeier perfekt spielen, sonst überlegt er es sich anders, und ich sagte, das weiß ich doch, ich hab den Auftritt gespeichert, ich werde dort sein, Samstag, fünfzehn Uhr Soundcheck. Jake sagte, er habe nur einfach das komische Gefühl, dass ich nicht dort sein werde. Ich sagte, hör auf, mir Angst zu machen. Im Gegensatz zu dir glaube ich nicht, dass ich der Nächste bin. Wenn jemand nicht dort sein wird, dann du! Jake sagte, heißt das, dass es dir lieber wäre, wenn ich sterbe und du nicht? Natürlich wäre mir das lieber, Jake, jetzt muss ich aber wirklich los.

Die fünfte Gymnasialklasse in Karlsruhe war an meinem Vortrag so interessiert wie ein Baby an Zitronensaft. Ich sagte, meine Mutter habe vergessen, was ein Ei ist, aber damit sei sie in guter Gesellschaft, denn eines Tages werde niemand im ganzen Universum mehr wissen, was ein Ei ist, und die Zeitspanne, in der jemand es gewusst habe, werde so astronomisch viel kleiner sein als die Zeitspanne, in der keiner es mehr weiß, dass im Rückblick gesehen Eier nie existiert hätten. *In the long run nothing ever existed.* Das ist ein großartiger Gedanke, aber wenn man einem Baby Zitronensaft in den Mund träufelt, ist es vollständig mit seinem Widerwillen beschäftigt und unempfänglich für die Schönheit eines physikalischen Gedankens. In der vordersten Reihe saß eine schwarzhaarige Selfie-Queen, die ständig mit dem Fuß wippte. Ihr Zwischenruf *Wie kann man denn so was wie Eier vergessen?* machte aus der Klasse eine Horde Brüllaffen, die fortan jedes Mal, wenn ich das Wort benutzte, auf den Ästen herumsprang und brünstige Laute ausstieß. Ich war froh, dass ich angerufen wurde. Ich hatte vergessen, das Handy stumm zu schalten, aber wen kümmerte das noch? Es war wieder diese ausländische Nummer, und ich dachte, mir egal, dann lasse ich mir eben vor der versammelten Klasse die fünf Vorteile der Grabpflegeversicherung erklären, meistens sind es ja fünf Vorteile und nicht drei oder zehn. Drei wären zu wenige, und bei zehn würde es zu lange dauern, also entscheiden die Marketingleute sich für fünf.

Aber es war Ben. Ben Harper! Ich konnte ihn zuerst nur schlecht verstehen, weil die Brüllaffen noch über die letzte Erwähnung des X-Wortes erregt waren. Ich sagte, haltet mal die Klappe, Leute, ich muss telefonieren. Die Klasse wurde still, ich hatte es jetzt mit zwanzig Ohrenpaaren zu tun. Ben, sagte ich, Ben Harper? Warst du das, der mich die ganze Zeit angerufen hat? Ich sagte es natürlich auf Englisch, die Schüler hörten mit zusammengekniffenen Augen zu, so als sähen sie an einem nebligen Tag in der Ferne ein Tier, ohne aber erkennen zu können, ob es ein Kamel oder ein Elefant ist.

Ben sagte, er habe siebenmal angerufen, warum gehst du denn nicht ran? Aber ist egal, ich kann's dir sowieso nicht am Telefon sagen. Und wir haben jetzt wirklich keine Zeit mehr, Fritz. Ich sagte, wieso Fritz, ich heiße Fred. Er sagte, Mann, wir haben uns seit dreißig Jahren nicht mehr gesehen! Zwanzig, sagte ich, und er sagte, ich sage jetzt nur ein Wort: Schirmchen. Kannst du dich noch erinnern? Schirmchen. Ich erkläre dir alles, wenn du hier bist, ich schicke dir meine Adresse mit einer Textnachricht auf deine Nummer. Okay? Fred? Er fragte mich, ob ich noch dran sei. Ich sagte, klar, aber wo bist du? Er sagte, in Brooklyn, wo denn sonst? Aber ich kann jetzt nicht nach Brooklyn kommen, sagte ich, ich hab am Samstag ein wichtiges Konzert, na ja, nicht gerade Konzert, aber es ist ein Auftritt. Ben sagte, Schirmchen. Muss ich es noch mal sagen? Ein Schüler schnippte mit dem Finger und fragte mich, was ein *Cocktail Umbrella* sei?

Ich hatte Ben Harper vor zwanzig Jahren im *Club Med* auf Djerba kennengelernt, während einer vorübergehenden Trennung von Louise, meiner Ex-Frau, die gerade unser zweites Kind bekommen hatte, und da dachte ich, es wäre vielleicht gut, sich mal zu trennen, damit die Kinder sich früh daran gewöhnen. Ben saß an der Strandbar unter einem Strohdach, und ich setzte mich dazu, weil ich bald abreiste und im Club noch niemanden kennengelernt hatte, ich galt unter den Kellnern schon als Sonderling, sie sagten, *you are always alone, why? Why not make friends, it's the concept of the Club Med.* Okay! Ich setzte mich also zu Ben, und neben uns saß eine Australierin, die einen riesigen Strohhut trug und einen Bikini mit Schlaufen. Sie war krebsrot, ich hatte das Bedürfnis, sie einzucremen. Wir tranken alle drei Cocktails mit Schirmchen, sie sagte, heute ist mein letzter Tag hier, ich glaube, ich möchte noch eine

Dummheit begehen, bevor ich abfliege. Sie sagte, sie werde denjenigen von uns in ihren Bungalow mitnehmen, der vor ihren Augen das Cocktailschirmchen isst. Ich dachte, mit diesem Sonnenbrand, den sie da hat, wird sie im Bett sein wie eine Tellermine, die bei der kleinsten Berührung explodiert. Ich biss trotzdem ins Schirmchen, ich dachte, vielleicht kriegst du es runter, wenn du die Holzstäbchen zuerst in kleine Stücke beißt und dann alles mit dem Cocktail runterspülst. Aber das Holz stammte offenbar von einem Baum, der in einer Gegend wächst, in der es viele Ziegen gibt, hier können nur Bäume mit bissfestem Holz überleben. Ich weiß nicht, wie Ben es schaffte, das Schirmchen so schnell zu essen! Er zeigte der Australierin seine leeren Handflächen und sagte, kein Trick, ich hab's wirklich gegessen, es schmeckte noch ein bisschen nach Zitrone, das hat es mir leichter gemacht.

Eine halbe Stunde später lag er auf einer Bahre und rang nach Luft. Er drückte meine Hand und wollte etwas sagen. Der Arzt sagte, *don't speak! Don't speak!* Der Arzt schwitzte, er war noch sehr jung und völlig überfordert, im Krankenhaus von Houmt Souk schrie er eine Krankenschwester auf Arabisch an, und sie brachte ihm ein Glas Milch. Er schrie sie wieder an, und sie brachte ihm ein chirurgisches Geschirr-Set mit Skalpellen in verschiedener Größe. Es kam ein anderer Arzt und fiel ihm in den Arm. Der andere Arzt untersuchte Bens Speiseröhre und sagte, *something sticks in it, and now it swells, do you say so in English, swells? If the flesh gets bigger and bigger?* Ich sagte, da steckt bestimmt ein Splitter vom Holz eines Cocktailschirmchens drin, aber der Arzt verstand *Cocktail Umbrella* nicht. Er spritzte Ben ein Medikament gegen *When the flesh gets bigger and bigger,* aber Ben schwoll jetzt überall an, im Gesicht, seine Hände, seine Unterschenkel schwollen an. Der Arzt verlor die Nerven und quittierte den Dienst, nach einer Weile tauchte ein dritter Arzt an Bens Krankenbett auf. Dieser Arzt war älter, bei jeder Bewegung verzog er das Gesicht, als habe er Schmerzen. Er sagte, *it's an allergic reaction. We can only hope. God is almighty.* Ben konnte die Augen nicht mehr öffnen, weil die Lider zugeschwollen waren, aber er konnte noch sprechen, mit Lippen so dick wie Schwimmreifen. Er sagte, wenn ich sterbe, musst du es Patti sagen, Patti Boyd. Sie weiß nicht, dass ich hier bin. Sie ist meine ... In diesem Moment stürzte ein vierter Arzt ins Zimmer, ein Franzose, wie sich rausstellte, der Chefarzt, er sagte, wenn ich gewusst hätte, dass ein Europäer hier liegt, wäre ich viel früher gekommen, entschuldigen Sie bitte!

Vier Tage später war Ben transportfähig. Beim Abschied auf dem Flughafen umarmte er mich und sagte, Fred, du bist die ganzen Tage bei mir geblieben, du bist mein Freund! Wir müssen in Kontakt bleiben! Und wenn einer von uns jemals die Hilfe des anderen braucht, rufen wir uns an und sagen: Schirmchen! Dann wissen wir, dass der andere uns wirklich braucht. Es ist ein Codewort.

Und dann helfen wir einander, egal, was es ist, einverstanden? Ja, ich war einverstanden.

Und Ben hatte mich angerufen und das Codewort gesagt.

Deshalb hörte ich mir ein paar Stunden nach dem Anruf *This Flight Tonight* in der Version von Nazareth an, unter mir verschwanden die Lichter Berlins unter einer Wolkendecke, und dann bekam man die Sterne zu sehen und eine Bordhostess, die ihre Haare straff nach hinten gebunden hatte, es tat einem weh. Sie brachte mir ein Bier, ich sagte, tut mir leid, aber das ist warm. Sie sagte, ich bringe Ihnen sofort ein neues. Es war auch warm, ist ja klar, wieso sollte es kühler sein als das andere? Sie fragte mich, ob es jetzt kühl genug sei, und ich sagte, oh ja, vielen Dank, es ist jetzt viel besser. Das war der Grund, warum sie diesen strengen Knoten trug: Weil ihr niemand die Wahrheit sagte.

In der Nähe der Azoren gerieten wir in starke Turbulenzen. Ich schloss die Augen und versuchte an etwas anderes zu denken als an das Auseinanderbrechen des Flugzeugs und meinen kalten, erbärmlichen Tod, wenn sich unter mir der Boden öffnet und ich als Letztes in meinem Leben unter meinen Füßen einen Schwarm Wildgänse sehe. Also dachte ich an Patti Boyd, mit der Ben während der Club-Med-Zeit eine Affäre gehabt hatte. Es war die Patti Boyd, für die Eric Clapton *Wonderful Tonight* geschrieben hatte, um sie zu beein-

drucken zu einer Zeit, als sie, ohne dass Clapton es mitbekam, schon längst die kastanienbraunen Haare von
George Harrison kämmte, nackt, wie man munkelte,
und mit einem Zackenkamm aus Walfischknochen. Ein
paar Jahre nach Harrison lernte sie Ben auf einer Party
an der Lower East Side kennen, da war sie schon gereift
und wusste nicht, wer Prince war, von Madonna hatte
sie in der Zeitung gelesen und fand das ganze Konzept
albern, die Musik beschissen. Sie war eine Rocklegende,
sie interessierte sich nicht für Popmusik, und weil die
meisten hübschen Männer jetzt Popmusiker waren,
dachte sie vermutlich, dann nehme ich eben einen Arzt,
aber einen, der illegalen Einwanderern aus El Salva-
dor Schusswunden zunäht. Und genau das war damals
Bens Metier. Er behandelte in seiner winzigen Praxis in
Queens Leute, die barfuß in die Praxis kamen, Leute,
die ihren abgeschnittenen Daumen in der Hand hielten,
und Leute, die ihm das Messer unters Kinn hielten, damit er den Arzneischrank aufschließt. Patti machte Ben
mit Bruce Springsteen und Elton John bekannt, und
diese Leute vertrauen nur Ärzten, die ihnen von Freunden empfohlen werden, darin sind sie den illegalen
Einwanderern ähnlich. Elton John war bekannt dafür,
dass er dauernd etwas im Fuß hatte, Scherben, Stein-
chen, Zahnstocher, und eines Tages bei einer Garten-
party operierte Ben Elton John mit einer Pinzette eine
abgebrochene Broschennadel aus dem Fuß, so sanft
und auf die Nervenbahnen Rücksicht nehmend, dass
Elton John ihn als einen seiner Leibärzte verpflichtete.

So geriet die Spirale in die Drehbewegung. Wenn Bruce Springsteen vor einem Konzert mit einer fiebrigen Erkältung in der Garderobe lag, kam Ben und steckte ihm mit Morphium getränkte Wattepfropfen in die Nase, spritzte ihm ein flüssiges Antibiotikum, was weiß ich, aber am Ende stand Springsteen auf der Bühne und rief: *Give me an A!* Ben horchte Lou Reeds Lungen ab, die klein waren, weil Reed kaum an die 1,70 herankam, er schlug mit einem Hämmerchen auf die Patellasehne von Iggy Pop, der sowieso eine einzige Sehne ist, und er befestigte das Klämmerchen des Geräts, das den Sauerstoffgehalt des Blutes misst, an einem von Keith Richards' knotigen Fingern.

Aber das wusste ich noch nicht, als ich nach New York flog. Das erzählte mir Ben erst in seiner Eigentumswohnung in Brooklyn, von der aus man auf das nächtlich erleuchtete Manhattan rüberschaute, ich dachte, wieso schalten die abends nicht die Lichter aus? Wieso muss da drüben in Manhattan in jedem Büro nachts um ein Uhr noch das Licht brennen? Ben fand es großartig, dass ich gekommen war, er war gerührt, er umarmte mich und sagte, das werde ich dir nie vergessen, Fred. Ben war sehr schmal, man konnte ihn umarmen wie einen Laternenpfahl. Er war ungefähr so alt wie ich, und meine Haare waren grau, aber ich verlor über das Färben kein Wort. Er sagte, jetzt, wo du da bist, geht es mir schon viel besser, und ich sagte, ich habe aber nur zwei Tage Zeit, am Samstag muss ich wieder in Deutschland sein, wegen eines wichtigen Konzerts. Das interessierte ihn nicht.

Er zeigte mir seinen Goldhamster, er sagte, es ist sehr schwer, sie zu trainieren, sie sind ziemlich dumm. Aber es geht, wenn man die Tricks kennt. Er ließ den Hamster auf dem Küchentisch Männchen machen, aber *Küchentisch* ist eine Untertreibung, es war ein Tisch aus tropischem Wenge-Holz, ich wusste, wie teuer das war. Denn während meiner Familienzeit wollte ich meinen Kindern zu Weihnachten zwei Pferdchen schnitzen, ich dachte, dass sie diese Pferdchen dann für immer aufbewahren und sie später ihren Kindern schenken und die wiederum ihren Kindern, und so würde über Jahrhunderte mein Name überleben, den ich unten in den Bauch der Pferdchen einritzen wollte. Es musste, um die Jahrhunderte zu überdauern, natürlich sehr hartes, widerstandsfähiges Holz sein, und ich kaufte Wenge. Aber es war fürs Schnitzen zu hart! Das war das Dilemma: Das Holz würde die Jahrhunderte überdauern, aber nicht als Pferdchen, nur als rechteckiger kleiner Block. Und wer will einen kleinen Holzblock über Generationen vererben? Ich erzählte das Ben, und er sagte, warum erzählst du mir das? Ich sagte, weil dein Tisch so teuer war. Er sagte, den Hamster werde ich mitnehmen. Ich fragte, wohin? Da, wo wir hinfahren, sagte Ben.

– Ben, was ist los, warum hast du *Schirmchen* gesagt?
– Wenn ich dir das jetzt sage, Fred, stehst du auf und gehst. Und dann müsste ich wieder *Schirmchen* sa-

gen. Aber selbst wenn ich wollte, könnte ich es dir noch nicht sagen, nicht, bevor du das hier unterschrieben hast.

– Eine Verschwiegenheitserklärung?

– Das ist ganz normal in den USA. Es gibt bei uns Zahnärzte, die dir den Zahn erst ausreißen, wenn du so was unterschrieben hast. Und in unserem Fall, Fred, ist es noch viel plausibler.

– Hier steht: Fünf Millionen Dollar Konventionalstrafe, wenn ich etwas an Dritte weitergebe! Fünf Millionen! Ich hab nicht mal fünfhunderttausend! Und ich kenne gar keine *Dritten*. So viele Freunde habe ich gar nicht! Was soll das, Ben?

– Ich hab's auch unterschrieben. Es ist einfach nötig, du wirst es verstehen, später. Willst du Koks?

Ich wollte kein Koks, er wollte welches. Er öffnete ein silbernes Döschen, das mit einem Hasenkopf verziert war, und tauchte ein winziges Löffelchen in das Koks, eine Art Portionenlöffelchen. Er zog es sich direkt aus dem Löffelchen in die Nase. Er sagte, glaub doch nicht, was du in den Filmen siehst! Niemand zieht mit einer Rasierklinge eine Linie und schnieft sie sich mit einem zusammengerollten Geldschein in die Nase. Das ist Hollywood, nicht das wahre Leben. Er sagte, das Einzige, das er mir jetzt schon sagen könne, sei, dass er einer der Leibärzte von Keith Richards sei. Du kennst doch Keith Richards?, fragte er mich. Ich sagte, das wusste ich nicht! Du warst sein Leibarzt! Ist er deswegen gestorben? Ich lachte, Ben nicht. Nein, sagte Ben. Es war nur ein Scherz, sagte ich. Ich war jetzt sehr aufgeregt, ich hatte so viele Fragen über Richards, ich wusste nicht, mit welcher ich anfangen sollte. Nein, nein, sagte Ben, so läuft das nicht. Er sagte, ich müsse unterschreiben, vorher sage er kein Wort mehr und nachher auch nicht.

– Nachher auch nicht?

– Nein, nachher auch nicht. Denn wenn ich es dir erzähle, nachdem du die Verschwiegenheitserklärung unterschrieben hast, wirst du trotzdem aufstehen und gehen.

– Und wann werde ich nicht aufstehen und gehen?

– Wenn wir dort sind. Frag jetzt nicht, wo. Einfach dort. Willst du jetzt Koks oder nicht?

– Ja, verdammt!

Es war mein zweites Mal. Ich fand es schon beim ersten Mal vor vielen Jahren sehr überzeugend. Und jetzt fand ich es noch besser. Ich verstand, warum die Leute bereit waren, dafür den Verstand zu verlieren. Ich schniefte es aus dem Portionenlöffelchen und war mit einem Mal so wach, dass ich das Gefühl hatte, mein ganzes Leben lang geschlafen zu haben. Ich sah alles in einer brillanten Klarheit. Es war ein großes, historisches Glück, dass ich neben einem Mann saß, der Keith Richards mit einem Spachtel die Zunge runtergedrückt hatte, um in seinen Rachen zu sehen. Ich war ein Idiot, wenn ich diese Chance nicht ergriff. Welche Chance? Ich wusste nicht, welche, aber ich spürte, da war eine. Gut, sagte ich, ich will alles wissen. Ich unterschrieb die Verschwiegenheitserklärung mit einem H und ein paar nachfolgenden Wellen für den Rest meines Namens: Hundt.

Ben sagte, aber ich sag's dir trotzdem erst später, wenn wir da sind. Ist mir egal, sagte ich. Und du wirst am Samstag nicht zurück sein, sagte Ben. Ich rief sofort Jake an. Das Tolle an Koks ist, dass man alles sofort erledigt, Koks ist der Tod der Prokrastination.

Bei Jake kam nur die Mailbox, wegen der Zeitverschiebung. Ich sagte, Jake, du weißt, ich würde dich und die Band nie im Stich lassen, aber du glaubst es nicht, ich sitze hier gerade mit einem der Leibärzte von Keith Richards an einem Küchentisch, der vermutlich um die zehntausend Euro gek... Ben drückte mir den Mund zu. Bist du verrückt, sagte er, hast du einen Knall? Die Tinte auf der Verschwiegenheitserklärung ist noch nicht trocken, und schon rufst du *einen Dritten* an und erzählst ihm von Keith Richards! Ben sagte, kein Wort, kein einziges, darf nach außen dringen! Ich sagte, seit wann verstehst du Deutsch, und er sagte, ich verstehe kein Deutsch, aber ich verstehe *Keith Richards,* wenn ein Idiot diesen Namen erwähnt!

Kein Wort durfte nach draußen dringen, und *draußen* war alles außer Ben und mir und seinem Hamster, der über die Verschwiegenheitserklärung tippelte. Die Tätzchen machten auf dem Papier ein aufreizendes Geräusch. Ich schaute den Hamster an, sein Fell glänzte so schön. Darf ich ihn mal streicheln?, fragte ich Ben, aber in Wirklichkeit wollte ich ihn küssen. Es war nichts Sexuelles, es war eine platonische Liebe zu dem Hamster, zur Natur insgesamt.

Ich empfand Liebe zu dem Taxifahrer, der uns zum Teterboro Airport fuhr. Nach kurzer Strecke bat ich ihn, anzuhalten, und setzte mich zu ihm nach vorn. Ich erzählte ihm, dass meine Mutter mal sagte, die besten Taxifahrer kriege man, wenn im Orient ein Diktator an die Macht komme und die Literatur- und Kunststudenten gezwungen seien, auszuwandern und bei uns Taxi zu fahren, mit denen könne man sich auf der Fahrt zum Arzt wenigstens anständig unterhalten. Der Taxifahrer sagte, ich bin aus dem Iran, ich war schon dort Taxifahrer, aber im Iran musste ich nicht so viele Betrunkene herumfahren. Ich sagte, ich sei nicht betrunken, sondern etwas anderes. Ich liebte ihn immer noch, aber nicht mehr so uneingeschränkt.

Ich fragte Ben, warum eigentlich ich, warum hast du mich angerufen und nicht einen Freund von dir, der um die Ecke wohnt? Weil du dich auskennst, sagte Ben. Ich fragte, womit, er sagte, mit Dingen, die nur sehr selten geschehen. Ich habe dein Buch gelesen, *The earth is an unlikely place.* Vor Jahren hab ich's gelesen, und jetzt ist es meine Bibel, ja, Fred, meine Bibel.

The earth is an unlikely place, Übersetzung meines ersten populärwissenschaftlichen Werks *Die Erde ist ein unwahrscheinlicher Ort.* Verkäufe in Deutschland,

Schweiz, Österrreich: fast 60.000. Warum so viel? Weil ich kurz nach Erscheinen in eine Talkshow des öffentlich-rechtlichen Fernsehens eingeladen wurde. Warum? Weil die Redaktion die Rezension meines Buches in der Frankfurter Allgemeinen Zeitung gelesen hatte, in der von einem geflügelten Einhorn die Rede war, und dass ich wahnsinnig gut erklären könne, warum die Existenz eines solchen Einhorns nicht unmöglich sei. Die Esoterikerinnen in der Redaktion der Talkshow verkürzten es auf die Zeile *Renommierter Physiker beweist die Existenz von fliegenden Einhörnern.* Sie wollten von mir, dass ich in der Talkshow auch die Existenz von Feen und dem Schicksal als solches beweise, und ich sagte zu und versuchte in der Sendung den Leuten klarzumachen, dass Weinbergschnecken etwas genauso Unwahrscheinliches sind wie Feen, aber die Leute hörten nur *Feen gibt es, und im Buch steht drin, warum.* Sie kauften das Buch wie im Rausch. Ich hatte es für Rationalisten geschrieben, für Liebhaber der Wissenschaft, aber jetzt wurde es von Wünschelrutengängern, Quarzsteinbesitzern und Frauen gekauft, die sich noch gut an ihre Inkarnation als Jeanne d'Arc erinnern konnten. Jake sagte, wenn du Bäcker bist, kauft vielleicht ein Serienmörder morgens deine Brötchen und belegt sie nachher mit den Eingeweiden seiner Opfer, wie willst du so was verhindern? Ich schrieb Jake aus dem Taxi heraus eine SMS: Ich fühle mich mit dir und der ganzen Welt verbunden, und weißt du, was das Schönste ist: Wir nehmen den Hamster mit! Ich weiß noch nicht, wo wir hinfahren, aber wir nehmen ihn mit! Du solltest aufhören zu kiffen und anfangen zu koksen, mein Freund. Du bist ein Hellseher! Du wusstest, dass ich das Konzert am Samstag schwänzen werde, und das muss ich leider tun, Jake. Das macht aber nichts, ihr seid auch ohne mich gut! Ruf Benni an, er behauptet ja immer, dass er für die Band der bessere Gitarrist wäre als ich. Jetzt soll er mal zeigen, was er kann!

Am Teterboro Airport brachte uns ein Spezialfahrzeug zu einem Privatflugzeug. Was ist das?, fragte ich Ben, und er sagte, ein Flugzeug. Ich sagte, nein, das, was sie da einladen, diese Kiste? Ach das, sagte Ben, das ist Frachtgut. Ich sah zum ersten Mal ein Privatflugzeug von innen, und ich dachte, lass dir nichts anmerken. Ich war überwältigt von der Schönheit des Interieurs. Es sah aus wie in einem Zigarrenladen. Es gab nur zehn Sitze, aber sie waren so breit, dass man sich darin wie ein Revolutionär vorkam, der ins Schloss seines Fürsten eindringt und zum ersten Mal auf Leder sitzt.

Darf ich dir vorstellen, sagte Ben, das ist Lynn Warwick. Lynn, das ist Fred Hunt. Hundt, sagte ich, mit weichem d und t. Er hat das Buch geschrieben, sagte Ben zu der Frau. Ah, Sie sind also der Physiker, sagt sie, ich habe Sie mir größer vorgestellt. Sie stand auf sehr hohen Schuhen, fünf Zentimeter dicke Sohle und ein paar lilafarbene, kokette Schläufchen, meine Ex-Frau Louise nannte das *Fötzchenschuhe,* sie bevorzugte robuste Schuhe, wie Frauen sie in Winterkriegen tragen. Ich sagte, ich sei eins fünfundsiebzig und damit so groß wie Einstein und sechs Zentimeter größer als Stephen

Hawking. Sie sagte, kleine Männer wissen immer auf den Zentimeter genau, wie groß andere Männer sind. Selbst auf ihren Dachgeschoss-Schuhen war sie einen Kopf kleiner als ich. Ich konnte auf ihren Scheitel hinuntersehen, und er gefiel mir, das war ungewöhnlich. Scheitel haben oft etwas Schmuddliges, aber ihrer war eine saubere, angenehm anzuschauende Schneise. Ihre Haarfarbe war exakt dieselbe wie die von Ben, und das sagte ich auch. Wir waren einst ein Paar, sagte Ben, und Lynn lachte und sagte, nein, wir stammen nur aus demselben Bundesstaat, Connecticut, bei uns ist diese Haarfarbe weit verbreitet, weil 1787 ein schöner, kräftiger, großer Schwede einwanderte. Quatsch, sagte Ben, wir haben denselben Frisör, das ist alles.

Ich kümmerte mich während der Startphase um den Hamster, der sich in seinem Käfig unter Sägespänen versteckte, er merkte, dass etwas vor sich ging, das seiner Natur zuwiderlief. Ich sprach beruhigend auf ihn ein, und als das nichts half, versuchte ich ihn mit dem Quirl abzulenken, den der Bordsteward mir zusammen mit dem Tomatensaft gebracht hatte. Ich steckte den Quirl durch die Gitterstäbe und stupste den Hamster damit an. Ben flüsterte mir zu, du magst das Zeug, nicht wahr? Aber sag Lynn nichts, das muss unter uns bleiben. Wie heißt er?, fragte ich, und Ben sagte, keine Ahnung.

Als Lynn schlief, öffnete Ben sein Hasenkopf-Döschen und ließ mir den Vortritt. Ich sagte mir, du bist bald sechzig, lass dich endlich mal ein bisschen gehen! Ich stelle es mir schwierig vor, auf Koks zu sterben, vielleicht war es sogar unmöglich, denn man ist so fundamental wach. Ben bestellte beim Steward Musik, etwas von den Stones. Zur Feier des Tages, sagte er, weil Keith tot ist. Ben lachte, er konnte sich gar nicht mehr beruhigen. Er rüttelte Lynn wach und sagte, Lynn, hörst du das? *Thief In The Night*. Wir hören es uns zu Ehren von Keith an. Weil er tot ist. Er ist doch tot, Lynn, oder was meinst du? Es ist nicht mein Lieblingssong von Keith, sagte Lynn. Sie sah wunderschön aus in ihrem beigen Kleid, sie saß mit seitwärts angezogenen Beinen auf dem Sessel, man sah die Wölbung, und ich dachte, sie ist so alt wie du, du *musst* zu ihr hin. Ich setzte mich neben sie und sagte, ich habe keine Ahnung, warum ich hier bin und was hier los ist. Ich werde in ein paar Monaten sechzig, vielleicht ist das alles nur Torschlusspanik. *It's not dark yet, but it's getting there.* Bob Dylan, sagte sie, *Time Out Of Mind*. Ja, sagte ich, und das ist doch das Gefühl, das wir haben, wenn wir älter werden: Es ist noch nicht aus, aber man kann es schon ahnen. Geht mich nichts an, sagte Lynn, ich werde immer achtunddreißig sein. Sie schlang ihre Arme um sich. Das könnte doch auch ich tun, sagte ich, und sie sagte, nein, ich möchte mich selbst umarmen, danke. In zehn Jahren sind wir vielleicht tot, sagte ich, und dann bereuen wir, dass wir uns nicht umarmt haben. Sie neigte sich zu mir und sagte leise, es ist viel schlimmer, als du denkst. Ich flüsterte, was meinst du damit? Sie sagte, ich will nicht diejenige sein, die es dir sagt, denn es ist schrecklich.

DIE GUTE NACHRICHT (2)

Welcome to Providenciales, the most developed and populated Island in the Turks and Caicos. Please don't say Providenciales! *It is pronounced* Provadenz-alez. *Don't say* Turks and Caicos. *That's a pain in the ear! It is pronounced* Tarks and Keikes. *Thank you and enjoy your stay!*

Nach der Landung auf der Insel, die man nicht *Providenciales* nennen durfte, fragte Lynn, und wie machen wir das mit dem Zoll? Ben sagte, deswegen habe ich den Hamster mitgenommen. Sie wollen keine fremden Nagetiere auf ihrer Insel. Also werden die Zollbeamten sich auf den Hamster stürzen. Der Rest unserer Fracht wird sie nicht mehr interessieren. Ganz schön clever, nicht? Ich sagte, und was passiert mit dem Hamster? Wenn du ihn nicht einführen darfst, werden sie ihn doch beschlagnahmen! Ich dachte, was ist mit dir los, du musst dich endlich von diesem Hamster lösen! Gib mir fünfzig Dollar, sagte Ben, dann steck ich das den Beamten zu. Ich sagte, es ist dein Hamster, *du* solltest die Bestechungskosten übernehmen. Lynn sagte, mir ist schlecht, das ist die Aufregung, ich muss zur Toilette. Wieso ist sie aufgeregt?, fragte ich, und Ben sagte, wir teilen es uns, fünfundzwanzig du, fünfundzwanzig ich. Also gab ich ihm meinen Anteil, und er lachte und sagte, Fred, das war ein Scherz, behalt das Geld. Natürlich werde ich sie bestechen, das ist ja der Clou an dem Plan: Die Verhandlungen. Das wird sie ablenken. Wovon?, sagte ich, und Lynn rief, die Toilette kostet fünfzig Cent und ich hab kein Kleingeld, hört ihr! Bringt mir fünfzig Cent, schnell! Ich rannte zu ihr, ich hatte keine fünfzig Cent, aber ich dachte, es freut sie vielleicht, wenn ich einfach nur bei ihr bin. Sie sagte, du kommst zu mir gerannt und hast keine fünfzig Cent, was soll das, warum machst du mir falsche Hoffnungen! Ich war noch so voller Energie vom letzten Portionenlöffelchen her, dass ich mich gegen die verschlossene Toilettentür warf. Dreimal warf ich mich dagegen, dann öffnete eine schöne schwarze Frau in einem blauen Übermantel die Tür von innen und sagte, Sie müssen die Münze in den Schlitz werfen, dann lasse ich Sie rein.

Lynn blieb eine Viertelstunde drin, ich wartete draußen, zusammen mit der Toilettenfrau. Wir hörten, wie Lynn sich übergab. Ist Ihre Frau schwanger?, fragte die Toilettenfrau. Ich weiß nicht, sagte ich, aber ich glaube nicht, sie ist bestimmt schon sechzig. Lynn kam mit frisch nachgezogenen Lippen raus und wollte einkaufen gehen, nein, sie wollte nicht auf Ben warten, sie sagte, Ben und sie hätten das vorher abgesprochen. Also warteten wir am Ausgang auf ein Taxi. Ich studierte kurz eine Karte, die ich aus einem Ständer mit Gratisprospekten mitgenommen hatte: Die Turks-and-Caicos-Inseln lagen zwischen den Bermudas und Haiti, links war Kuba. Wir sind in der Karibik!, sagte ich zu Lynn, und sie sagte, ja, auf die Piloten von Privatflugzeugen kann man sich verlassen. Ich sagte, ich sei noch nie in der Karibik gewesen, und sie sagte, keine Sorge, du bist der richtige Hauttyp dafür.

Wir fuhren in einen Supermarkt, Lynn schaute sich um und sagte, hier haben sie nicht, was wir suchen. Ich erfuhr, dass wir Whiskey der Marke Jack Daniel's suchten. Im dritten Supermarkt hatten sie den, und aus Freude darüber, dass wir ihn endlich gefunden hatten, legte Lynn zehn Flaschen in den Einkaufswagen. Ich dachte, lass dich einfach treiben. Ich hätte fragen können, wer so viel Whiskey trinkt und wo, und weshalb es zwei Stangen Marlboro Red's sein mussten, obwohl Ben nicht rauchte und Lynns Marke Winston Green Mint war – sie rauchte genügend davon, damit jeder das mitbekam. Aber ich fragte nicht. Ich sagte mir, *something's happening here and you don't know what it is, do you, Mister Jones?* Ich fragte Lynn, ob sie das kenne, und sie sagte, klar, Dylan, Männer zitieren gern Dylan-Texte, damit muss man als Frau leben, wenn man nicht selber Dübellöcher bohren will. Ich dachte, lass dich einfach treiben und warte ab, was als Nächstes passiert.

Als Nächstes fuhr der Taxifahrer, der uns, den Jack Daniel's und ein Dutzend gefrorene Pizzen, Hühnerschenkel, zwanzig Spaghettipackungen und eine Kartonkiste mit Toastbrot zum Hafen hätte fahren sollen, rechts ran. Er öffnete die Motorhaube und begann zu reparieren. Lynn sagte, wir werden nicht rechtzeitig am Hafen sein, das Taxiboot wird ohne uns abfahren, aber weißt du was? Es ist mir ganz recht! Ich bin mit den Nerven am Ende, vielleicht fliege ich wieder zurück, ich weiß nicht, ob ich das durchstehe. Sie ging auf der Straße hin und her und rauchte, schüttelte den Kopf, rauchte weiter. Ich fühlte mich plötzlich niedergeschlagen und machtlos. Ich verstand nicht mehr, warum ich bereit gewesen war, fünfundzwanzig Dollar Schmiergeld für einen Hamster zu bezahlen, jetzt wäre mir ein Cent schon zu viel gewesen. Ich hätte eine neue Portion aus dem Löffelchen gebraucht, um es wieder zu verstehen. Ich hatte das Gefühl, dass mich jeder zertreten konnte. Wenn ein Vogel auf mich runterschiss, würde mich das töten. Ich schaute ängstlich zum Himmel. Lynn sagte, ich hab Ben angerufen, er ist schon im Taxiboot, er fährt ohne uns nach Jesters. Heute fahren keine anderen Taxiboote mehr. Wir übernachten irgendwo und fahren morgen hin.

Jesters?, fragte ich. Was ist das?

Lynn mietete am Stadtrand von Providenciales zwei Zimmer in einem Hotel mit fünf nebeneinanderliegenden Aufzügen. Ich sagte, Lynn, für mich könnte es auch ein Hotel mit nur einem Aufzug sein. Sie sagte, das sind Spesen, Fred. Am Abend aßen wir im Hotelrestaurant mit Blick auf das Meer eine Meeresfrüchteplatte für zwei Personen, und ich sagte, dass ich noch nie verstanden habe, was so toll daran ist, direkt am Meer zu essen, ich esse lieber in Ruhe. Ich brauche zum Essen keine Aussicht, sie stört mich nur. Ich sagte, ich esse auch nicht gern mit Blick auf die Berge, beim Essen will ich mein Gegenüber sehen und dahinter eine Wand. Lynn sagte, schau mal, so macht man das. Sie wickelte eine Hummerschere in eine Serviette und zertrümmerte sie mit der Weißweinflasche, was kein Problem war, denn jede Flasche, die neben Lynn stand, war im selben Moment leer: Lynn war eine Frau von altem Schrot und Korn, *pure Seventies*. Sie sagte, sie sei Ärztin geworden, weil sie in ihrer Jugend sicher gewesen sei, dass ihr Vater eines Tages eine Leberzirrhose entwickelte, und dann wollte sie ihn unter Fanfarenstößen vor dem Tod retten. Sie sei Chirugin, gewesen, jetzt nicht mehr, aber früher, sagte sie, hätte ich meinem Vater in einem Taxi eine Leber transplantieren können, so gut war ich. Er war ein Dreckskerl, ein richtiges Charakterschwein, hat mich runtergemacht, so gut es ging, einmal an Weihnachten sagte er, lass dir mal ein anständiges Kleid schenken, du siehst immer aus, als kämst du gerade von einer Vergewaltigung. Ich meine, welcher Vater, Fred, welcher Vater sagt so was zu seiner Tochter? Lynn trank das Glas leer, der Kellner füllte es sofort wieder, er entfernte sich gar nicht erst vom Tisch, er hatte begriffen, dass er heute

Abend zu nichts anderem kommen würde, als dieser Lady das Weinglas zu füllen. Ich sagte, ich hab eine Band, nichts Besonderes, wir sind nur eine Coverband, spielen die ganzen alten Sachen, die älteren Leuten gefallen, Stones, wenn's sein muss Beatles, *Stairway to heaven* und natürlich, rate mal, Dylan. Aber nur die Songs aus seiner *Blood on the tracks*-Zeit, sagte ich, und Lynn sagte, Fred, das interessiert mich überhaupt nicht. Weißt du nicht, was hier los ist? Nein? Nein, weißt du es nicht? Hast du es nicht mitgekriegt? Kannst du dir nicht vorstellen, was hier los ist? Denkst du, ich bin einfach nur eine besoffene kleine Spezialistin für Lebererkrankungen? Denkst du, ich trinke grundlos so viel? Ich war mal Spezialistin für Lebererkrankungen, weißt du? Die kamen mit ihren Lebern aus Saudi-Arabien zu mir, aus Hongkong. Aber dann hab ich Ben kennengelernt, ja, den großen Ben mit seinen magischen Händen. Sie sagte, Bens Berührungen fühle man als Frau bis in die Zehenspitzen. Ich sagte, das interessiert mich überhaupt nicht. Aber du willst es wissen, sagte Lynn, du willst wissen, warum du hier bist. Also, Ben hat sie an der Stirn berührt, und sie spürte es in den Zehenspitzen, und er nahm sie zu den Partys mit, zu denen die alten Rockstars ihn einluden, weil sie mittlerweile gerne einen Arzt dabeihatten, wenn sie feierten. Leonard Cohen fragte Lynn während eines engen Tanzes, ob die Tastuntersuchung der Prostata wirklich zuverlässig sei. Alice Cooper rollte das Hosenbein hoch und wollte, dass sie sich einen Mückenstich ansieht, den er für Hautkrebs hielt. Und Keith Richards sagte, ich brauche einen Arzt, der ein Auge zudrückt und auf dem anderen blind ist.

Nein, ich kann's nicht, ich kann nicht. Ich fragte, was, und sie bestellte noch eine Flasche Wein, sie sagte, sie sei noch nicht drüber hinweg, sie hielt mir die Hand hin: Siehst du, wie ich zittere? Ich nahm ihre Hand, sie sagte, so war's nicht gemeint, lass uns schwimmen gehen, ich erzähl's dir im Wasser. Sie stand auf und ging zum Strand, warf ihre Schuhe weg, zog ihren Rock aus, der Kellner sagte zu mir, es tut mir leid, Sir, aber Baden ist nur mit Schwimmbekleidung erlaubt. Ich rief, Lynn, Baden ist nur mit Schwimmbekleidung erlaubt, aber sie zog alles aus, die Leute im Restaurant richteten ihre Handys auf sie. Ich brachte Lynn ein Badetuch, sie stand schon bis zu den Knien im Wasser. Sie sagte, hier geht's mir besser, das Meer beruhigt mich, zieh dich aus, wir schwimmen. Es ist verboten, sagte ich, und sie sagte, glaubst du, dass jemand, der gesehen hat, wie ein Toter wieder zum Leben erwacht, sich an ein Badeverbot hält? Du bist nicht mehr derselbe, wenn du das gesehen hast, und schon gar nicht, wenn du Arzt bist. Wenn du vorher den Totenschein ausgefüllt hast, und ich hab nicht nur seinen Puls gefühlt, Fred. Ben und ich haben ihn ins Krankenhaus zur Leichenschau gebracht, Livores, Rigor mortis, postmortale CT, das ganze Programm. Er war tot, Fred, und ein Prominenter muss doppelt so tot sein wie einer von uns, da will man sich keinen Fehler erlauben. Ja, aber wer denn?, fragte ich, und sie sagte, hast du die Verschwiegenheitserklärung unterschrieben. Ich nickte. Er war nach jeder gängigen Definition tot, sagte sie und ging weiter ins Meer rein, das Badetuch ließ sie fallen. Sie legte sich auf den Rücken, streckte Beine und Arme aus, der Kellner brachte mir einen Bikini mit roten Rosen auf blauem Hintergrund. Lynn, sagte ich, bitte zieh dir diesen Bikini an, es hat doch keinen Sinn, nackt zu sein, nur weil man irgendetwas noch nicht überwunden hat. Irgendetwas?, sagte sie. Das ist nicht irgendetwas!

Lynn sagte, du darfst mich jetzt nicht allein lassen, es ist gefährlich, betrunken im Meer zu schwimmen. Weißt du überhaupt, dass er gestorben ist? Wer, Lynn, wer ist gestorben? Sie sagte, Keith Richards sei gestorben. Aber das wusste ich doch schon! Ich zog mich jetzt auch aus. Sie sagte, glaub mir, Scheintote kannst du vergessen, die gibt es heute nicht mehr, die sind ausgestorben. Und Einzelheiten darf ich dir nicht erzählen, Keith möchte das nicht, außerdem fällt es unter das Arztgeheimnis. Ich dachte, es ist ganz angenehm, den Wind am Schwanz zu fühlen. Sie sagte, du verdrängst es, ich wollte, ich könnte das auch. Ich erzähle es dir, und du willst es einfach nicht wahrhaben. Aber Ben und ich möchten nicht, dass du durchdrehst, wenn wir auf Jesters sind. Deshalb sage ich es dir jetzt, damit du vorbereitet bist. Aber wir kommen nicht weiter, wenn du es verdrängst, verstehst du? Lynn wollte, dass ich nicht verdränge, dass Keith Richards gestorben war dann aber wieder damit angefangen hatte, zu leben. Und dass er damit nicht wieder aufgehört hatte. Ich sagte, Lynn, ich bin sicher, wenn du mir das morgen noch einmal erzählst, wird es ganz anders klingen.

Sie stand am Strand und zog das nasse Badetuch um sich. Ich brachte ihr ihren Rock, sie stützte sich auf mich, als sie reinstieg. Du musst es akzeptieren, sagte sie, und du musst dich wieder anziehen, sonst sehe ich schwarz. Ben wollte dich unbedingt mitnehmen, damit du Keith erklärst, was mit ihm passiert ist. Es hat ja wohl ziemlich stark mit Wahrscheinlichkeiten zu tun. Aber wenn du es nicht glaubst und ihm dann auf Jesters begegnest, werden sich deine beiden Gehirnhälften gegenläufig verschieben, und du klebst für den Rest deines Lebens Tütchen. Verdammt noch mal, er war tot, Fred, und jetzt lebt er wieder. Sie sagte, keiner wisse, warum. Es gebe keine Erklärung. Es ist ein Schicksalsschlag, für uns alle, für ihn, für Ben, für mich und für dich, und du tust mir von allen am meisten leid, weil es überflüssig war, dich in die Sache reinzuziehen, das ist jedenfalls meine Meinung. Und niemand anders wird es erfahren. Ich dachte, sie ist attraktiv für ihr Alter, noch so gut erhalten wie die Kathedrale von Reims, während ich in den letzten zehn Jahren vom Adonis zum Bedonis abgestiegen bin.

Vielleicht konnte man sie ja sanft auf ihre Wahnvorstellung hinweisen. Ich sagte, Lynn, wenn Keith Richards wieder leben würde, hätte ich das aus der Presse erfahren. Ich und acht Milliarden andere. Es wäre eine Weltsensation, meinst du nicht auch? Ja, sagte Lynn, und woran würden diese acht Milliarden und ihre Nachkommen sich in fünfzig Jahren erinnern, wenn sie den Namen Keith Richards hören? Würden sie denken, das war der *Riffmaster,* einer der bedeutendsten Gitarristen der Rockgeschichte, der Typ, der *Satisfaction* geschrieben hat, und der für ganze Generationen der Inbegriff des Rock 'n' Roll war? Oder würden sie denken, Keith Richards, das ist dieser Zombie, der nicht stirbt, der Mann, von dem tonnenweise falsche Zehennägel im Umlauf sind, die die Leute sich in den Tee raspeln, weil sie denken, dass sie dadurch unverwundbar werden? Der Heilige, der Guru, der jeden Tag eine Million E-Mails kriegt von Leuten, die ihn bitten, ihr krankes Kind zu heilen, und die ihn fragen, ob Gott eine Frau ist und wie viel Jack Daniel's man trinken muss, um dem Tod zu entrinnen? Lynn sagte, ich solle mal darüber nachdenken. Denk mal drüber nach, sagte sie, was du tun würdest, wenn dir die Musik alles bedeutet, und du nur für die Musik gelebt und unsterbliche Songs geschaffen hast – dafür möchtest du in Erinnerung bleiben, wenn du stirbst. Dafür hast du gelebt und gearbeitet: damit die Leute dich nach deinem Tod als großartigen Musiker in Erinnerung behalten. Und dann stirbst du und lebst wieder, und kaum hat dein Herz wieder zu schlagen begonnen, weißt du, dass dein Lebenswerk niemanden mehr interessieren wird, das Einzige, das die Leute noch interessiert, ist deine Auferstehung. Und deshalb, Fred, hat Keith sich entschieden, dass es niemand je erfahren darf. Auch nicht Patti, seine Frau, auch nicht seine Töchter, die er über alles liebt. Seine Freunde nicht, niemand. Niemand darf es je erfahren, denn Keith möchte keine medizinische Kuriosität sein. Nur wir wissen es, und dass wir es überhaupt geschafft haben, es geheim zu halten, ist ein zweites Wunder. Die Einzelheiten wirst du von mir nie erfahren, aber verstehst du jetzt, dass wir eine ungeheure Verantwortung dafür tragen, dass es niemand erfährt? Verstehst du jetzt, warum ich zittere und mich vollsaufe?

Ich brachte sie zu ihrem Hotelzimmer, sie lehnte sich mit dem Rücken an die Zimmertür und bewegte sich merkwürdig, ich dachte: Ist das eine Verführung? Sie sagte, nein, sie kratze sich nur an der Türklinke an einer Stelle, wo sie mit den Händen nicht hinkomme. Ich sagte, meine Hände würden ... Sie gab mir einen Wangenkuss und verschwand im Zimmer. In dem Moment, in dem die Tür ins Schloss fiel, wusste ich plötzlich, dass sie mir die Wahrheit gesagt hatte. Ich habe zweimal in meinem Leben intuitive Gewissheiten gehabt. Einmal erzählte mir mein Vater, nächstes Jahr werde er sich einen fahrbaren Rasenmäher kaufen – da wusste ich, dass er nächstes Jahr um die Zeit tot sein wird. Das andere Mal war, als Louise und ich auf unserer Hochzeitsreise eine winterliche Kutschenfahrt durch St. Moritz machten, die kleine Tour, die große war mir zu teuer gewesen. Louise sagte unter der Wolldecke – ein Bärenfell gab's nur bei der großen Tour – vor der Hochzeit warst du nicht so geizig. Da wusste ich, dass die besten Zeiten hinter uns lagen. Beides hat sich bewahrheitet.

In meinem Zimmer rief ich Jake an, er sagte, das kannst du uns nicht antun! Er meinte das Konzert am Samstag. Was ist mit dir los, sagte er, du weißt genau, dass wir ohne dich nicht spielen können, und wenn wir nicht spielen, wird Hiller sich eine andere Coverband suchen, wenn Dylan stirbt! Ich sagte, Jake, beruhig dich, hier geschieht gerade etwas, das unseren Horizont sprengt, aber du musst mir schwören, dass du es für dich behälst! Du bringst mich in große Schwierigkeiten, wenn du jemanden davon erzählst, es geht um fünf Millionen Dollar Konventionalstrafe. Du hast einen Knall, sagte Jake, und ich sagte, so leise ich konnte, hör mir jetzt gut zu, Jake, ich bin hier gerade mit einer Ärztin in Provadenzales, so spricht man das korrekt aus, und sie war betrunken, das gebe ich zu, aber ich hatte vorhin zum dritten Mal in meinem Leben eine intuitive Gewissheit, ich bin überzeugt, dass sie mir die Wahrheit gesagt hat. Oder sagen wir, es stimmt ziemlich sicher, zu neunzig Prozent, zu achtzig, das lässt sich nicht so genau berechnen. Ich *spüre* einfach, dass es vermutlich stimmt.
– Was? Ich kann dich nicht verstehen, sprich lauter! Wer lebt wieder?
– Keith Richards, Jake. Keith Richards.

- Ach so, Richards. Das erstaunt mich gar nicht. Er gründet jetzt bestimmt eine Revivalband mit Brian Jones.
- Nein, im Ernst, Jake! Sie hat's mir gesagt, als sie nackt im Meer schwamm. Sie *musste* schwimmen, weil sie mit den Nerven am Ende ist. Deswegen bin ich hier, Jake, die wollen irgendwas von mir. Ich glaube, sie wollen, dass ich Keith Richards erkläre, warum er wieder lebt. Das hat ja mit Entropie zu tun, da kenne ich mich aus.
- Fred?
- Ja?
- Fühlst du dich gut? Brauchst du Hilfe? Wollte diese Frau deine Kreditkartennummer?
- Nein, sie hat selber eine! Jake, denk doch mal nach: Wenn das stimmt, und ich bin absolut sicher, dass es stimmen könnte, dann beginnt eine neue Epoche. In fünfzig Jahren werden die Leute die Geschichte der Menschheit in ein Vorher und ein Nachher unterteilen, aber du musst absolutes Stillschweigen darüber bewahren. Jake? Jake, bist du noch dran?

Jake sagte, er wolle mir keine Angst machen, aber ich solle mal an meinen Großvater denken. Ich sagte, erstens war er schon achtundachtzig, als er eingeliefert wurde, und zweitens ist die Diagnose umstritten, es könnte sein, dass er einfach nur an Hirnschwund litt, weil er so viel trank. Jake behauptete, solche psychischen Defekte würden immer eine Generation überspringen, und ich sagte, Jake, ich werd's rausfinden, ich meine, ob es stimmt. Und dann ruf ich dich wieder an. Und glaub mir, ich lasse das Konzert nicht leichtfertig sausen.

Es ging um Entropie. Ich setzte mich auf den Balkon meines Zimmers, öffnete ein Bier und war überrascht, wie leicht es sich physikalisch erklären ließ. Die meisten Menschen glauben, dass es *unmöglich* ist, dass ein Toter wieder zu leben beginnt. Aber im Universum ist nur sehr wenig unmöglich. Es geht grundsätzlich nicht darum, ob etwas möglich oder unmöglich ist, sondern wie wahrscheinlich es ist. *Probability rules the universe.* Wahrscheinlichkeit bedeutet, dass alles, das die physikalischen Gesetze nicht verletzt, irgendwann zwangsläufig geschehen wird. Tatsächlich ist es schwierig, sich überhaupt ein Ereignis oder ein Ding vorzustellen, dessen Existenz gegen die physikalischen Gesetze verstoßen würde. Ein sprechender Dinosaurier? Absolut möglich, denn was wäre der Unterschied zu einem sprechenden Trockennasen-Affen wie dem Menschen? Eine fliegende Zitrone? Warum nicht? Wenn eine Hummel fliegen kann, weshalb dann nicht auch eine Zitrone? Wenn genügend Zeit zur Verfügung steht, wird alles, was möglich ist, irgendwann geschehen. Die Auferstehung eines Toten ist noch nicht einmal etwas besonders Unwahrscheinliches angesichts der Tatsache, dass es fast genauso unwahrscheinlich war, dass der Tote zuvor gelebt hat. Man neigt dazu zu denken, dass ein Mensch, ein Tier, die Apfelbäume oder Taschenlampen etwas sehr Wahrscheinliches sind, da es ja so viele davon gibt. Aber das Gegenteil stimmt: Solche komplexen atomaren Strukturen sind etwas extrem Unwahrscheinliches. Es ist extrem unwahrscheinlich, dass sich Abermilliarden von Atomen zu einer bestimmten Konstellation arrangieren, die dann eine Taschenlampe oder einen Menschen hervorbringt. Wenn wir in die Welt schauen, sehen wir nicht etwas Gewöhnliches, Wahrscheinliches, sondern nur vollkommen Außergewöhnliches, vollkommen Unwahrscheinliches, das aus diesem Grund in kosmischen Zeiträumen gesehen auch nur für die Dauer des Zuschnappens eines Krokodilskiefers existiert. Angesichts dessen spielt es wirklich keine Rolle mehr, wenn auf der Erde, einem höchst unwahrscheinlichen Ort, der nur für eine schier unendlich kurze Zeitspanne existiert, ein Toter wieder Jack Daniel's trinkt. Es ist nur ein Herz, das nach zwei Tagen wieder zu schlagen beginnt, *so what!* Kein einziges physikalisches Gesetz wird dadurch verletzt, denn diese Gesetze sind zeitumkehrinvariant, dieses Wort schreibe ich jeweils bei meinen Schulvorträgen mit blauer Kreide an die Wandtafel, und wenn ein Schüler ruft, wieso schreiben Sie das mit blauer Farbe, sage ich, weil Blau die Farbe der Zeit ist, das wisst ihr doch, deswegen sagt ihr, heute mache ich blau. Dann ruft jeweils einer, den Witz habe ich jetzt nicht verstanden, und ich sage, lernt erst mal die alten Ausdrücke für Schuleschwänzen, bevor ihr eurer Mutter morgens erzählt, ihr hättet Bauchschmerzen. Den Witz verstehen die Schüler aber auch nicht, und deswegen dachte ich auf dem Balkon meines Hotelzimmers, dass mir diese Vorträge zum Hals raushingen. Byebye, blaue Kreide! Ich war viel lieber hier in Provedenzias, um Zeuge eines Jahrtausendereignisses zu werden, das mit Zeitumkehrinvarianz zu tun hatte. Ganz einfach: Wenn man ein Ei fallen lässt, wird es zerbrechen. Das hat mit Entropie zu tun, ist jetzt aber zu kompliziert. Es geht nur darum, dass der umgekehrte Fall nie beobachtet wird: Ein zerbrochenes Ei setzt sich nicht wieder zusammen. Es ist aber nicht unmöglich, dass es sich wieder zusammensetzt, es ist nur sehr unwahrscheinlich, deswegen sehen wir es nie. Es könnte aber jederzeit geschehen, und falls es lange genug Eier gibt, wird es mit Sicherheit einmal geschehen, denn es verletzt den zweiten Hauptsatz der Thermodynamik nicht. Es war sehr unwahrscheinlich, aber möglich, dass Keith Richards wieder lebte, und ich ging rüber zu Lynns Zimmer und klopfte leise, um ihr das zu sagen.

Sie sagte, was ist das? Ich sagte, das ist Champagner, und das andere sind zwei Wassergläser. Sie sagte, du hast mich geweckt, und ich sagte, nur um dir zu sagen, dass es aus physikalischer Sicht keine Einwände dagegen gibt, dass Keith Richards wieder lebt. Kannst du das bitte noch lauter sagen?, fragte sie. Ich vergesse immer wieder die Konventionalstrafe, flüsterte ich und versuchte, sie zu küssen. Sie sagte, wenn du wüsstest, wie schwierig das alles für mich ist, würdest du mich in

Ruhe schlafen lassen. Ich weiß es, sagte ich und stellte den Champagner wieder in meine Minibar zurück, aber die Minibar war mit einem Drucksensor ausgerüstet, und am nächsten Morgen beim Auschecken sagte ich zur Rezeptionistin, verdammt noch mal, ich hab die Flasche doch wieder reingestellt, und zwar voll, das können Sie mir doch nicht berechnen, was ist das für ein Schuppen hier!

JESTERS

Da drüben, sagte Lynn auf dem Taxiboot, das ist Parrot Cay. Man sah davon nur einen sandigen Streifen. Sie sagte, Keith Richards habe dort ein Haus. Das wusste ich schon, ich lese ja Onlinezeitungen. Und Jesters?, fragte ich. Das liegt ganz im Süden der Turks and Caicos, sagte Lynn, sehr abgelegen, auf manchen Karten ist es nicht mal verzeichnet. Sie sagte, einige Monate vor seinem Tod habe Keith Jesters gekauft als Geschenk für seine Frau Patti. Er wollte sie damit überraschen, zum Hochzeitstag. Ich hatte Louise zum Hochzeitstag mal mit einem selbst gebackenen Kuchen überrascht, und während wir ihn vor unserem geplanten Opernbesuch aßen, kritisierte sie, dass er *absurd* süß sei, und ich sagte, was man von dir nicht behaupten kann. Danach ging sie allein in die Oper und ich ins Kino. Deswegen ist Jesters ideal, sagte Lynn. Keith hatte niemandem von Jesters erzählt, keiner wusste, dass die Insel ihm gehörte. Mit *ideal* meinte Lynn: als Versteck. Ich dachte, hm, wenn es stimmt, ist es plausibel: Wenn er nicht will, dass die

Presse erfährt, dass er den Tod überwunden hat, muss er sich verstecken, und mit einem weltberühmten Gesicht wie dem seinen muss er sich an einem Ort verstecken, wo niemand wohnt und keiner hinkommt, eben auf einer winzigen, abgelegenen Insel.

Das Taxiboot brauchte vier Stunden, und selbst dann war es noch nicht in Jesters angekommen. Das ist nicht Jesters!, sagte Lynn, als der Captain an der Inselküste einen Platz zum Anlanden suchte. Der Captain behauptete, klar sei das Jesters. Lynn verlangte, dass er auf dem GPS nachschaut. Einer der Bootsleute sagte, ich glaub, das ist Big Sand Cay. Quatsch, sagte der Captain, ich weiß doch, wo ich hinfahre! Diese Insel ist unbewohnt, sagte Lynn, sehen Sie das nicht. Auf Jesters gibt's ein Haus! Na gut, sagte der Captain, dann suchen wir eben eine Insel mit einem Haus! Eine Stunde später machte das Boot an einem kleinen Landungssteg fest, hinter einer Reihe Palmen konnte man ein stattliches Haus sehen. Ich dachte, was mache ich, wenn ich da jetzt reingehe, und Keith Richards steht vor mir? Vielleicht verkrafte ich das gar nicht. Du bist bleich, sagte Lynn, als ich die Proviantkisten aus dem Taxiboot lud, ich wusste es, du bist mental noch nicht so weit. Aber du wirst ihn sowieso noch nicht zu Gesicht bekommen. Ach, sagte ich, und warum nicht? Denk mal nach, sagte sie, aber ich war zu aufgewühlt, um nachzudenken. Geh du schon mal zum Haus, sagte ich zu Lynn, ich bringe dann die Kisten.

Ich brauchte Ruhe, wollte mich erst mal an die Insel

gewöhnen. Sie war winzig, vier Fußballfelder? Vielleicht fünf? Die Palmen waren bestimmt nicht wild gewachsen, sie standen baumschulmäßig rund um die Insel. Es gab zwei Häuser, ein herrschaftliches mit zwei Stockwerken, ein Haus im Stil der amerikanischen Südstaaten, dachte ich, wie in den Filmen, in denen Plantagensklaven nachts die Sklavenhalter aus ihren Betten zerren, und dies geschieht im Schein von Fackeln. Daneben stand ein bescheideneres Holzhaus, hellblau gestrichen, vermutlich das Gesindehäuschen. Dahinter noch ein kleiner Schuppen, das war alles. Das war Jesters. Ich dachte, dass Jesters eine Art Rock-'n'-Roll-Version von Böcklins *Toteninsel* war, viel sonniger, viel sandiger, und der Tote liegt nicht ernst in einem Sarg, sondern er sitzt im Schaukelstuhl und kratzt mit dem Messer eine Ritze in die Whiskeyflasche, um zu markieren, wie viel er heute trinken darf.

Ben stand mit hochgerollten Hosenstößen auf der Veranda, ohne Hemd und barfuß, er sagte, willkommen auf Jesters, Fred. Er schwenkte das Portionenlöffelchen, das er an einer Kette um den Hals trug, aber darauf hatte ich jetzt keine Lust. Bist du sicher?, fragte Ben, und ich sagte, Ben, ich möchte wissen, was hier los ist. Ist er da drin oder nicht? Lynn hatte sich umgezogen, sie trug jetzt einen weißen Arztkittel und blaue Clogs mit Schweißlöchern. Sie sagte, ich werde gleich nach ihm sehen, aber bringt bitte erst mal die Proviantkisten ins Haus, und Ben, du kannst Fred ja währenddessen auch gleich mal in die Hausordnung einweisen.

Okay, sagte Ben, er hatte sich die leichteste Kiste ge-
schnappt, die mit dem Toastbrot, die Hausordnung
kannst du dir leicht merken: Das obere Stockwerk ist
privat. Da oben wohnt Keith, das sind seine privaten
Räume. Er möchte dort nicht gestört werden. Nur Lynn
und ich gehen da rauf, als seine Ärzte. Wir gehen da nur
beruflich rauf, und wenn wir damit fertig sind, gehen wir
wieder runter. Und du gehst bitte gar nicht rauf, unter
keinen Umständen. Gib mir dein Ehrenwort! Schwör's
beim Augenlicht deiner Kinder, ich meine das ernst. Ich
muss sicher sein, dass ich dir vertrauen kann, Fred. Ich
sagte, ich schwöre es beim Augenlicht der Kinder in
Afrika. Das lasse ich gelten, sagte Ben, denn ich weiß,
dass du nicht möchtest, dass Kinder erblinden, egal ob
du sie kennst oder nicht. Im unteren Stock kannst du
dich frei bewegen, du kannst da auch das Bad benutzen und wenn du möchtest, die Besenkammer. Und wo
schlafe ich?, fragte ich. Im Nebenhaus, es ist klein, aber
sehr schön eingerichtet. Und wo schlaft ihr, fragte ich,
du und Lynn? Er sagte, im unteren Stock gebe es zwei
kleine Schlafzimmer. Und was machst du, wenn ich
trotzdem raufgehe, um zu sehen, ob er auch wirklich
dort ist?, fragte ich. Ben sagte, er habe in der Zeit, als er
in seiner Praxis in Queens illegalen Einwanderern abgebrochene Brotmesserspitzen aus den Schulterknochen
gezogen habe, Kickboxen gelernt. Und Kickboxen sei
wie Schwimmen.

Es gab also ein verbotenes Stockwerk. Als wir die Kisten in die Küche trugen, sah ich zum ersten Mal die Treppe, die raufführte, sie hatte einen weiß gestrichenen Handlauf mit großen, runden Knäufen. Lynn kam in ihren blauen Clogs diese Treppe runter und sagte, es gehe ihm jetzt besser, sie habe ihm zehn Milligramm Rovamilidon gespritzt oder Rovasaladon, ich fragte, was ist das? Ben sagte, da hast du es, Lynn! Ich hab dir doch gesagt, dass wir so was nicht vor ihm besprechen sollten. Das Einzige, das uns hier auf Jesters von Barfußärzten unterscheidet, ist, dass wir das Arztgeheimnis ernst nehmen! Also nimm es ernst! Lynn sagte, nein, der Unterschied sei, dass die Barfußärzte besser ausgerüstet seien als sie, und Ben sagte, das ist doch nicht meine Schuld! Fred, kannst du kochen?

Ich setzte Wasser auf und stellte Spaghetti für vier Personen rein. ICH KOCHTE SPAGHETTI FÜR KEITH RICHARDS! Sind das nicht ein bisschen viel Spaghetti, fragte Lynn. Ich sagte, wieso, Keith Richards braucht jetzt bestimmt Kohlenhydrate. Sie sagte, nein, er isst was anderes, wir sind nur drei am Tisch. Was isst er denn, fragte ich, und sie sagte, pass einfach auf, dass sie al dente sind. Ich kochte also nur für die Statisten und nicht für Keith Richards. Ich sah ihn nicht, ich hörte keinen Mucks von ihm, und er aß was anderes.

Nach dem Essen bat ich Ben um ein Portiönchen. Wir schnupften es im Licht des Halbmondes am gluckernden Strand, ich zog es tief hinauf in die Nase und war wieder voller Liebe zu allen Dingen. Ich sagte zu Ben, jetzt könnte ich eine Religion gründen, die Leute würden mir folgen, weil ich so voller Liebe bin. Ben sagte, kennst du Johnny Depp? Wer kennt ihn nicht, sagte ich, er würde mir als Erster folgen, die treusten Gläubigen sind immer die mit einem Alkoholproblem. Wenn du eine Religion starten willst, musst du in einer Entzugsklinik anfangen.

- Ich meine, kennst du ihn persönlich, es ist nämlich wichtig, dass er dich nicht kennt.
- Es gibt eine ganze Menge von Weltstars, die mich nicht persönlich kennen, Ben, und Johnny Depp steht ganz oben auf der Liste. Und warum ist das wichtig?
- Keith hat eine Idee. Und dafür brauchen wir jemanden, den Johnny nicht kennt. Mich kennt er, Lynn auch, wir haben ihn bei einer Releaseparty von Keith's Soloalbum kennengelernt, vor ein paar Jahren.
- Was denn für eine Idee?
- Ich wollte das nur mal abchecken, Fred. Wir müssen das erst mal alles noch überdenken. Wir besprechen es mit dir, wenn du aus Providenzales zurück bist.

Sie hatten vor, mich nach Provadenziles zu schicken, um für Keith Richards eine Gitarre zu kaufen! Ben sagte, es wäre aufgefallen, wenn wir eine seiner Gitarren mitgenommen hätten. Ich fragte Ben, wie sie es denn überhaupt geschafft hatten, Keith unbemerkt hierherzubringen? Und wer wird jetzt eigentlich begraben? Ich meine, die haben ja gar keine Leiche, die ist ja sozusagen hier auf Jesters, und morgen ist das Begräbnis, das hab ich heute im Hotel auf CNN gehört. Weißt du was, Ben, das kommt mir alles so spanisch vor, dass ich nur noch sagen kann, *tengo la ligera sospecha de que algo anda mal aquí!* Ben sagte, *cálmate, hombre, todo está bien aquí.* Er sagte, Keith will nicht, dass wir darüber sprechen. Ich verrate dir nur so viel: Lynn und ich waren allein mit Keiths Leiche, das war ein Zufall. Patti war in London, bei irgendeiner ... Ich hörte einen Moment lang nicht mehr zu. Hatte Lynn mir nicht erzählt, Patti sei in Paris gewesen, als Keith Richards starb? Wir waren allein im Haus, sagte Ben, und dann kam es über ihn.

– Was?
– Das Leben. Er wollte in seinem Haus in Weston aufgebahrt werden, das steht im Testament, und plötzlich macht er die Augen auf und sagt, warum liege ich auf diesem komischen Bett, und warum starrt ihr mich an, als hätte ich ein Hufeisen im Gesicht? Über den Rest kann ich nicht sprechen, Fred, ich verrate dir nur so viel: Es war sehr schwierig für ihn, von Patti und seinen Kindern und Ronnie, Charlie und den anderen Abschied zu nehmen. Sie standen alle um seine Leiche rum und heulten, rauchten, tranken, stießen auf ihn an. Ronnie steckte ihm eine letzte Zigarette zwischen die Lippen, und Lynn und ich dachten, jetzt ist es aus, jetzt zieht er automatisch daran, und sie merken es. Aber Keith schaffte es, nicht an der Zi-

garette zu ziehen, und als sie alle von ihm Abschied genommen hatten, brachten wir ihn raus, und dann begannen die Probleme erst. Aber ich hab schon viel zu viel ausgeplaudert. Glaub mir einfach, dass es schwierig war, und vielleicht hätte es nicht geklappt, wenn Lynn nicht diese großartige Idee gehabt hätte, wie wir das Beerdigungsproblem lösen.

Aber ich verstehe nicht, sagte ich, warum er es seiner Frau und seinen Kindern nicht sagt. Er lebt, und sie wissen es nicht, *esto es lo más loco! Solo piénsalo*, sagte Ben, überleg dir mal, was es für Patti bedeuten würde, wenn sie es wüsste. Er liebt sie wirklich von Herzen, aber die Musik ist ihm wichtiger, das ist die verdammte Wahrheit. Er versteckt sich hier, damit er nicht in die Hände der Forschung fällt, obwohl ... ich hab da meine eigene Meinung. Egal, er will es nun mal nicht, er will als Musiker in Erinnerung bleiben, also versteckt er sich. Aber dieses Schicksal will er Patti und seinen Kindern nicht zumuten. Wenn sie es wüssten, müssten sie sich ja zusammen mit ihm hier auf Jesters einbuddeln. Sie könnten ihn nicht ab und zu heimlich besuchen, es würde genau drei Tage dauern, bis ein Paparazzo das rausfindet. Keith macht es wie alle Männer, Fred, er opfert seine Ehe schweren Herzens für seine Karriere. Hab ich nie gemacht, sagte ich. Das heißt nur, sagte Ben, dass deine Karriere es nicht wert war. Aber seine schon. Genau das läuft hier ab, Fred: Keith versucht, seine Karriere zu retten.

OUT THE WINDOW

Ich verbrachte die Nacht im Gesindehäuschen in einem Messingbett, das bei jeder Bewegung quietschte wie ein Ferkel, das man am Bein festhält. Am nächsten Morgen drückte mir Lynn hundert Dollar in die Hand für die Gitarre. Sie sagte, Keith braucht unbedingt eine, er zappelt wie ein Fisch auf dem Trockenen. Sie bat mich, ihr ein Parfüm mitzubringen, *Chanel Coco Mademoiselle*, sie hatte vergessen, es zu Hause einzupacken. Sie legte noch mal einen Hunderter auf meine Hand, und ich sagte, selbst wenn ich auch noch dein Parfümgeld in eine Gitarre investiere, kann ich Keith dafür nur eine Klampfe kaufen, er will doch bestimmt eine richtig gute Gitarre und nicht eine für Pfadfinder. Lynn sagte, es gibt ein unvorhergesehenes Problem, hundert müssen reichen. Übrigens: Kennst du Johnny Depp, ich meine persönlich?

Ich fuhr mit einem Taxiboot nach Provadenzalies, ich dachte, hundert Dollar für eine Gitarre, hundert Dollar! Er ist ein reicher Mann, er besitzt dreihundert Millionen, das hatte mir Jake mal erzählt. Jake sagte, ich hab grad gelesen, dass Keith Richards dreihundert Millionen Dollar besitzt, das enttäuscht mich. Mir wär's lieber, er könnte seine Zahnarztrechnung nicht bezahlen. Es wäre authentischer. Ich sagte, am Rock'n'Roll war nie etwas authentisch. Wenn ich früher *Wild Horses* hörte, gab mir der Song das Gefühl, etwas erlebt zu haben, das ich in Wirklichkeit nie erlebt hatte. Und wenn die Stones den Song spielten, taten sie es, um Sechzehnjährigen wie mir das Gefühl zu geben, etwas erlebt zu haben, das sie nie erlebt hatten. Im Rock'n'Roll geht es um Gefühle, die man nie gehabt hat, sagte ich, und Jake sagte, seit Louise dich verlassen hat, bist du immer so negativ.

Ein Taxifahrer sagte mir, in Provadenzales gebe es kein Musikgeschäft, aber ein Pfandleihhaus, er hatte vor zwei Jahren seine Gitarre für dreißig Dollar dort versetzt, um seine Zahnarztrechnung bezahlen zu können. Ich sagte, für dreißig Dollar haben Sie vom Zahnarzt aber doch höchstens einen Händedruck gekriegt, und er sagte, nein, es reichte für fünf Minuten bohren ohne Spritze.

Ich fuhr erst mal ins Hotel, eigentlich nur, um zu telefonieren, manchmal braucht man einfach jemanden, dem man alles erzählen kann. Mein Handy war von Lynn konfisziert worden, Order von Keith Richards, er wollte nicht, dass jemand auf Jesters Fotos machte oder Tonaufzeichnungen, Ben und ich, sagte Lynn, müssen unsere Handys auch abgeben. Ich hatte schon lange nicht mehr mit einem Telefonhörer telefoniert, er war doppelt so schwer wie mein Handy, und man konnte nicht mal die Zeit auf ihm ablesen.

Ich sagte, Jake, ich bin's, Fred, rate mal, was ich nachher mache! Ich kaufe eine Gitarre für Keith Richards, im Pfandleihhaus! Er will eine Gitarre für hundert Dollar, was sagst du dazu? Vielleicht möchte er zurück zu den Wurzeln, billige Gitarre, schlechte Saiten, aber das alte, ehrliche Bluesgefühl. Jake? Ja, sagte Jake, du kaufst eine Gitarre für Keith Richards, der gestern beerdigt worden ist. Ach, sagte ich, gestern schon, ich dachte das sei erst morgen. Aber egal, es war jedenfalls für Lynn und Ben wahnsinnig schwierig, es so aussehen zu lassen, als werde Keith Richards beerdigt. Ich weiß selber nicht, wie sie das hingekriegt haben, sie sind wortkarg, was das betrifft. Ja, sagte Jake, das kann ich mir vorstellen. Ich dachte, er nimmt mich nicht ernst, aber egal, ich brauchte jemanden, dem ich alles erzählen konnte. Ich sagte, Jake, es kommt noch dicker, ich glaube, die wollen mich zu Johnny Depp schicken, irgendwie macht das ja auch Sinn. Depp und Richards sind miteinander befreundet, du weißt ja, die Figur des Jack Sparrow, die Depp in den *Pirates-of-the-Caribbean*-Filmen spielt, ist Keith Richards nachempfunden, es ist eine Hommage an seinen besten Freund. Und Keith hat ja in zwei der Filme den Vater von Jack Sparrow gespielt, das weißt du doch alles, also warum schweigst du so vorwurfsvoll, wenn ich dir etwas so Tolles erzähle? Wegen dem Konzert am Samstag? Jake, merkst du nicht, dass hier etwas Großes abläuft? Etwas Historisches, Jake! Entschuldige, wenn ich deswegen nicht bei einem Konzert zur Feier der Scheidung des Bruders eines Fernsehmoderators teilnehme! Fred, sagte Jake, Fred, darf ich jetzt auch mal was sagen oder redest du schon nur noch mit dir selbst? Fred, ich bin kein Psychologe, aber ich war mit einer Psychologin verheiratet, das ist so gut wie ein Studium. Fred, ich glaube, der Tod von Keith Richards hat bei dir so was wie eine paranoide Psychose ausgelöst, wenn du ein Soldat wärst, würdest du dir in der Klinik die Ohren zuhalten und den ganzen Tag *Sie kommen!* schreien. Das nennt man Trauma. Vor drei Monaten starb deine Mutter, und jetzt Keith Richards, das war zu viel für dich, du bist praktisch schizophren.

Ja, meine Mutter war gestorben, aber es war nicht zu viel für mich gewesen, sondern für sie, deshalb war sie gestorben. Ihre Krankheit war noch nicht weit genug fortgeschritten, sie merkte noch, dass sie alles vergaß, sie merkte noch, dass sie meine Schwester nicht mehr erkannte, sie sagte, ich weiß sehr wohl, dass du mein Sohn bist, sonst würdest du mir keine Lilien schenken, ich hasse Lilien, sie stinken. Sie wollte sterben, bevor sie erlosch, sie konnte von ihrem Rollstuhl im Heim aus in den Rachen des Universums sehen, und sie wusste, dass dort die vollkommene Auslöschung jeder Erinnerung wartete, mehr noch, die Rücknahme alles je Geschehenen, da alles, das geschah, unwahrscheinlich war und das Wahrscheinlichste die vollkommene Stille, die vollkommene Ereignislosigkeit war, nein, das ist nicht korrekt, nicht die Ereignislosigkeit, sondern Ereignisse ohne Auswirkung waren das Wahrscheinlichste: Dass etwas geschieht, ohne dass sich dadurch etwas verändert.

Ich sagte, Jake, dass meine Mutter gestorben ist, anstatt noch zehn Jahre lang mit einem leeren Gehirn im Rollstuhl zu sitzen, war eine Gnade, eine Freude. Getrauert habe ich viel früher um sie, an dem Tag, als sie mich verdächtigte, ihr die Noten für das d-Moll-Konzert von Bach gestohlen zu haben, die sie ins Gefrierfach gelegt hatte. Keith Richards' Tod hat mich erschüttert, das stimmt, aber er lebt ja, Jake, höchstens *das* ist zu viel für mich, deswegen erzähle ich es dir ja – um es mit dir zu teilen, weil es für einen allein zu viel ist. Jake sagte, du hast nach dem Tod deiner Mutter eine Lungenentzündung gekriegt, du warst drei Wochen schwer krank, der Arzt sagte, es sei psychosomatisch. Ich sagte, das war nicht irgendein Arzt, Jake, das war Gerri, und für Gerri ist auch ein Beinbruch psychosomatisch, deshalb lebt er ja jetzt auch mit deiner Ex-Frau zusammen, die für dich so gut wie ein Studium war. Jake behauptete, wenn ich hören könnte, wie ich rede, würden bei mir die Alarmglocken läuten, so wie bei ihm gerade. Er fragte mich, wo ich sei, er sagte, bleib einfach, wo du bist, ich komme und bringe dich nach Hause.

Ich legte auf. Wozu hat man Freunde, wenn sie einen im entscheidenden Moment für verrückt erklären? Jake war ein hervorragender Bassist, er konnte ohne

Schlagzeuger den Rhythmus eines Songs auf die Zwei-
unddreißigstelnote genau halten, beim Spielen war er
der Fels in der Brandung, schon rein optisch, er war so
breit wie ein Hundert-Watt-Verstärker und konnte sich
in unserem VW-Bandbus nur gebückt bewegen, und
selbst dann scheuerte sein Rücken noch wie der Schup-
penpanzerkamm eines Dinosauriers am Wagendach
entlang. Aber sobald es ernst wurde, war er als Freund
ein psychologischer Analphabet. Wieso sollte mich der
Tod von Keith Richards aus der Bahn werfen, ich kaufte
doch eine Gitarre für ihn! Es hätte mich vielleicht aus
der Bahn geworfen, wenn er tatsächlich gestern oder
morgen begraben worden wäre, aber ich wusste ja, dass
er in seinem privaten Stockwerk im Haus auf Jesters saß
und auf die Gitarre wartete. Ich dachte, nein, es ist anders, Jake, sein Tod wirft *dich* aus der Bahn!

Ich fuhr ins Pfandleihhaus von Provadenziales, und
zwischen all dem Gerümpel, das niemand haben wollte,
hingen drei Westerngitarren. Der Pfandleiher war ein
schmächtiger Schwarzer mit einem silbernen Ohrring.
Ich sagte, ich möchte die Gitarren ausprobieren, und er
holte sie mir mit einem langen Haken von den Schlaufen runter, an denen sie ganz oben unter der Decke hingen. Die werden sonst geklaut, sagte er. Ich dachte, na
ja. Die eine war eine Schülergitarre, die höchstens von
Müttern geklaut wurde, die ihren Sohn eines Tages im
Fernsehen sehen wollten. Sie war hinten eingedrückt.
Ich sagte, die kommt schon mal nicht infrage, sie hat

ein Loch. Der Pfandleiher sagte, das haben sie alle. Ich sagte, ich meine hinten.

Die anderen beiden waren eine *Ibanez* und eine *Martin*. Die Martin hatte schöne Bässe und etwas schrille Höhen, sie erinnerte mich an ein Fohlen. Es war eine junge, kräftige, grazile Gitarre. Ich spielte irgendetwas, das mir gerade in den Sinn kam, der Pfandleiher sagte, hey, Sie haben's ja drauf. Darauf hofft man immer, wenn man in Gitarrenshops Gitarren ausprobiert. Ich bin Joe, sagte er. Er setzte sich mit der Ibanez zu mir und spielte mit. Das ist genau das, was man in einem Gitarrenshop befürchtet: dass der Verkäufer besser spielt als man selbst. Und Joe spielte besser, viel flüssiger, leiser, daran merkt man es immer, leiser, mit weniger Aufwand, es gingen kleine Wellen von ihm aus, ich merkte, er ist ganz tief drin in dem, was er spielt, während ich an der Oberfläche eine Show abziehe. Und dabei blieb ihm noch Zeit für eine perfide Akzentverschiebung: Plötzlich gab er vor, was wir spielten, und ich spielte nur noch mit. Und dann begann er auch noch zu singen.

Most people are nice
'till they're throwing
TV's out the window

Er sang, als würde er seinen Kindern etwas erzählen, um sie aufs Leben vorzubereiten. Seine Stimme war so verdammt samten und eindringlich, dass beim Zuhören vor Neid meine Wangenmuskeln hart wurden. Ich dachte, wir werden es nie schaffen. Ich meinte unsere Band, *Iron Wings*. Was für ein bescheuerter Name! Der Name war meine Idee gewesen, wie hatte Jake nur zulassen können, dass ich mich damit durchsetzte! Gegen seinen Willen, gegen den von Angelika, unserer Sängerin, die Veganerin geworden war, auch das hätte man mal an einem Bandtreffen thematisieren müssen: Kann eine Veganerin sexy sein? Sind Veganismus und Rock'n'Roll Antagonisten?

I didn't know you babe
'till you showed me
who you are

Ich dachte, hör dir das an! Irgendeine kleine Insel in der Karibik, irgendein Pfandleiher, und sogar der ist zehnmal besser als wir. Sein Song ist zehnmal besser als alles, was wir zusammenstümpern, wenn wir im Bierrausch versuchen, eigene Songs zu schreiben, um endlich *den Durchbruch* zu schaffen, wie Jake das immer nennt, er mit seinem bescheuerten Durchbruch! Er sollte sich mal anhören, wie weit hinten wir im internationalen Vergleich stehen, Iron Wings ist das verdammte Schlusslicht aller Bands auf dieser Welt, selbst dieser Joe Pfandleiher ist tausend Ränge weiter vorn als wir. Der Song ist nicht mal schlecht, sagte ich zu Joe, und er lachte auch noch so einnehmend und sagte, er ist von mir, er heißt *Out The Window*. Ich sagte, ich dachte mir schon, dass er von dir ist, denn so gut, dass er von einem Profi sein könnte, ist er eben doch nicht.

Was für ein kleiner, neidischer Giftpfeil du bist, dachte ich. Und dann dachte ein anderer Teil von mir, ist das ein Wunder nach all den Enttäuschungen? Wie soll man mit einer Veganerin, die dann aber doch zwischendurch immer mal wieder schwanger wird, als ob es da nicht auch um Fleisch ginge, und einem Bassisten, dem der Mut fehlt, sich gegen einen bescheuerten Bandnamen aufzulehnen, den Durchbruch schaffen! Ich musste hier raus. Ich hielt es nicht mehr aus, das Ende der Nahrungskette zu sein. Meine Erfolge als *Sean Carroll Deutschlands,* wie die FAZ über mein zweites Physikbuch geschrieben hatte, befriedigten meine Herzenssehnsüchte nicht, zumal die meisten FAZ-Leser gar nicht wussten, wer Sean Carroll war, und überhaupt: Physik beschreibt das Leben, aber sie ist nicht das Leben, die Musik ist das Leben. Jedenfalls für mich, und wenn es für mich stimmt, wären die anderen Leute dumm, wenn es für sie nicht auch stimmen würde.

Ich bot Joe hundert Dollar für beide Gitarren, und beide wollte ich deshalb, weil ich wusste, dass Keith Richards oft in *Open G* oder *Open E* spielt, diese speziellen Gitarrenstimmungen produzieren den typischen Sound vieler Stones-Songs, um es mal als der Fachmann zu sagen, der ich bin. Diese Tunings eignen sich aber nicht für alle Songs, und damit Keith Richards nicht zwischen zwei Songs die Gitarre umstimmen musste, sagte ich, und ich werde nicht feilschen, Joe. Aber ich, sagte Joe, er verlangte zweihundertfünfzig für beide. Weißt du, für wen ich diese Gitarren kaufe, sagte ich, ich kaufe sie für Keith Richards, schon mal gehört? Joe lachte, ihm fehlte ein Schneidezahn. Keith Richards ist tot, Mann, sagte er, er ist jetzt einen Stock weiter oben. Genauer gesagt im zweiten Stockwerk, sagte ich, im verbotenen Stockwerk, da darf niemand rauf, außer seine Ärzte. Jeder, sagte Joe, der ein gottgefälliges Leben führt, darf da eines Tages rauf, und ich sagte, so einfach ist das nicht. Wir einigten uns auf hundertzehn, ich musste also zehn von Lynns Parfüm- geld drauflegen, aber das machte mir nichts aus, denn ich hatte den Namen des Parfüms sowieso vergessen. Ich kaufte die Gitarren und danach in einem Supermarkt ein Parfüm für siebzig Dollar, es hieß *Tocca Cleopatra*.

Es war Abend geworden, und es fuhr kein Taxiboot mehr, also mietete ich mir ein billiges Hotelzimmer für vier- zig Dollar, zwanzig hatte ich beim Parfümkauf gespart, zwanzig legte ich selber drauf. Vor dem Einschlafen schaute ich mir die lokalen Nachrichten an. Es wurde eine verwackelte, unscharfe Aufnahme eines Schnell- boots gezeigt, das über die Wellen jagte, und danach kam ein Patrouillenboot der hiesigen Küstenwache ins Bild, gestochen scharf. Das Schnellboot war deshalb unscharf und verwackelt, weil es viel schneller war als das Patrouillenboot, und das machte die Küstenwache wütend. Der Kapitän des Patrouillenbootes sagte, was soll ich tun? Sie sind schneller, besser bewaffnet, und sie dürfen schießen, wir nicht, da braucht sich niemand zu wundern, wenn die Piraterie ausufert. Die Sprecherin sagte, es seien Banden aus Haiti, und diese Art der Piraterie habe mit der romantischen Piraterie von *Pirates of the Caribbean* nichts zu tun. Auf kleineren Inseln wie Cockburn Town und Salt Cay hätten sich Bürgerwehren gebildet, aber da es dort sehr wenige Bürger gebe, seien sie gegenüber den Piraten in der Unterzahl. Ich dachte, und was ist mit Jesters? Dort gibt es noch weniger Bürger. Und was ist mit den Taxibooten, sind die wenigstens sicher? Der Bürgermeister von Provadienzalies sagte, seine Partei werde alles tun, um den Besitz und das Leben ...

Ich schaltete den Fernseher aus und war froh, nicht mehr mit Louise verheiratet zu sein. Sie hätte gesagt, natürlich bin ich gegen Piraterie, aber in Haiti haben die Kinder nicht mal Bleistifte. Was würdest du tun, wenn dein Kind keinen Bleistift hat und du genau weißt, dass es nie einen Bleistift haben wird, denn du selbst hast als Kind schon keinen gehabt und dein Vater und dein Großvater auch nicht. Und dann siehst du all diesen Reichtum direkt vor deiner Haustür, all die amerikanischen Millionäre und Börsenmakler, die am Swimmingpool Kaviar fressen, was ist denn schon dabei, wenn denen mal einer eine Pistole an die Schläfe setzt, das passiert eben, wenn die Wohlstandsschere zu weit auseinanderklafft, und hör bitte auf, mir Nagellack aufs Kopfkissen zu legen, ich werde meine Nägel nicht rot lackieren, wenn du so eine willst, geh nach Frankfurt zur Deutschen Bank.

DIE RELIQUIE DES ROCK'N'ROLL

Am nächsten Tag war Sturmwarnung, aber das überspringe ich hier. Es wurde ein Hurrikan erwartet, die Hunde wurden an die Bäume gebunden. Die Leute beschwerten ihre Hausdächer mit Ziegelsteinen. Ich sah vom Hotelzimmer aus diese Ziegelsteine durch die Luft fliegen, gefolgt von Wellblechteilen und Hunden mit gerissenen Leinen um den Hals. Der Hotelbesitzer sagte, es sei nur ein *Graze shot,* ein Streifschuss, das Zentrum des Hurrikans werde Haiti verwüsten, das gönne er diesen Mistkerlen. Aber den Rest überspringe ich. Am nächsten Tag brachte mich ein Taxiboot, das den Graze shot ohne Schaden überstanden hatte, zurück nach Jesters, wo mir Lynn in ihrem weißen Kittel und den blauen Clogs entgegenkam. Zwei der gepflanzten Palmen waren umgestürzt, und am Strand von Jesters lagen tote Fische. Lynn wollte mir die Gitarren abnehmen, aber ich sagte, du verstehst sicher, dass ich sie Keith Richards gern persönlich bringen würde. Sie sagte, er liest gerade dein Buch, er will es erst zu Ende lesen, bevor er sich mit dir trifft. Außerdem geht es ihm nicht besonders gut. Was hat er denn, fragte ich, und sie sagte, er friert, und das ist alles, was ich dazu sagen werde. Hast du das Parfüm? Ich gab es ihr, und sie sagte, das ist nicht das richtige! Ich sagte, das weiß ich, aber es war das einzige, das sie hatten, die Verkäuferin sagte, ihre Mutter benutze es seit vierzig Jahren, ohne zu murren. Du kannst doch einer Frau nicht irgendein Parfüm kaufen, sagte Lynn, nur weil es das einzige war, das sie hatten! Als Nächstes sagst du mir dann wohl, dass du mit mir schlafen willst, weil gerade keine andere da ist! Ich sagte, dass ich mit ihr auch schlafen würde, wenn ein Bus mit Frauen da wäre, ich dachte, sei ruhig mal ein bisschen emotional. Sie sagte, ich bringe Keith jetzt die Gitarren, und Ben und du, ihr macht den Strand. Danach essen wir.

Mit *den Strand machen* meinte sie, die toten Fische aufsammeln und ins Meer werfen. Ben sagte, das muss man machen, sonst stinkt morgen die ganze Insel. Er hatte aus der Besenkammer Schnappzangen an langen Stielen geholt, die dort eigens für diesen Zweck standen. Ben sah bleich aus, seine Wangenknochen waren gewachsen, die Schatten darunter waren das Einzige, das seinem Gesicht ein wenig Farbe gab. Ich hob mit der Schnappzange einen großen bläulichen Fisch auf und warf ihn ins Meer. Ben sagte, was machst du denn da! Der wird doch sofort wieder angespült! Die kommen alle in den Eimer hier. Und wenn sie drin sind, schauen wir sie uns noch mal genau an, bevor wir sie vergraben, denn es könnte ja sein, dass einer von ihnen wieder zu leben beginnt. Ich fragte ihn, ob es ihm gut geht, und er sagte, mir geht's erst wieder gut, wenn ich hier weg bin.

Wir füllten einen Eimer mit Fischen und verscharrten sie im Sand, aber da lagen noch mal so viele, die packten wir auch in den Eimer, der schon ziemlich nach Meeresfrüchten roch. Und warum möchtest du weg von hier, fragte ich. Ben schaute mich an.

Lynn rief uns zum Essen. Sie hatte Teelichter auf die Brüstung der Veranda gestellt, damit wir es schön haben. Das liebe ich so an Frauen, sie möchten, dass man es schön hat, dass man keinen Grund hat, sich über irgendetwas zu beschweren, dass man einfach glücklich ist und sich nicht danach sehnt, an einem anderen Ort zu sein, von dem man weiß, dass es dort noch ein bisschen schöner wäre. Sie hatte im Backofen drei Pizzen warm gemacht, es gab Bierdosen für Ben und mich, sie trank Whiskey mit Wasser. Ben sagte, Fred hat mich vorhin gefragt, warum ich von hier wegmöchte. Lynn pickte mit der Gabel eine Olive von ihrer Pizza und strich sie auf Bens Teller ab. Er schob die Olive an den Tellerrand. Aha, dachte ich, dicke Luft. Die Teelichter flackerten und sahen aus wie Lichter, die man aufstellt, damit Touristen, die sich im Moor verirrt, aber die Hotelrechnung noch nicht bezahlt haben, wieder zurückfinden.

Lynn sagte, es gibt eine gute Nachricht, Fred, wir haben alles organisiert. Ich werde dir nach dem Essen erklären, wie es abläuft, das mit Johnny Depp. Ich gehe jetzt schwimmen, sagte Ben, wenn ich in zwei Stunden nicht zurück bin, könnt ihr davon ausgehen, dass es hier Strömungen gibt. Wenn es Strömungen gibt, sagte Lynn, bist du in zwei Stunden in Kuba. Sie biss in ein großes, käsiges Stück Pizza und sah aus, als sei ihr der Strömungstod von Ben völlig egal. Du siehst aus, sagte ich, als wenn es dir völlig egal wäre, wenn er ertrinkt. Sie sagte, wie sieht man denn aus, wenn es einem nicht egal ist? Nicht so entspannt, sagte ich, und sie drehte sich nach Ben um und rief, Ben! Ich flehe dich an, bleib hier, geh nicht da raus, die kubanische Küstenwache ist für so große Wasserleichen wie deine nicht ausgerüstet! Ich dachte, sie ist eine dieser modernen Frauen, die einem Mann die Glühbirne aus der Hand reißen. Sie ist nichts für mich, ich brauche eine Frau, die mich fragt, wie eine Glühbirne funktioniert, und die nicht merkt, dass ich ihr Stuss erzähle und keine Ahnung von der Funktionsweise von Glühbirnen habe. Ich brauche eine Frau, die nicht wie Lynn sorglos Pizza isst, während ich in gefährlichen Gewässern das Kraulen übe, sondern die am Ufer nach mir Ausschau hält und weint, auch wenn ich noch lebe. Sie bringt mir, wenn ich rauskomme, ein Badetuch und ein Stück Melone zur Erfrischung, und dann bläst sie mir einen und fragt mich, ob sie es gut gemacht hat, und ich sage, es geht so, du warst ein bisschen zu hektisch. Lynn, sagte ich, ich glaube, ich bin reif für eine Südostasiatin, und sie sagte, warum, weil du beim Essen schmatzt?

– Ich glaube nicht, dass ich schmatze, jedenfalls höre
ich es selbst nicht, und nur das zählt.

– Du schmatzt, und du klackerst mit der Gabel dauernd
gegen deine Schneidezähne. Wenn du isst, hört man
schmatz, klick, schmatz, klick. So klingt das bei dir.
Mach dir nichts vor, deine Südostasiatin wird von dir
eine Lärmzulage verlangen.

Ich sagte Lynn, auf den Partnersuchplattformen im
Internet wimmle es von Frauen wie ihr, gebildet, wohl-
habend, attraktiv, aber dort, wo das Herz sein sollte,
ist ein rotes Handtäschchen. Sie sagte, dass ein Handtäschchen, das sechzigmal in der Minute auf- und zu-
geht und mit den Arterien verbunden ist, theoretisch
ein Herz ersetzen könnte.

Das ist die Art von Gesprächen, die man auf karibi-
schen Inseln führt, die zu klein sind für einen Internet-
anschluss. Man hört abends nichts als das Brummen
des Generators und das Rauschen des Ozeans. Es gab
allerdings ein Kofferradio, aber es war altmodisch, man
musste Knöpfe drehen, und dazu hatte keiner von uns
Lust. Nach dem Essen sagte Lynn, räumst du bitte den
Tisch ab, Fred, und es wäre lieb von dir, wenn du den
Abwasch machen würdest, ich hole unterdessen etwas.
Ich räumte den Tisch ungern ab, und weil wir keine Ab-
waschbürste hatten, musste ich die Käsereste mit dem
Daumennagel von den Tellern abkratzen. Der Vorteil
war, dass ich rechts lange Fingernägel habe, wegen des
Fingerpickings, ich spiele ohne Plektrum Gitarre, wie

Mark Knopfler und Paco de Lucia. Als ich mit dem Abkratzen fertig war, wollte Lynn, dass ich mich ihr gegenüber an den Tisch auf der Veranda setze, den ich übrigens mit einem feuchten Tuch sauber gewischt hatte. Sie streckte mir beide Fäuste hin und sagte, welche Hand wählst du? Ich dachte, was ist da drin, die *Spanische Fliege?* Lynn trug den zerknitterten weißen Arztkittel und diese blauen Schrecklichkeitsschuhe, aber in meiner Vorstellung sah ich sie in Lingerie am Tisch sitzen. *Lä-Scherie,* das Wort ist hier die Sache, und ich hasse Lä-Scherie, Lä-Scherie ist wie einem Hund eine Wurst hinhalten. Zieh bitte deinen zerknitterten Kittel wieder an, sagte ich in meiner Vorstellung zu Lynn. Sie tat es, und jetzt sah sie in meiner Vorstellung genau so aus wie in Wirklichkeit, etwas Besseres konnte mir nicht passieren.

Welche Hand?, sagte sie, und ich sagte, das ist nicht so einfach, Lynn, denn die Chancen, dass ich die richtige Hand wähle, stehen fünfzig zu fünfzig. Es macht also keinen Sinn, sich willentlich für die eine oder andere Hand zu entscheiden, hier entscheidet allein der Zufall, man könnte genauso gut eine Münze werfen. Es ist reine Selbsttäuschung: Man glaubt, dass man eine Entscheidung treffen kann, aber in Wirklichkeit ist die Entscheidung schon längst gefallen. Man kann nur den Gesetzen der Wahrscheinlichkeit gehorchen, es gibt keine individuelle Freiheit.

Welche Hand!, sagte Lynn. Die linke, sagte ich, und

sie öffnete sie: Sie war leer. Dann wähle ich jetzt die rechte, sagte ich, und sie öffnete sie.

Auf ihrer Handfläche lag ein Ring.

Aber nicht irgendeiner.

Es war *der* Ring.

Es war *sein* Ring.

Ich bekam Lust, Jake anzurufen. Wie schön wäre es gewesen, wenn Jake das hätte sehen können. Das ist aber nicht das Original?, sagte ich. Doch, sagte Lynn. Nein, nein, sagte ich, er hat diesen Ring nie abgenommen, seit 1978 nicht, das weiß ich, das hab ich gelesen. Jake, hätte ich gesagt, Jake, weißt du, was da gerade auf der Handfläche einer Ärztin liegt, die ich begehre? Direkt vor mir? Der Totenkopfring von Keith Richards! Sie behauptet, es ist das Original, Jake. Und wenn ich mir das Ding so ansehe, muss ich sagen: Es sieht aus wie das Original!

Fred, sagte Lynn, es gibt nur dieses eine Stück. Zwei Londoner Goldschmiede haben es Keith 1978 zum Geburtstag geschenkt. Es gibt keine Replikate, nur Imitate. Schau ihn dir ruhig genauer an. Nimm ihn! Schau ihn dir an! Hier! Sie hielt mir den Ring hin, aber ich zögerte, ihn in die Hand zu nehmen. Jake, das verstehst du bestimmt, es ist, als würde ich seine Leber in die Hand nehmen. Das ging mir am Anfang auch so, sagte Lynn, aber du wirst ihn sowieso irgendwann in die Hand nehmen müssen, Fred. Also nahm ich ihn in die Hand. Er war kalt und schwer. Ich hatte ihn auf zweitausend

Fotos von Keith Richards gesehen, auf jedem Foto, auf dem seine Hände drauf waren, ich fragte, hast du ihm den Finger abgeschnitten?

– Nein, aber wir haben viel Seife gebraucht.

– Warum hat er ihn abgenommen?

– Weil er Geld braucht.

– Keith Richards? Braucht eine Gans Federn? Er besitzt dreihundert Millionen!

– Aber er ist tot, Fred. Er wurde beerdigt. Er ist Erblasser. Er besitzt keinen Cent mehr. Alles, was er hatte, gehört jetzt Patti und seinen Kindern. Daran haben wir nicht gedacht. Es ist uns erst klar geworden, als ich den Learjet bezahlen musste, mit dem wir nach Providenciales geflogen sind. Keith kann auf seine Konten nicht mehr zugreifen. Wie denn auch? Soll er in der Bank seinen Totenschein als Legitimation vorlegen? Die Konten wurden alle auf Patti überschrieben, sein gesamtes Vermögen wird unter die Erben verteilt. Ein Toter hat kein Geld mehr, Fred, egal wie reich er vorher war.

Keith hat nur noch diesen Ring, sagte Lynn, er ist der einzige Wertgegenstand, der ihm geblieben ist. Na ja, sagte ich, das ist traurig, aber andererseits braucht er hier auf Jesters ja nicht viel, alle zwei Jahre neue Schuhe vielleicht. Ach ja?, sagte Lynn, und wer hat die Flüge bezahlt, wer bezahlt die Taxiboote, den Proviant, die Hotelspesen, hast du darüber mal nachgedacht, die Gitarren und was er sonst noch braucht, ganz zu schweigen von unseren Honoraren. Keith ist kein Schnorrer, Fred, er will unsere Honorare bezahlen, auch deins, und er will für seinen Lebensunterhalt selbst aufkommen. Bei seiner Lebenserwartung kommt da in den nächsten hundert Jahren einiges an Kosten zusammen. Sie sagte, Keith sei kein Schnorrer, und ich sagte, das hast du gerade schon gesagt. Sie behauptete, sie habe es zweimal gesagt, damit ich kapiere, warum er beschlossen hat, sich von seinem geliebten Ring zu trennen. Und dann erklärte sie mir den Plan.

Der Plan basierte auf der Verehrung, die Johnny Depp Keith Richards entgegenbrachte. Diese Verehrung beruhte nicht nur, aber auch auf einem *Last Man Standing,* was das Trinken betraf. Alkohol war in Hollywood unpopulär geworden, die Stars befürchteten, dass ihnen, wenn sie auf einer Party besoffen waren, eine Bemerkung über Schwule oder Schwarze rausrutschte, für die sie später in den sozialen Medien gekreuzigt wurden. Lynn sagte, das Aufregendste an den Partys in Hollywood sei heutzutage die Selbstkontrolle, jeder versuche den anderen darin zu übertreffen, nichts Unkorrektes zu sagen. Es gebe keine nackten Mädchen im Swimmingpool mehr, sie seien durch Smoothies ersetzt worden, man hat jetzt Smoothies in der Hand und nicht mehr Callgirls, auf besonders wilden Partys gibt es Cidre. Für einen Alkoholliebhaber wie Depp, sagte Lynn, sind es finstere Zeiten, es ist anstrengend für ihn, sich mit alkoholreduziertem Cidre eines Biowinzers vollzusaufen, es kostet ihn sehr viel Zeit, und nach einer Weile wölbt sich der Unterleib wegen den Gasen und du siehst am Pool aus wie eine Schwangere. Sie sagte, für Depp sei es eine Erlösung gewesen, als er bei einer dieser Partys Keith kennengelernt habe, der mit offenem Hemd und zwei Zigaretten im Mund im Liegestuhl direkt aus der Flasche Jack Daniel's getrunken habe. Keith hatte den Whiskey selbst mitgebracht, weil der Gastgeber keinen anbot, Johnny und Keith verstanden sich auf Anhieb. Aber natürlich schweißte sie auch die gemeinsame Liebe zur Musik zusammen, sie sprachen beim Whiskeytrinken stundenlang über Bo Diddleys Technik, obwohl jeder weiß, dass Diddley gar keine Technik gehabt hatte. Aber so etwas stört einen eben nicht, wenn man keine Smoothies trinkt. Es war logisch, dass Johnny Keith in seinen Film einlud. Depp sagte zu Keith, du kennst doch Jack Sparrow, und Keith sagte, Jack wer? Na, der Piratenkapitän, sagte Depp, im Kino, da wo Filme gezeigt werden. Depp wusste, dass Keith kein Kinogänger ist, Keith liest lieber, sagte Lynn, er ist im Herzen ein Bibliothekar. Die Filme heißen *Pirates of the Caribbean,* sagte Depp, und Jack Sparrow, dieser verrückte Piratenkapitän, den spiele ich, okay, das bin ich. Okay, sagte Keith, das bist du, verstehe, und wie viel kriegst du dafür? Depp sagte, er verdiene damit genug, um für seine zukünftigen Scheidungen was auf die Seite zu legen, er sorge da immer vor. Keith sagte, er werde sich von Patti nur vom Tod scheiden lassen, und ich sagte, Lynn, ich finde das interessant, es ist *Gossip* vom Feinsten, aber schweifst du jetzt nicht ab?

Lynn beugte sich über den Tisch, sie sagte, na und, dann schweife ich eben ab, du Pedant. Sie küsste mich nicht direkt auf den Mund, aber in seine Nähe. Sie roch nach Wein. Ach so, dachte ich, sie hat in der Küche heimlich Wein getrunken. Gesehen hatte ich es nicht, also dachte ich, dass sie es heimlich tat, um für mich attraktiv zu bleiben, ich hatte ihr nämlich kürzlich gesagt, dass betrunkene Frauen mir vorkommen, als hätten sie die Grippe, ich weiche dann unweigerlich zurück und überlasse sie ihrem Schicksal und sie mich meinem. Depp, sagte Lynn, habe Keith klargemacht, dass die Figur des Jack Sparrow, ihm, Keith, nachempfunden sei, und da wäre es doch nur plausibel, dass Keith mal in einem der *Pirates-of-the-Caribbean*-Filme einen Gastauftritt hat. Keith sagte, aber klar, Johnny, am Sonntagnachmittag habe ich Zeit, da ist Patti beim Yoga. Irgendwann kamen sie vom Yoga zu Keiths Totenkopfring, und Depp sagte, diesen Ring kenne ich, seit ich ein kleiner Junge war, wenn du ihn mal verkaufst, dann nur an mich, versprich mir das in die Hand. Keith sagte, den nehme ich mit ins Grab, Johnny, aber falls ich die Hand dann noch ausstrecken kann, kannst du den Ring für fünf Millionen haben.

Woher weißt du das alles, fragte ich Lynn. Sie sagte, weil ich dabei war, als sie es miteinander besprachen. Der

Plan war, dass ich den Ring Johnny Depp brachte, der gleich um die Ecke von Jesters auch eine Insel besaß, sie hieß Little Halls Pond Cay. Das musste morgen geschehen, denn Depp blieb nur drei Tage auf der Insel, und er war gestern angekommen. Ich musste mich zuerst in Miami mit Rick Czerny treffen, einem der Anwälte von Depp, im Grand Hyatt Hotel. Czerny würde mich mit zu Depp nehmen, und ich würde Depp den Ring zeigen und ihm einen Brief von Keith überreichen. Lynn zog den Brief aus der Tasche ihres Arztkittels. Sie schaute mich lange ernst an, das strengte sie an, sie bekam einen müden Blick davon. Niemand, sagte sie, darf diesen Brief lesen, nur Johnny Depp, das ist wirklich wichtig, Fred. Sie sagte, sie wisse nicht, was in dem Brief stehe, Keith wolle, dass niemand außer Johnny ihn liest.

Ich bekam jetzt auch Lust, Wein zu trinken, mich zu betäuben, ich sehnte mich nach dem Zustand, in dem man an nichts mehr zweifelt. Ich sagte es Lynn, und sie holte die Flasche und goss mir ein, sie selbst trank jetzt demonstrativ Wasser, wie es Alkoholiker beim Geburtstagsfest ihrer Mutter tun. Lynn, sagte ich, wenn ich zu Depp gehe und ihm den Ring und den Brief bringe, weiß er doch, dass Keith Richards noch lebt, hältst du das für klug? Aber das beunruhigte sie nicht. Sie sagte, Keith sei sich seiner Sache ganz sicher, wenn er jemandem vertraue, dann Johnny. Außerdem stehe in dem Brief vermutlich etwas, von dem Depp nicht wolle, dass es an die Öffentlichkeit gelangt. Eine Erpressung?, sagte ich, und sie sagte, keine Ahnung, aber Keith ist kein Chorknabe. Bringst du mir dann bitte auch noch das Parfüm mit aus Providenciales, *Chanel Coco Mademoiselle,* soll ich dir den Namen aufschreiben? Mit Lippenstift auf deinen nackten Hintern? Ich geb dir meinen Taschenspiegel mit, dann kannst du es von hinten lesen, bevor du in den Drogeriemarkt gehst.

FILME FÜR DIE GANZE FAMILIE

In der Nacht, bevor ich zu Johnny Depp fuhr, lag ich im Gesindehäuschen auf meinem Messingbett und trank den Rest des Weins aus der Flasche. Ich trank, bis es draußen wütend zu regnen begann, die ganze kleine Insel zitterte. Es war, als würde man über eine Ameise einen Eimer Glasperlen ausschütten. Die künstlich gepflanzten Palmen bogen sich im Wind, ich dachte, hoffentlich ist Ben jetzt nicht mehr im Meer, sollte man nicht mal nachschauen? Durch das regennasse Fenster schaute ich rüber zum Haupthaus. Im privaten Obergeschoss von Keith Richards brannte Licht, und ich dachte, wenn ich wenigstens mal seinen Schatten sehen würde! Ich hatte noch nicht mal die Toilettenspülung oben gehört, benutzte er einen Nachttopf? Ich hatte noch nie das Knarren der Holzdielen oben gehört, irgendwann hätte es doch mal knarren müssen, er war bestimmt schwer genug, um Dielen zum Knarren zu bringen, das schaffte er ja wohl noch, oder war er vielleicht noch halb tot? Wer wusste das denn schon. Lynn und Ben erzählten mir nichts über seinen Gesundheitszustand, das war Arztgeheimnis, aber wenn man sich die beiden so ansah, sie betrunken, er mit dem Portionenlöffelchen um den Hals, wollte man die Geheimnisse der Ärzte gar nicht mehr kennen.

Am nächsten Morgen frühstückte ich mit Lynn, während Ben in einer gelben Badehose auf der Insel rumlief und Schnalzgeräusche machte. Lynn sagte, sein Hamster ist verschwunden. Den Hamster hatte ich ganz vergessen, ich liebte ihn nur, wenn ich das Portionenlöffelchen in der Nase gehabt hatte. Passt auf, wo ihr hintretet!, rief uns Ben zu. Er sagte, er brauche den Hamster für ein Experiment. Ich fragte, was für ein Experiment, und Lynn sagte, ich mache mir Sorgen um ihn. Er wird dich bitten, in Miami Kokain für ihn zu besorgen, mach das ja nicht! Bring mir nur das Parfüm! Weißt du noch, wie es heißt? Ich hatte vergessen, wie der Plan war, ich war zu nervös. Meine größte Sorge war, auf dem Weg zu Johnny Depp den Ring zu verlieren. Ein Totenkopfring rutscht leicht aus der Hosentasche, wenn man auf der Toilette die Hose hochzieht und nicht aufpasst. Das hörst du doch, sagte Lynn, der Ring ist schwer. Es ist auch im Flugzeug gefährlich, sagte ich, da sitzt man ein wenig schräg, wenn man schlafen will, und im Schlaf rutscht der Ring dann immer höher, und bei einer Turbulenz überwindet er den Rand der Hosentasche und fällt unter den Vordersitz, und das hört man nicht, denn der Flugzeugboden ist mit billigem Spannteppich bezogen, damit man das Aluminiumgerüst nicht sieht. Fred, sagte Lynn, du bist nervös, nimm eine dieser Pillen. Ich fragte, was ist das, sie sagte, ein leichtes Beruhigungsmittel, der Wirkstoff ist Alprazolam. Nimm erst mal eine halbe, und bevor du zu Depp gehst, zwei ganze. Ich schluckte jetzt schon zwei ganze, mit Spucke und nicht mit Orangensaft, den benutzen nur Anfänger, und ich bin ein versierter Pillenschlucker, das Alter hat mich in dieser Disziplin zum Profi gemacht. Was ist schon wieder der Plan?, fragte ich.

Lynn schrieb mir alles auf einen Zettel, sie schob ihn mir zusammen mit dem Totenkopfring über den Tisch. Lynn hatte für Mittag ein Taxiboot bestellt, ich hatte also noch drei Stunden Zeit, um zwischen mir und dem Ring eine untrennbare Verbindung herzustellen. Ich überlegte mir, ihn zu schlucken, aber nicht mit Spucke, sondern mit viel Orangensaft. Bist du verrückt, sagte Lynn, am Schluss defäkierst du ihn in die Flugzeugtoilette, du musst ja zuerst nach Miami fliegen, das steht doch hier auf dem Zettel. Sie erklärte mir, dass meine Nervosität während des Flugs zu einer akuten Darmreizung führen werde, das sehe sie schon voraus, denn du wirst im Flugzeug viel kaltes Bier trinken, um dich zu beruhigen, außerdem wirst du wegen des Rings Bauchschmerzen bekommen. Das alles wird dazu führen, dass dein Darm glaubt, er sei in Gefahr, er wird sich, populärwissenschaftlich gesagt, von allem entledigen wollten, das in ihm drin ist. Sie machte oft Scherze über meinen Status als Populärwissenschaftler, aber das war mir jetzt egal, ich wollte einfach nur den Ring schlucken. Ich sagte, das ist das Beste, Lynn, gib mir einfach noch ein Abführmittel, und damit gehe ich dann bei Johnny Depp auf die Gästetoilette, er hat doch bestimmt auf seiner Insel eine Gästetoilette, und danach wasche ich mir die Hände in einem versilberten Waschbecken. Ich muss einfach sicher sein, dass ich den Ring nicht verliere, Lynn, bitte gib mir jetzt Orangensaft. Sie sagte, du bist so süß, wie ein kleiner Junge, komm mit. Sie führte mich in ihr Zimmer, ich sah es zum ersten Mal, es ging aufs Meer raus, aber alle Zimmer auf Jesters hatten Meersicht, die Meersicht war hier etwas Plebejisches, wie eine Würstchenbude mit drei Stehtischen. Lynn nahm aus der Schublade ihres Nachttisches einen Küchenfaden. Sie sagte, sie benutze ihn für eine Masturbationstechnik, bei der man höllisch aufpassen müsse. Ich fand sie witzig, sie hatte einen Humor, der sicherlich viele Männer abschreckte und mich auch, aber wenn man zusammen in einem karibisch warmen Zimmer ist und sie dir am Hosenbund rumfummelt, weil sie dort einen Küchenfaden befestigt, wäre es dumm, wenn man sie nicht küssen würde. Sie sagte, was machst du da, soll das ein Kuss sein?, und ich sagte, wir sind auf einem Niveau angelangt, auf dem es keine Rolle mehr spielt, wenn wir noch tiefer runtergehen. In diesem Moment kam Ben mit seinem Hamster auf der Schulter ins Zimmer, er sagte, was macht ihr denn da?

Und jetzt sagte ich etwas, das aus tiefstem Herzen kam. Ich sagte, Ben, wir sind alle um die sechzig, und wir sind nicht er da oben, der in seinem privaten Stockwerk hockt und uns alle überlebt. Wir werden sterben, Ben, und zwar, bevor du bis drei gezählt hast. Stell dir mal vor, du liest das Neue Testament, und du kommst an die Stelle, an der Jesus gekreuzigt wird, und du weißt, jetzt sind es nur noch ein paar Seiten, dann ist das Buch fertig. Genau an diesem Punkt sind wir jetzt alle: Wir haben nur noch ein paar Seiten vor uns, aber wie du vielleicht weißt, sind es gerade die schönsten Seiten des Neuen Testaments, die Wiederauferstehung, du verstehst bestimmt, worauf ich anspiele. Es wäre schade, wenn du Lynn und mir diesen Moment verderben würdest, in dem wir noch einmal miteinander etwas sehr Schönes erleben, etwas, von dem wir wissen, dass es nicht mehr oft geschehen wird, vielleicht nur noch dieses eine Mal.

Lynn umarmte mich und sagte, das hast du schön gesagt, Fred, sag noch mehr solche Sachen. Ich war aber am Schluss angekommen. Ben sagte, es gibt noch was anderes auf der Welt als Ficken, nämlich die Wissenschaft. Ihr kapiert nicht, was hier los ist, ihr erkennt die historische Dimension nicht, na gut, dann vergeudet eure Zeit mit Orgasmen, aber ich kenne meinen Auftrag! Ben, sagte Lynn, wir haben uns vor acht Jahren getrennt, mach daraus jetzt nicht eine Minute. Pass auf, sagte Ben zu mir, denk daran, was die alten Seefahrer auf die Karten geschrieben haben, wenn sie Gebiete kennzeichnen wollten, die noch unentdeckt waren: HIC SUNT DRACONES! Und mit Dracones meinten sie die Frau, die gerade vor meinen Augen an deinem Ohrläppchen leckt. Im Stehen. Bei mir konnte sie das nur im Liegen machen. Aber an dein Ohr kommt sie auch im Stehen ran, du Zwerg!

Normalerweise kann ich beim ersten Mal nur versagen, aber als Ben und sein Hamster uns allein gelassen hatten, dauerte es keine fünf Minuten, bis das erste Mal vorbei war, es ging so schnell, dass ich gar nicht dazu kam, zu versagen. Normalerweise bin ich nach einem Mal vollkommen gesättigt und benötige eine Refraktionszeit von vierundzwanzig Tagen. Aber Lynn verkürzte meine Erholungsphase auf zehn Minuten, und als das Taxiboot hupte, war ich verliebt. Sie sagte, du musst jetzt gehen, hast du den Zettel, und den Ring müssen wir noch festbinden. Sie band ihn mit dem Küchenfaden an eine der Gürtelschlaufen meiner Hose und machte einen komplizierten Knoten, sie sagte, das hält, das ist ein Rundtörn mit zwei halben Schlägen, ich bin Seglerin, vertrau mir. Mein Problem ist, dass ich ein emotionaler Mann bin, ich verliebe mich bei jeder sich bietenden Gelegenheit, häufig in Schauspielerinnen, die ich in Filmen sehe. Einmal war ich in Cate Blanchett verliebt, es war von meiner Seite her etwas Ernstes, kein Spiel, kein leichtfertiger Flirt, aber danach sah ich einen Film mit ... ich erinnere mich nicht mehr, wie sie hieß, eine Blonde jedenfalls, ich liebte sie beide. Und ich wollte nicht, dass ihnen etwas passiert, deshalb sagte ich zu Lynn, hör mal, wenn ich weg bin, pass bitte gut auf. Es gibt in der Gegend Piraten aus Haiti, sie überfallen vor allem kleine Inseln, es scheint ziemlich gefährlich zu sein im Moment, sie haben im Fernsehen darüber berichtet. Lynn sagte, das ist lieb von dir, aber was soll mir denn schon geschehen? Die wollen doch nur Geld, und ich werde es ihnen nicht mal ungern geben, das sind doch arme Kerle, die nur ein Stück vom Kuchen wollen. In Haiti haben die Kinder in der Schule nicht mal Bleistifte, ich finde, die haben alles Recht der Welt, uns auszurauben. Diese Welt ist ein so beschissen ungerechter Ort! Ich sagte, du redest wie meine Ex-Frau Louise, und Lynn sagte, dann war Louise wenigstens keine Faschistin. Sie und du, sagte ich, ihr solltet gemeinsam einen Schwarzpulverkuchen backen für die Piraten aus Haiti, was meinst du?

Wir trennten uns im Streit. Auf dem Weg zum Landungssteg sagte ich zu Ben, ich hab keine Ahnung, warum du dich von ihr getrennt hast, aber ich bin sicher, du hattest recht.

Auf der Bootsfahrt nach Providenciales, wie ich es der Einfachheit halber von nun an nenne, löste ich Lynns Rundtörn mit Leichtigkeit, denn ich bin zwar kein Segler, aber ich bin fünf Sommer lang, als meine Kinder noch kein Mitspracherecht bei den Ferienplänen hatten, mit einem Hausboot auf französischen Kanälen rumgefahren, Louise hasste es, und die Kinder wurden vor Langeweile gewalttätig, sie warfen mit Steinen nach den Radfahrern auf dem Uferweg, aber ich liebte es, und ich lernte zwölf Seemannsknoten.

Ich bestellte beim Kapitän einen Orangensaft. Er hatte nur Mineralwasser, aber mir war jede Flüssigkeit willkommen. Ich steckte Keith Richards' Ring in den Mund, er war wenig kleiner als eine Drillings-Kartoffel, ich wusste, flutschen wird es nicht. Kaum jemand schluckt eine Drillings-Kartoffel, aber wenn man sich die Mühe macht, kann man sicher sein, dass man die Kartoffel nicht in der U-Bahn liegen lässt. Nach einigem Würgen war der Ring in meinem Magen *safe and sound*. Ich hätte einen Handstand machen können, ohne ihn zu verlieren.

Beim Securitycheck auf dem Flughafen von Providenciales fing das elektronische Joch an zu piepsen. Einer der Beamten sagte, sind bestimmt Ihre Schuhe, er winkte mich ohne weitere Kontrolle durch. Es war ihm egal, ob die Maschine nach Miami in die Luft flog, er war nur daran interessiert, ohne Anstrengung das Rentenalter zu erreichen. Nach dem Start bekam ich zuerst Schluckauf, dann Magenschmerzen und dann irrsinnigen Stuhldrang. Der Ring war aber bestimmt noch nicht in den Darm gelangt, so schnell arbeitet die Natur nicht, also hielt ich es für verantwortbar, die Toilette zu benutzen. Sicherheitshalber hielt ich meine Hand unten hin, ich weiß, das ist unappetitlich, aber manchmal muss man dem Leben in die Augen schauen.

Als ich in Miami landete, war mir so schlecht, dass ich mir schwor, nie wieder einen so massiven Ring zu schlucken, nur noch Eheringe und dergleichen. Die Magenkrämpfe lösten sich dank der Spirituosen aus der Minibar, jetzt hatte ich die Kraft, Jake anzurufen. Ich sagte, Jake, ich muss dir einfach erzählen, was passiert ist, du wirst nie erraten, was ich gerade im Magen habe: den Totenkopfring von Keith Richards! Und jetzt rate mal, wem ich diesen Ring bringe! Johnny Depp! Johnny Depp wird den Ring kaufen, ich fahre morgen auf seine Privatinsel, mit der Jacht von Richard Branson, dem Milliardär. Jake, bist du noch da? Jake sagte, ich bin überfordert, Fred, bitte gib mir deine Telefonnummer, unter der du jetzt erreichbar bist, ich rufe gleich zurück, geh nicht weg, bleib, wo du bist.

Fünf Minuten später klingelte das Hoteltelefon, aber es war nicht Jake, es war Arabella, seine Ex-Frau, sie war eine gefragte Psychologin unter Bundestagsabgeordneten, sie heilte Burn-out, Inferioritätsgefühle und Panikattacken am Vorabend von Bundestagswahlen. Arabella war Jake ehrlich gesagt intellektuell überlegen, ich hatte nie so recht verstanden, warum sie sich mit ihm eingelassen hatte, ich vermutete, dass das Animalische sie anzog, denn es ist ja meistens das Animalische. Sie sagte, schön, wieder mal von dir zu hören, Fred, lass uns über den Tod deiner Mutter sprechen. Jetzt fing das wieder an! Ich sagte, ich weiß, dass das alles verrückt klingt, aber wenn hier in meinem Hotelzimmer ein Radiologe wäre, könnte ich dir den Beweis liefern, du würdest auf dem Röntgenbild Keith Richards' Ring sehen, umgeben von den Spirituosen, Erdnüssen und Chips, die in der Minibar waren, ich musste Schnaps trinken und etwas Fettes essen, wegen der Krämpfe. Viele Menschen trauern falsch, sagte Arabella, sie sind ungeübt darin, den Tod eines Menschen zu verarbeiten, weil es heutzutage an Erfahrungsmöglichkeiten mangelt, die moderne Medizin verhindert, dass wir lernen, mit dem Tod richtig umzugehen, das war im Mittelalter viel einfacher. Ich sagte, im Mittelalter war alles viel einfacher, deshalb begannen die Leute ja, Strategien zu entwickeln, die zu einem komplizierteren Leben führten, in dem man von der Ex-Frau seines besten Freundes angerufen wird, die vor fünfzehn Jahren auf einer Silvesterparty mit einem geschlafen hat, was der beste Freund bis heute nicht weiß, lass uns darüber sprechen, Arabella, mit meiner Mutter ist nämlich alles in Ordnung. Hm, ja, sagte Arabella, genau, genau, aber das ist jetzt nicht das Thema, Fred, Jake, der hier neben mir steht, verstehst du, direkt neben mir, er sagte mir, dass du zu Johnny Depp fährst? Du sagtest damals, du hattest noch nie so guten Sex, sagte ich, und Arabella sagte, das war gelogen, möchtest du mir jetzt vielleicht erzählen, was der Name Johnny Depp bei dir auslöst, wenn du ihn hörst?

Am nächsten Morgen traf ich in der Lobby des Grand Hyatt Rick Czerny. Er erklärte mir, er tue das alles nur für Lynn, sie sei die kompetenteste Ärztin, wenn man was mit der Leber habe, sie habe Connections zu einer Klinik in Bombay, er wolle es sich mit ihr nicht verscherzen, die Beschaffung einer Spenderleber sei eine Kunst. Eine Niere kriegen Sie auch ohne Beziehungen, sagte Czerny, die Herzen liegen praktisch rum, die werden inzwischen künstlich hergestellt, eine Lunge ist vielleicht auch ein Problem, aber ich rauche nicht, für mich zählt nur die Leber. Wir fuhren in einem Taxi zum Hafen und gingen an Bord der Jacht von Richard Branson, einem guten Freund von Johnny Depp. Vor dem Einsteigen mussten wir durch einen Detektor, der bei mir natürlich piepste. Ich sagte, das sind nur meine Schuhe, und der Mann von der Bordsecurity winkte mich durch.

Während der Fahrt nach Little Halls Pond Cay erklärte mir Czerny, er bürge bei Johnny Depp für mich, also halten Sie sich bitte an das Protokoll. Das Protokoll sah vor, dass die Audienz bei Depp zehn Minuten dauerte, und dass ich keine Fragen über seinen neuen Film, keine über sein Privatleben, keine über irgendetwas stellte. Ich kenne Sie nicht, sagte Czerny, ich tue das alles nur für Lynn. Ich weiß nicht, ob Sie ein Fan von Johnny sind oder jemand, der Prominente sammelt, Lynn hat mir nichts über Sie erzählt, außer dass diese Audienz für Sie wichtig ist. Ich will gar nicht wissen, warum, das interessiert mich nicht. Ich verlange aber, dass Sie sich an das Protokoll halten, okay? Ich sagte, das Protokoll komme mir einfach und einleuchtend vor. Ich fragte, ob es auf der Insel von Johnny Depp eine Gästetoilette gebe.

Kurz vor der Ankunft schluckte ich alle Pillen, die Lynn mir mitgegeben hatte. Ich war nicht unbedingt nervös, ich schluckte die Pillen mehr aus Freude darüber, dass ich als fast Sechzigjähriger endlich etwas erlebte, mit dem man auf dem Totenbett prahlen konnte. Woran erinnert man sich denn auf dem letzten Bett? An die guten Liebesnächte, an die großen Romanzen, an die Kriege und Abenteuer. Keiner erinnert sich auf dem Totenbett an die Winterschlussverkäufe, von denen er in seinem Leben profitiert hat. Die Hoffnung auf die Erfahrung eines Krieges hatte ich nach dem Zusammenbruch der Sowjetunion aufgegeben, und mein einziges Abenteuer war eine nächtliche Busfahrt in den Anden gewesen, bei der der Fahrer mit der Pistole aus dem Fenster schoss, um sich wach zu halten. Aber wenn man das auf dem Totenbett den Verwandten erzählt, macht man sich lächerlich. Jeder denkt dann, der arme Kerl, wenn das alles ist, was er erlebt hat, ist der Tod für ihn eine Erlösung von weiterer Monotonie. Als die Jacht vor Little Halls Pond Cay ankerte, dachte ich, alles, was du jetzt tust, tust du, um auf dem Totenbett gut dazustehen.

Depps Insel war nur ein Fußballfeld größer als Jesters, ich hatte mehr erwartet. Das Haus sah aus, als habe ein griechischer Architekt es während einer Finanzkrise gebaut. Es entsprach nicht meinen Vorstellungen vom Anwesen eines großartigen Schauspielers. Am Landungssteg wurden wir von einer Assistentin mit rapunzelartig langen dunkelbraunen Haaren in Empfang genommen, sie reichten ihr bis zum Steißbein. Sie sagte, sie habe leider wenig Zeit, und ich dachte, kein Wunder, sie braucht jeden Morgen nur schon eine Dreiviertelstunde, um Ordnung in diese Menge von Haaren zu bringen. Sie gab mir zu verstehen, dass auch ich wenig Zeit hatte, das private Treffen mit Depp werde nur fünf Minuten dauern, ich sagte, darauf sei ich vorbereitet. Sie führte mich um das griechische Krisengebäude herum, wir kamen an einem Rasen vorbei, ein Mann mit Rossschwanz fuhr auf einem fahrbaren Rasenmäher darauf herum, obwohl er zu Fuß hätte gehen können, denn der Rasen war überschaubar. Ich durfte mich in einem kleinen Raum frisch machen, wie die Assistentin es nannte, ich werde Sie abholen, sobald Mister Depp Zeit für Sie hat, ah, ich sehe gerade, dass Sie nicht auf der Gästeliste zum *Complementary Dinner* heute Abend stehen. Sie sagte, sie werde mich dann also nach meinem Treffen mit Mister Depp persönlich zurück nach Miami begleiten, der Hubschrauber starte um halb fünf, sie habe sowieso einen Termin dort. Hier herrschte Geschäftigkeit. Es war nicht die totenähnliche Stille wie auf Jesters, hier lebte ein Schauspieler, der aus der Tatsache, dass er noch lebte, kein Geheimnis machte. Hier kamen die Leute mit Jachten und flogen mit Hubschraubern wieder weg, und wo war die Toilette? Im Erfrischungsraum gab es keine, wo sollte ich den Ring aus mir rausholen? Und hatte ich den Brief von Keith Richards auch wirklich noch bei mir? Ich überprüfte es, der Brief steckte im Seitenfach meiner Reisetasche. Ich wusste, dass ich ihn dort reingesteckt hatte, aber man schaut vor einer Abreise in die Ferien immer noch mal nach, ob der Herd auch wirklich aus ist.

Vor dem Bungalow suchte ich nach jemandem, den ich nach der Gästetoilette fragen konnte. Es tauchte ein kräftiger Chinese auf, der mich bat, wieder zurück ins Zimmer zu gehen, für einen kleinen Securitycheck. Mit einem Handdetektor vollführte er diese magischen Bewegungen über meinen Körper, wie es die sibirischen Schamanen tun. Ich sagte, wenn es piepst, sind es die Schuhe, und er sagte, mir geht es nur um Fotoapparate, Mobiltelefone, Tonbandgeräte. Er beschlagnahmte mein Handy, das Lynn mir für die Reise wieder überlassen hatte. Und die Gästetoilette? Nächste Tür rechts, sagte er. Mister Hundt!, sagte die Assistentin, die von ihrem Haar umwallt nun auch wieder erschien, in einer Viertelstunde wird Mister Depp Sie empfangen. Und bitte, hier, Ihre Zahnbürste, das habe ich vorhin ganz vergessen. Sie drückte mir eine Zahnbürste und eine winzige Tube Zahnpasta in die Hand, eine Tube, wie man sie in Drogerien als Werbegeschenk kriegt. Glauben Sie mir, sagte die Assistentin, wenn Sie es mit so vielen Menschen zu tun haben wie Mister Depp, wird schlechter Atem früher oder später zum Kernproblem.

Zuerst putzte ich mir in der Gästetoilette die Zähne, und danach kniete ich mich in der Kabine hin und dachte, dass ich ein hochfunktionaler Autist bin, warum nur hatte ich den Ring verschluckt, und warum putzte ich mir zuerst die Zähne, das musste ich doch nachher noch mal tun! Weißt du, was du bist, hatte Louise nach dem Scheidungstermin im Flur des Gerichtsgebäudes zu mir gesagt, du bist ein hochfunktionaler Autist. Lynn hatte mir den Ring doch mit Küchenfaden an die Gürtelschlaufe gebunden, warum hatte ich ihr nicht vertraut? Die Antwort lautete: Weil sie ein anderer Mensch war. Andere Menschen waren für mich eine Quelle der Unzuverlässigkeit und Heimtücke, sie waren die Leute, die die Weltkriege begonnen hatten und die behaupteten, ich müsse in die linke Straße einbiegen, und nicht geradeaus fahren, das sei die falsche Richtung. Aber bei den Autofahrten hätte ich doch nach so vielen Erfahrungen endlich begreifen müssen, dass andere Menschen meistens recht hatten. Die Strecken, die sie vorschlugen, waren die kürzeren, und wenn sie sagten, stell die Melone nicht in den Kühlschrank, sie nimmt die Gerüche an, dann nahm die Melone die Gerüche an, sie kannten sich mit den Trivialitäten des Lebens einfach besser aus. Ich wusste, dass die Welt aus Feldern besteht, die man sich wie die Oberflächen von Gewässern vorstellen kann, und diese Felder schwingen, und zwar zwischen Zuständen, die weniger als nichts und etwas mehr als nichts sind, und in den Schwingungszuständen, in denen sie etwas mehr als nichts sind, verweben sie sich zu Palmen, Eiffeltürmen und Kopfläusen, zu allem Schönen und zu allem Lästigen. Ich habe eine Ahnung davon, was das Universum als Ganzes ist, nämlich eine Fluktuation, die aus der physikalischen Unmöglichkeit geboren wurde, dass es nichts gibt, es ist unmöglich, dass es nichts gibt, weil das Nichts nicht stabil ist, es zerfällt, und das Zerfallsprodukt des Nichts ist die Materie, die Dinge, die wir sehen und wir selbst, mit solchen Sachen kenne ich mich aus, denn anderen Menschen kommt in diesen Überlegungen keine größere Bedeutung zu als der Ameise, die der Natur so lieb oder so gleichgültig ist wie ein Stephen Hawking oder ein Sean Caroll Deutschlands. Aber wenn es darum ging, einen berühmten, kostbaren Ring sicher zu Johnny Depp zu bringen, hätte ich besser auf Lynn gehört, als mir jetzt drei Finger in den Hals stecken zu müssen. Ich weiß gar nicht, wie es mir gelang, diesen schweren Ring der Gravitation abzutrotzen, ihn wieder in meinen Mund hochzubekommen, aber als er endlich in die Toilettenschüssel klackerte, dachte ich, dass ich als Autist noch etwas hochfunktionaler werden und wenigstens Lynn vertrauen sollte.

Ich putzte den Ring unter dem Wasserstrahl mit der Zahnbürste, besonders sorgfältig bürstete ich die Magenreste weg, die sich in den Augenhöhlen des Totenschädels eingenistet hatten. Danach drückte ich mir den Rest der Zahnpasta in den Mund. Jetzt war ich bereit für Johnny. Die Assistentin brachte mich zum Pool, sie sagte, machen Sie es sich bequem, Mister Depp wird in Kürze bei Ihnen sein. Ich legte mich auf einen der Liegestühle und dachte, gleich kommt er, wo ist der Brief? Ich schaute in meiner Reisetasche nach, der Brief steckte in der Seitentasche. Den Ring hatte ich in die rechte Hosentasche gestopft, aber jetzt zog ich ihn wieder hervor und roch an ihm, es war alles okay, er roch nach Seife mit Lavendelzusatz. Ich dachte, gleich kommt Johnny Depp, soll ich ihm den Ring sofort zeigen oder erst mal ein bisschen mit ihm über Filme reden?

Und dann kam er, plötzlich war er da. Er sagte, nein, bleib nur sitzen, ich will erst mal ein bisschen schwimmen. Er duzte mich auf die englische Art. Er zog seinen Bademantel aus, es war ein japanischer Mantel, denn auf dem Rücken sprang ein Samurai aus einem Gebüsch. Es war ein Seidenmantel, aber er ließ ihn einfach fallen. Er stellte sich an den Rand des Pools, suchte mit seinen Zehen Halt, streckte die Arme zum Kopfsprung aus, aber mich interessierte nur noch der zu einem Häufchen zusammengeschrumpelte, wunderschöne Bademantel. Ich hasse es, wenn Leute Bademäntel auf den Boden fallen lassen. Mit einem Wintermantel würden sie das nie machen, aber Bademäntel sind die Gastarbeiter der Kleidungsstücke, meistens werden sie auch nicht genügend gewaschen, sie sind oft verwahrlost und ausgefranst, stammen aus Problemfabriken in Pakistan. Aber die Misshandlung von Bademänteln ist kein Unterschichtenproblem, sie kommt auch in der Seidenklasse vor. Ich kann einfach nicht im Liegestuhl liegen bleiben, wenn vor meinen Augen so etwas Empörendes geschieht, und deshalb hob ich den Bademantel auf und faltete ihn ordentlich zusammen. Was machst du denn da?, fragte Depp vom Pool aus, seine Haare glänzten, weil er getaucht war. Ich sagte, ich kann's nicht ausstehen, wenn Bademäntel rumliegen, und er sagte, das ist ein Morgenmantel, ich trage doch keinen Bademantel aus Seide, der würde sich doch sofort vollsaugen. Na ja, sagte ich, aber gerade eben haben Sie ihn doch getragen, und zwar vor dem Baden. Weißt du überhaupt, wer ich bin, fragte Depp, und ich sagte, er sei Johnny Depp. Der Chinese von vorhin brachte eine Flasche Rum und zwei Gläser, er goss für Depp und mich ein. Ich sagte, danke, aber für mich ist es noch zu früh. Zu früh für was, fragte Depp.

- Für Alkohol.
- Zu früh für Alkohol? Interessant. Der Gedanke kam mir noch nie. Ab wann ist es denn für dich nicht mehr zu früh?
- Abends. Ich trinke abends.
- Bei Sonnenuntergang?
- Kommt drauf an. In Deutschland geht die Sonne im Sommer nicht so früh unter. Sagen wir, ich trinke am Feierabend, egal in welcher Jahreszeit.
- Und wieso nicht in jeder Jahreszeit bei der Arbeit?
- Ich könnte mich nicht konzentrieren. Ich muss einen klaren Kopf haben.
- Wieso? Bist du Seiltänzer?
- Nein. Ich schreibe Bücher. Ich halte Vorträge.

– Bücher wie Philip Roth oder Bücher wie Carter
  Brown?
Carter Brown kannte ich nicht, und mir lief die Zeit
davon, ich hatte ja nur fünf Minuten. Ich sagte, Mister
Depp, ich bin etwas in Eile, denn Sie haben wenig Zeit,
ich muss Ihnen unbedingt etwas zeigen. Er sagte, meine
Assistentin sagte mir, dass du ein Freund von Rick bist
und ein Fan von Johnny Depp. Aber das glaube ich
nicht. Du bist kein Fan. Also, was hast du vor? Ich bin
nur ein Bote, sagte ich, aber das klang als hätte mich der
Anführer einer bolivianischen Sekte geschickt, ich muss
Ihnen etwas bringen, es ist nichts Religiöses.
– Gib es Jeff.
– Wer ist Jeff?
– Mein Securitymann. Der schöne Chinese.

Ich sagte, es handle sich um eine heikle Sache, ich
müsse es ihm persönlich zeigen, an einem Ort, an dem
wir ungestört sind. Hier ist niemand, sagte Depp, zeig
es mir. Ich sagte, der Mann auf dem fahrbaren Rasenmäher schaut dauernd zu uns rüber, er darf das nicht
sehen. Eusebio, rief Depp zu dem Gärtner rüber, *déjame
en paz, por favor!* Der Mann stieg sofort vom Sattel und
verschwand. Aber dafür tauchte jetzt Jeff wieder auf
und fragte, ob alles in Ordnung sei, Herrgott, war das
mühsam! Ich konnte doch den Totenkopfring nicht in
aller Öffentlichkeit herzeigen, wir brauchen ein Zimmer,
sagte ich, Sie und ich müssen ungestört sein. Depp und
Jeff lachten, als hätte ich ihnen meinen Hintern gezeigt.

Depp legte sich rücklings ins Wasser und schwamm eine Runde.

Als er damit fertig war, sagte er, für einen Fan bist du zu wenig devot und für einen Verrückten zu aufgeregt. Du heißt Fred, oder? Also, Fred, was hast du für mich? Er nickte Jeff zu, damit er uns allein ließ. Ich kniete mich an den Poolrand, denn Depp wollte ja partout nicht aus dem Wasser steigen. Ich klaubte den Ring aus meiner Hosentasche. Ich hielt ihn ihm dicht vors Gesicht und schattete den Ring mit der anderen Hand gegen unbefugte Fremdblicke ab. Wasser aus Depps Haaren tropfte mir auf die Hand, ich dachte, ich sollte das Wasser in ein Fläschchen abfüllen und es Jake schenken, der Depp wie einen Heiligen verehrt. Okay, und was ist das, fragte Depp. Aber das wissen Sie doch, sagte ich, das brauche ich Ihnen doch nicht zu erzählen. Depp rollte den Ring mit dem Zeigefinger in meiner Handfläche rum. Es ist ein Ring, sagte er, aber warum zeigst du mir den? Verdammt, es ist der Ring von Keith Richards, sagte ich leise, es ist der originale Ring, er hat ihn sich vor zwei Tagen vom Finger gezogen, das schockiert Sie jetzt vielleicht, weil Sie denken, dass er tot ist, aber das ist ja der Clou an der Sache! Er vertraut Ihnen, deswegen weiht er sie in das Geheimnis ein.

Depp schaute mich lange an. Ich hörte die Fünf-Minuten-Uhr ticken. Weißt du, was du da gerade tust, sagte Depp, ich habe diesen Mann geliebt! Er war mein bester

Freund! Ich war auf seiner Beerdigung, ich hab noch die Friedhofserde an meinen Schuhen, und du Spaßvogel kommst hierher und willst mich mit einer beschissenen Scheißkopie seines Scheißrings übers Ohr hauen, Jeff! Jeff rannte um die Ecke, er unterschätzte die Fliehkraft wie so viele vor ihm und rutschte auf den glatten Steinplatten aus, fiel hin, stand wieder auf, aber in solchen Extremsituationen wachse ich oft über mich hinaus. Ich sagte kalten Blutes, Sie sehen das falsch, Mister Depp, ich werde Ihnen jetzt einen Brief zeigen, lesen Sie ihn, und lassen Sie mich erst dann von Jeff verprügeln. Das ist die Sprache, die Hollywoodstars verstehen.

Ich überreichte Depp den Briefumschlag, und in diesem Moment wusste ich, dass es darum geht, im Universum eine Spur zu hinterlassen, das ist die Sehnsucht, die hinter allen großen Ereignissen steht, an denen Menschen beteiligt sind, die nicht vergessen werden wollen. Es war eine ehrenhafte, aber physikalisch gesehen wahnhafte Sehnsucht ohne die geringste Hoffnung auf Erfüllung. Denn das Universum bewegt sich in der Zeit unaufhaltsam auf das Vergessen zu, und zwar nicht einfach nur auf das Vergessen des Namens eines Schauspielers wie Johnny Depp, nein, es bewegt sich auf das totale Vergessen zu, auf ein Vergessen, das so vollständig und lückenlos sein wird, dass im Nachhinein gesehen nichts jemals geschehen sein wird, nichts wird jemals existiert haben. *In the long run nothing ever existed.* Windhauch, Windhauch, es ist alles Windhauch, sagte Kohelet, dachte ich, als ich, entrückt und unbeteiligt, Johnny Depp dabei zusah, wie er sich eine Brille mit dicken Gläsern aufsetzte, um Keith Richards' Brief zu lesen. Jeff wachte derweil über mich, ich sagte zu ihm, entspannen Sie sich, schon in tausend Jahren wird sich niemand mehr daran erinnern, was hier gerade geschieht, und tausend Jahre sind nur ein Wimpernschlag, das wissen Sie als Chinese besser als ich.

Es war nur eine einzige Briefseite, aber Depp las hinter seinen dicken Gläsern lange, manchmal tauchte er beim Lesen bis zu den Schultern ins Wasser, um sich abzukühlen. Er las und las. Ich dachte, wenn er für die Lektüre seiner Drehbücher auch so lange braucht, möchte ich nicht sein Regisseur sein. Nach langer Zeit sagte Depp, ich verstehe, wir besprechen das in meinem Büro.

Sein Büro war so geschmackvoll eingerichtet, dass ich Probleme bekam. Nur schon das Sofa! Depp lag auf diesem Sofa und las den Brief nochmals, und ich dachte, zu einem solchen Sofa würde ich auch nicht Nein sagen, und zum Schreibtisch da drüben erst recht nicht. Es war der schönste Schreibtisch, den ich je gesehen hatte. Es war ein so schönes Zimmer! Wie kann es nur sein, dachte ich, dass manche Leute so viel erreichen, und du hast immer nur die Inbusschlüssel von IKEA in der Hand! Ich dachte, das färbt doch ab, man kann an einem Schreibtisch von IKEA kein bedeutendes Buch schreiben, der Einfluss von Möbeln auf die Psyche wird von allen unterschätzt, die sich keine schönen Möbel leisten können. Steck Albert Einstein ein Jahr lang in eine Musterwohnung von IKEA, und am Ende schreibt er *Relativitätstheorie* ohne h hinter dem t. Okay, sagte Depp. Okay was, fragte ich gereizt. Ich hab's hier drin, ich hab den Brief auswendig gelernt, sagte Depp. Er zündete mit der Flamme eines Tischfeuerzeugs eine Ecke des Briefes an. Wie gern hätte ich gewusst, was in dem Brief stand! Keith will, dass ich ihn nach dem Lesen verbrenne, sagte Depp. Und wenn ich fragen darf, sagte ich, was steht drin, ich weiß es nämlich nicht. Depp schüttelte den Kopf. Das darf ich dir nicht sagen, Fred, und du weißt das.

Depp kratzte sich am Bein. Unglaublich, sagte er, ich dachte tatsächlich, dass er tot ist. Aber er lebt. Ja, sagte ich, es ist nicht so unwahrscheinlich, wie man denkt. Hast du schon mal von den *Hollywood Vampires* gehört, Fred? Ja, schon mal gehört, sagte ich, und Depp sagte, nein, hast du nicht. Ich sagte, stimmt, nein. Es ist meine Band, Fred, sagte Depp, Alice Cooper, Joe Perry von Aerosmith, Paul McCartney hat auch mal mitgespielt. Wir machen keine Musik für die ganze Familie. Wir spielen keine Songs, bei denen das Publikum mitsingt. Das ist nicht *Pirates of the Caribbean*. Hast du schon mal einen Film mit mir gesehen? Klar, sagte ich, das geht ja nicht anders, Sie haben ja dauernd Filme im Kino. Aber mein Freund Jake ist ein echter Fan von Ihnen, er würde sterben für eine Locke von Ihnen. Depp riss sich ein

Haar aus und reichte es mir. Ich sagte, kann ich vielleicht noch einen Briefumschlag haben, da stecke ich es dann rein. Depp gab mir einen Umschlag, und ich steckte das Haar rein und leckte über den Klebstreifen. Depp sagte, *Pirates of the Caribbean* hänge ihm zum Hals raus, es seien Filme für die ganze Familie, er sei als Schauspieler zur Hure geworden, die es jedem besorgt, dem Vater, der Mutter, der Tochter, dem Söhnchen und dem gottverdammten Retriever. Die Musik, die Hollywood Vampires, sei das einzige Gegengift, das halte ihn am Leben, der Rock'n'Roll. Und das hier, sagte er und hielt den Totenkopfring ins Licht eines Sonnenstrahls, der durch die Bambusjalousien drang, das ist die Reliquie des Rock'n'Roll. Und Rock'n'Roll heißt für die Girls. Nicht für die ganze verfickte Familie, nur für die heißen Chicas, die ein Ersatzhöschen in der Handtasche haben. Gib mir jetzt den Scheck, dachte ich.

Depp legte seine Hand auf meine Schulter und flüsterte mir ins Ohr, richte Keith aus, dass ich seinen Ring jede Woche mit *Gorham's Silberpolitur* reinigen werde. Wiederhol das, es ist wichtig. Sie werden den Ring mit Gorham's Silberpolitur reinigen, sagte ich. Jede Woche einmal, flüsterte Depp, und ich sagte, jede Woche einmal. Depp begann zu kichern, ich dachte, jetzt hat er's begriffen. Er kicherte zehn Minuten lang, bekam einen roten Kopf, manchmal lachte er laut, aber nicht fröhlich. Er sagte Dinge wie *Ich werd verrückt, er lebt, der Hurensohn lebt!* und *Glaubst du, dass ich ewig lebe, wenn ich mir sein Blut spritze?* Ich sagte, nein, und dachte, Gib. Mir. Jetzt. Den. Scheck. Depp sagte, wer liegt denn da jetzt eigentlich drei Fuß unter der Erde in Keiths Sarg, ich meine, wer ist sein Stellvertreter? Ich sagte, meines Wissens sind es sechs Fuß, Keith wurde nicht in Arizona beerdigt. Die Assistentin klopfte und sagte, der Hubschrauber warte schon seit zwanzig Minuten. Depp setzte sich endlich an den schönen Schreibtisch, an dem ich ein Buch von großer Durchschlagskraft geschrieben hätte, während er ihn wahrscheinlich nur benutzte, um Inhaberschecks zu unterschreiben. Er zog einen Scheck aus der Schublade und unterschrieb ihn mit einem schwarzen Füllfederhalter. Es ist ein Inhaberscheck, sagte er, ich kann ihn ja nicht auf Keiths Namen ausstellen, das heißt, du könntest damit in der nächsten Bank fünf Millionen abholen und damit verschwinden. Ja, ich könnte, sagte ich, aber ich bin nicht der Typ dafür. Ich war mir nicht sicher, ob das stimmte. Er gab mir den Umschlag, und ich fragte, darf man den falten, ist er dann noch gültig? Ich hatte nämlich vor, den Scheck gefaltet in meinen Schuh zu stecken und den Schuh nicht auszuziehen, bis ich in Jesters war. Sag ihm, er soll mir eine Ampulle mit seinem Blut schicken, flüsterte Depp mir zum Abschied ins Ohr.

Auf dem Weg zum Hubschrauber fragte ich mich, ob der Scheck durch die Reibung meines Fußes beim Gehen aufgeweicht und zerrieben wurde, aber der Umschlag

verhinderte das vermutlich. Sicherheitshalber trat ich
mit dem betreffenden Fuß nicht richtig auf und hinkte,
als hätte ich einen Nagel im Schuh. Fuß verstaucht?,
fragte mich die Assistentin, und ich sagte, nein, Scheck
im Schuh.

OCKHAMS RASIERMESSER

Der Hubschrauberflug nach Miami war Sadismus. Man steckt Passagiere in eine Gondel und schießt sie mit einer riesigen Steinschleuder durch die Luft: Das ist Hubschrauberfliegen. Ich schaute eine Stunde lang in das mit einer dünnen Plastikfolie beschichtete Innere einer knisternden Tüte. Nach der Landung torkelte ich in ein Taxi. Auf dem Weg ins Hotel fuhr der Fahrer an möglichst vielen Banken vorbei, City National Bank, Apollo Bank, Continental National Bank, Wells Fargo Bank, Chase Bank, und sie waren alle noch geöffnet. Ich war hundemüde und erledigt und fragte, warum fahren Sie an all diesen Banken vorbei, wollen Sie, dass ich reingehe und den Scheck einlöse, aber da haben Sie keine Chance, ich bin nicht der Typ für so was! Als ich mich im Hotel endlich hinlegen und mich von den Strapazen meines Besuchs bei Depp erholen wollte, erhielt ich eine Nachricht von Jake, in Versalien: GOOGLE MAL KEITH RICHARDS TOTENKOPFRING PATTI HANSEN!!!

Ich googelte und erntete ein paar Zeitungsberichte vom Vortag. Ich las, dass Patti Hansen mit der Verwaltungsbehörde des Friedhofs, auf dem der Gedenkstein für Richards stand, im Streit lag. Patti wollte den Totenkopfring in den Grabstein einlassen, die Behörde lehnte das aber ab, aus Angst vor Vandalismus. Patti sagte in einem Interview, *I'm positive, that Keith would have wanted it that way. He would often say to me: »When I'm dead I want my tombstone to wear this ring.«* Das Statement der Behörde lautete: *It's beyond our means to safeguard Mr. Richards tombstone twenty-four-seven.* Ich stand völlig auf der Seite der Behörde, Patti unterschätzte die Anziehungskraft des Rings auf Souvenirjäger, die würden sich doch nachts mit den Brecheisen, die sie mitgebracht hatten, um den Ring aus dem Stein zu brechen, gegenseitig die Schädel einschlagen. Der Überlebende würde den Ring dann klauen und auf dem Schwarzmarkt für Ringe von toten Rockstars verkaufen, ich dachte, Moment mal. Patti besaß doch den echten Ring gar nicht, den polierte doch jetzt Johnny Depp auf seiner Privatinsel mit Gorham's Silberpolitur. Aber auf einem der Fotos war Patti mit ernster Mine abgebildet, man sah, dass sie in letzter Zeit viel geweint hatte, schließlich wusste sie nicht, dass ihr Mann auf Jesters auf den Gitarren rumklimperte, die ich beim Pfandleiher gekauft hatte – und sie hielt den Ring in der Hand, sie zeigte ihn dem Fotografen.

Ich war, wie gesagt, hundemüde, ich musste die Augen schließen, um nachdenken zu können, ich dachte, wenn ich Depp den echten Ring verkauft habe, kann ihrer doch nur eine Kopie sein. Aber sie hält ihn für den echten, wieso? Wenn es nicht der echte ist – und es kann ja nicht der echte sein, denn ich habe den echten verkauft –, warum denkt sie, dass sie den echten hat? Sie weiß doch, wie der echte Ring aussieht, sie hat seit Jahrzehnten mit dem echten Ring gelebt, morgens beim Aufwachen lag der Ring direkt vor ihrer Nase, weil neben ihr auf dem Kissen die Hand lag, mit der Keith gestern vor dem Einschlafen ihre Wange gestreichelt hatte. Wie oft hat Keith Richards seit 1978 ihre Wange wohl gestreichelt, sicherlich anfangs einmal am Tag und später, als die Kinder klein waren und viel Arbeit machten, mindestens einmal die Woche, am Schluss, als die Kinder erwachsen waren, vielleicht nur noch monatlich. Aber zusammengerechnet waren es geschätzt dreitausendmal, dreitausendmal hat sie diesen Ring direkt vor ihrem Auge gehabt, wenn er ihre Wange berührte, am Schluss kam es vielleicht seltener vor, aber dafür trug sie jetzt eine Lesebrille, wenn er sie streichelte, und sie sah den Ring noch deutlicher als während der ersten Verliebtheit. Niemandem war eine Kopie dieses Rings schwieriger unterzujubeln als Patti Hansen! Ich dachte, aber es *muss* eine Kopie sein, denn ich hab doch den echten gehabt, aber wie haben Lynn und Ben das denn hingekriegt? Wie haben sie sich so schnell eine perfekte Kopie beschafft, sie hatten nach der Wiederaufarstehung von Richards ja nur wenige Stunden Zeit für so was. Und wieso nahmen sie sich überhaupt Zeit für so was, sie sagten doch, dass ihnen damals noch gar nicht bewusst gewesen war, dass Keith Richards keinen Zugriff auf seine Konten mehr haben würde. Sie wussten noch gar nicht, dass er den Ring später würde verkaufen müssen, um zu Geld zu kommen.

Es passte alles nicht zusammen, ich dachte, versuch's mit *Ockhams Rasiermesser.* Damit ist in der Wissenschaft ein Prinzip gemeint, wonach von vielen möglichen Erklärungen die einfachste höchstwahrscheinlich die richtige ist. Um plausibel zu erklären, warum Patti eine Kopie des Rings besaß, war eine lange Liste von Neben-Erklärungen nötig, daraus entstand ein komplizierter Verzweigungsbaum von Erklärungen, von denen jede wieder gesondert durch Sub-Erklärungen gestützt werden musste. Aber es gab auch eine ganz einfache Erklärung, so simpel und einleuchtend wie zwei parallele Linien auf einem Blatt. Die einfachste Erklärung war, dass Patti den echten Ring besaß, und zwar, weil ihr Mann, der uns, als wir mit sechzehn verliebt waren, die wehmütigen Anfangsakkorde von *Angie* lieferte, damit unsere Verliebtheit eine Sprache bekam, tot war. Tot und beerdigt, wie auf CNN bestens dokumentiert, das schaute ich mir nämlich auf meinen Handy auch noch mal an: die Beerdigung. Ein YouTube-Clip mit nahezu einer Million Klicks, berühmte Köpfe mit dem Kinn auf der Brust, Mick Jagger, dem man ansah, dass er dachte, ich muss noch mehr Sport machen, ich muss das Gift loswerden, das ich in der Garderobe jahrzehntelang eingeatmet habe, wenn Keith geraucht hat, ich Idiot hätte ihm verbieten sollen, in der Garderobe zu rauchen, Scheiße, was mache ich denn jetzt ohne ihn! Charlie Watts, Ronnie Wood, mit vor Trauer zusammengefalteten Gesichtern, sie sahen beide uralt aus und wie die Nächsten auf der Liste. Eric Clapton, Patti natürlich, die Töchter, die Söhne, und ganz kurz Johnny Depp mit schwarzer Sonnenbrille.

Ich rief Jake an und sagte, du hast recht gehabt, Keith Richards ist so tot wie David Bowie, der Ring beweist es, Patti hat den echten, wie konnte ich nur so dumm sein, Jake, Ben und Lynn haben alles nur inszeniert, um Johnny Depp abzuzocken, der genauso blöd war wie ich, die wollen die fünf Millionen, die ich im Schuh hab, aber ich werd's ihnen zeigen, ich mache sie fertig! Obwohl Lynn eine tolle Frau ist, nicht charakterlich, das nicht, und sie ist auch nicht besonders hübsch, ich weiß gar nicht, warum ich sie so hinreißend finde, ich würde sofort mit ihr eine Weltreise machen, das ist doch immer ein Zeichen dafür, dass man sich irgendwas zu sagen hat, oder nicht, Jake? Ja, sagte Jake, ich wollte mit Arabella auch immer eine Weltreise machen, weil es zwischen uns diese intellektuelle Verbundenheit gab. Jake sagte, ihm falle ein Stein vom Herzen, er habe schon befürchtet, dass er mich im Park einer psychiatrischen Klinik wiedersieht und ich stundenlang zwischen zwei

Eichen hin- und hergehe und dauernd *Omega, Omega* sage. Wieso Omega, fragte ich, und er sagte, sein Onkel Laurenz habe das am Schluss dauernd gesagt, wann kommst du zurück nach Berlin? Sobald ich mit Lynn und Ben abgerechnet habe, sagte ich, diese Rache-Sprache gefiel mir. Sie hatten einen Idioten aus mir gemacht, dafür sollten sie Blut husten.

Vor dem Einschlafen stellte ich mir vor, wie ich auf Jesters eine der Gitarren über Bens Kopf zertrümmerte und ihn zum Strand schleifte und ins Wasser zog, bis die kubanische Strömung ihn in die Finger bekam. Mit Lynn hatte ich etwas anderes vor, zuerst Liebe am Nachmittag und dann ein nächtliches Dinner auf der Veranda, bei dem ich ihr vorschlug, mit mir auf Mallorca zu leben, aber im Landesinneren, wo die Insel von ursprünglichen Deutschen bewohnt wird und nicht von touristischen wie an der Küste, und von den fünf Millionen, Lynn, kaufe ich dir eine weiße Finca mit einem kleinen Pferd, das die Mähne schüttelt, und Fitnessgeräte, damit dein Hintern sich auch im Alter noch so wunderbar in die Welt hineinwölbt wie jetzt.

Am nächsten Morgen flog ich mit dem bereits nach Schuh riechenden Scheck nach Providenciales. Während des Flugs dachte ich, Ben, du wirst sterben, Lynn, du wirst mich auf Mallorca heiraten, jeder von euch kriegt, was er verdient, ihr Mistkerle.

JACK SPARROW

Das Taxiboot brachte mich nach Jesters, das Wasser um die Insel herum war spiegelglatt. Schlechtes Zeichen, sagte einer der Bootsmänner, es kommt ein Sturm. Oh ja!, sagte ich und sprang auf den Landungssteg.

Ben und Lynn saßen auf der Veranda und spielten Schach. Du bist zurück, rief Lynn, sie kam mir entgegen, in ihrem weißen Arztkittel und den blauen Clogs, ich möchte, dass du heute Abend verreist, egal wohin, sagte ich, als sie mich umarmte. Was ist denn mir dir los, fragte sie, hat es nicht geklappt, hat er den Ring nicht gekauft, warum schaust du mich an, als hätte ich dein Baby entführt? Wie ist es denn gelaufen? – Interessiert dich das auch?, fragte ich Ben, er hatte mir nur kurz zugenickt und dann wieder aufs Schachbrett gestarrt. Ben geht es nicht gut, flüsterte Lynn mir zu, lass ihn einfach in Ruhe, ich erzähl's dir später. Nein, es interessiert mich nicht, sagte Ben, hier geht's nicht um Geld, ich bin der Einzige, der das kapiert. Aber ihr beide habt euch ja gefunden, *Pares cum paribus facillime congregantur.* Was?, sagte ich, und Lynn sagte, das heißt einfach nur, Gleich und Gleich gesellt sich gern, hör nicht auf ihn. Wie ist es gelaufen, erzähl doch endlich! Oh, gut, sagte ich, sehr gut, bestens, ich werde jetzt zu Keith Richards raufgehen und ihm eine persönliche Nachricht von Johnny Depp überbringen. Das musst du später machen, sagte Lynn, das geht jetzt nicht. Noch nicht, Fred, noch nicht. Er liest gerade dein Buch, *The earth is an unlikely place*, er möchte dich erst kennenlernen, wenn er es fertig gelesen hat. Déja-vu, Lynn, du erzählst immer dasselbe, aber jetzt hat der Wind sich gedreht. Nur ich kann Keith Richards die persönliche Nachricht überbringen, denn nur ich kenne sie. Ich tippte an meine Schläfe, um zu zeigen, dass die Nachricht dort drin war, und dabei fiel mir ein, dass ich vergessen hatte, ihr das Parfüm zu kaufen. Ich sagte, und ich muss ihm die Nachricht überbringen, bevor ich sie vergesse, es besteht da eine echte Gefahr, denn ich habe nicht nur den Namen deines Parfüms vergessen, sondern auch, es zu kaufen. Also werde ich jetzt zu Keith raufgehen in das verbotene Stockwerk, es sei denn, Keith ist gar nicht da? Natürlich ist er da, wo sonst, sagte Lynn, aber er möchte nicht gestört werden, wie oft muss ich dir das noch sagen? Wir können ja leicht nachprüfen, ob er da ist, sagte ich, ich gehe jetzt nämlich einfach die Treppe rauf und suche ihn. Das wird er dir übel nehmen, sagte Ben und verschob eine Schachfigur, ich würd's lassen. Es ist gut möglich, dass du eine Flasche an den Kopf kriegst, er hat sich verändert, nicht wahr, Lynn? Lynn wollte mich überzeugen, mit der Nachricht noch ein paar Tage zu warten, und ich zog meinen Schuh aus, löste den Scheck von der Innensohle und sagte, und den Scheck bringe ich ihm auch gleich persönlich, er wird sich freuen.

Ich ließ mir beim Treppensteigen Zeit, ich genoss jede einzelne Stufe, denn ich sah, wie Lynn ins Schwitzen geriet, mich störte nur, dass es Ben nicht aus der Ruhe brachte, er spielte weiter Schach mit sich selbst. Fred, sagte Lynn, du überschreitest gerade eine Grenze, du bist nicht befugt, da raufzugehen. Oh, sagte ich, da ist ja schon die erste Tür. Ist er in diesem Zimmer, Lynn? Du schweigst? Na gut, dann muss ich es selber rausfinden. Ich klopfte und sagte, Mister Richards, hallo, hallo, hier ist Fred Hundt, darf ich eintreten? Ich öffnete die Tür, und er war natürlich nicht drin. Lynn stand mit verschränkten Armen neben mir. Jetzt gibt's nur noch zwei Türen hier oben, sagte ich, die Chance, dass er im nächsten Zimmer ist, beträgt fünfzig Prozent. Das ist eine hohe Chance, Lynn, ich bin richtig aufgeregt. Ich klopfte und öffnete die Tür, selbstverständlich war auch dieses Zimmer frei von Keith Richards. Schade, sagte ich zu Lynn, jetzt ist die ganze Spannung futsch. Denn Keith Richards kann jetzt ja nur noch im letzten Zimmer sein, die Wahrscheinlichkeit dafür beträgt hundert Prozent, das macht mich ein bisschen wütend, Lynn.

Ich fand, dass es mir zustand, die Tür mit dem Fuß aufzutreten, seit vielen Jahren hatte es mich gereizt herauszufinden, ob das so einfach ist wie in den Türauftreter-Filmen in Multiplex-Kinos. Ich bin richtig wütend, Lynn, sagte ich und trat zu. Die Tür sprang aus dem Schloss, knallte gegen die Wand, ein Schwall heißer Luft kam mir entgegen. Hinter der heißen Luftschicht saß ein Mann, der wie Keith Richards aussah. Er saß auf einem roten Holzstuhl, er nahm ein Fußbad. Seine Füße steckten in einem roten Plastikbecken. Er trug ein Stirnband in den jamaikanischen Nationalfarben Schwarz, Grün, Gelb, ich kannte dieses Stirnband, ich hatte es auf Fotos schon oft gesehen. Der Mann, der wie Keith Richards aussah, schaute mich an, zeigte mit dem Daumen nach rechts und sagte, das Mafia-Treffen ist drei Türen weiter.

Ich sagte irgendetwas, ich weiß nicht mehr was, es war mehr ein Grunzen.

Hier bei mir ist alles legal, sagte der Keith-Richards-Mann, nur Whiskey und ein paar Zigaretten.

Ich nickte.

Ich hab schon eine Menge von dir gehört, Fred Hundt, sagte er und trank einen Schluck aus der Flasche. Man hörte das Gluckern im Flaschenhals. Ich lese gerade dein Buch, sagte er, es ist, na ja, interessant.

Er findet es nicht gut, dachte ich, er findet das Buch nicht gut, er liest es nicht gern, er ist es. Das ist Keith Richards, oder ist es ein Double, aber das ist kein Double, das spüre ich. Aber erzähl mal, sagte Keith Richards, wie geht's Johnny? Hatte er einen kleinen Hund dabei, nicht Dackel, ich glaube, man nennt sie Terrier? Keith, das ist Fred, sagte Lynn, aber das weißt du ja schon. Wer sollte es auch sonst sein, sagte er, sind ja nicht viele Leute hier, hat er was genommen, warum redet er nicht? Lynn sagte, ich denke, er versucht nur damit klarzukommen, dass du wirklich vor ihm sitzt. Keith sagte, aber er ist doch Deutscher, oder nicht, vielleicht versteht er uns nicht? Doch, sagte ich, ich räusperte mich, doch, ich spreche fließend Englisch. Keith Richards sagte, aber nicht fließend viel? Ich kann eine Stunde lang sprechen, wenn Sie wollen, sagte ich. Fred, ich glaube, du solltest dich setzen, sagte Lynn, sie schob mir einen arabischen Hocker hin, der ein schönes Sternmuster aufwies.

Ich setzte mich, und der Hocker machte ein Geräusch wie ein Pferd, das vor seinem Tod ein letztes Mal ausatmet. Das habe ich mal als Kind auf dem Bauernhof meiner Tante gehört, sagte ich, und Keith sagte, was? Er hat nur laut gedacht, er ist durcheinander, sagte Lynn, vielleicht legst du dich einfach erst mal hin, Fred, ich geb dir was für die Nacht. Nein, nein, sagte ich, ich werde mich schon dran gewöhnen. Keith möchte nicht, dass du dich an ihn gewöhnen musst, flüsterte mir Lynn ins Ohr. Ich nickte. Jetzt raucht er auch noch, dachte ich, er steckte sich eine Zigarette in den Mundwinkel, genau dorthin, wo er sie haben wollte, an der Stelle hatte er nach all den Raucherjahren bestimmt Hornhaut auf den Lippen. Keith Richards tippte sich mit dem Mittelfinger an die Stirn, er schien über etwas nachzudenken, man hörte das Plätschern des Fußbades. Ist Ihnen kalt, fragte ich, einfach, um etwas zu sagen, ich stand vom Hocker auf, ich musste mich bewegen, der Hocker machte jetzt ein Geräusch wie ein Pferd, das zur Überraschung des Veterinärs wieder zu atmen beginnt. Klar ist mir kalt, sagte Richards, ich war tot, willst du wissen, was ich in der anderen Welt gesehen habe, einen Kühlschrank, einen roten Kühlschrank mit einem Magnetsticker dran aus Disneyland. Keine Aufregung, Keith, sagte Lynn, sie massierte seine Schultern, schön ruhig, Fred geht gleich ins Bett, er hat für heute genug gesehen. Er gafft mich an, als sei ich eine Mumie, die ein Fußbad nimmt, sagte Keith. Ist schon gut, sagte Lynn, ihr seid beide ein bisschen gestresst, es ist besser, wenn du jetzt endlich verschwindest!, schrie sie mich an.

Mister Richards, sagte ich, ich gehe gleich, aber ich möchte Ihnen vorher noch eine Botschaft von Johnny Depp überbringen. Es ist ihm wichtig, dass Sie wissen, dass er den Ring täglich mit Gorham's Silberpolitur reinigen wird. Was für eine Politur, fragte Richards, und ich wiederholte es, aber diesmal sagte ich, stündlich, nicht täglich, um ihn zu besänftigen, original hatte Depp von wöchentlich gesprochen. Richards schmiss die Zigarette ins Wasserbecken, hier stinkt was, sagte er, hast du dir den Scheck schon angesehen? Lynn schüttelte den Kopf. Tut mir leid, sagte ich, ich hatte den Scheck im Schuh, aber wenn er auslüftet ... Her damit, sagte Richards, und sie nahm den Scheck aus dem Umschlag und sagte, Fred, wenn du das verbockt hast ... Richards las den Scheck.

Er ließ sich Zeit, was stand da drauf, ein Gedicht?

Er las, und dann lachte er. Sein Lachen klang wie ein Auto, das im Winter nicht anspringt, und er lachte auch genauso lange wie jemand, der versucht, am Heiligabend seinen Wagen zu starten, um zu seiner Mutter zu fahren. Dieser verdammte Hurensohn, sagte Richards, Gorham's Silberpolitur, er weiß, dass ich die nie benutzen würde, er hat euch gelinkt, dieser clevere Bastard! Ich brauche einen Schluck Whiskey, sagte ich, aber ich bekam keinen. Ich rege mich über nichts mehr auf, sagte Richards, er versetzte dem Plastikbecken einen Fußtritt, das Wasser schwappte über Lynns Clogs. Nein, rief Lynn, nein, das darf nicht wahr sein! Sie hielt den Scheck in der Hand. Sie blickte mich so kalt an, es war klar, dass wir nie in einem Sportwagen in ein bisher unentdecktes mallorquinisches Bauerndorf fahren würden, um bei einer schwarz gekleideten Bäuerin unglaublich aromatische Tomaten zu kaufen. Richards nahm mich in Schutz, er legte seinen Arm um meine Schulter und sagte, er ist ein Buchautor, Lynn, er war der Aufgabe nicht gewachsen, ihr hättet genauso gut ein Eichhörnchen zu Johnny schicken können. Ich fragte, wieso denn, was ist denn. Lynn hielt mir den Scheck vor die Nase, sie lieh mir ihre Lesebrille, denn seit einigen Jahren ist meine Nase zu nahe an den Dingen dran, die ich sehen möchte, ich brauche eine Lesebrille, um Distanz zu schaffen.

Auf dem Scheck stand die Summe von fünf Millionen Dollar, und die Unterschrift lautete:
Captain Jack Sparrow

DIE IDEE

Lynn und ich lagen im Gesindehäuschen auf meinem Messingbett. Es quietschte nicht mehr, denn wir waren fertig mit der Versöhnung. Sie sagte leise, du kannst ja nichts dafür, Keith hat recht, wir hätten ein Eichhörnchen schicken sollen. Eichhörnchen sind intuitiv, es hätte gemerkt, dass Johnny dir nicht glaubt.

– Ich war sicher, dass der Brief ihn davon überzeugt hat, dass Keith Richards noch lebt, er hat ihn doch auswendig gelernt.

– Das war doch nur Show, Fred. Er wollte den Genuss verlängern.

– Welchen Genuss?

– Den Genuss, jemanden übers Ohr zu hauen, der seiner Meinung nach versucht hat, ihn übers Ohr zu hauen, mit einem gefälschten Totenkopfring.

– Der Ring war doch echt!

– Ja, aber Johnny dachte natürlich, dass es eine Fälschung ist. Und Keiths Brief konnte ihn ganz offensichtlich nicht vom Gegenteil überzeugen. Und du warst nicht der Richtige für den Job.

– Ach ja? Warum habt ihr mich dann zu ihm geschickt?

– Wir hatten kein Eichhörnchen, Fred.

– Ich werde noch mal zu Depp fahren. Ich werde Keith Richards den Ring zurückbringen, das verspreche ich dir! Und wenn es das Letzte ist, das ich tue.

– Du weißt genau, dass du an Johnny nicht mehr rankommst.

Ja, das wusste ich, deshalb hatte ich es ja so vollmundig vorgeschlagen. Und was machen wir jetzt, fragte ich, ich meine, wie soll Richards jetzt zu Geld kommen. Keine Ahnung, sagte Lynn, es ist mir auch egal. Weißt du, Fred, ich habe Angst, dass ich aus der ganzen Sache nicht gesund rauskomme, ich meine gesund hier. Sie zeigte auf ihr Herz. Lynn sagte, sie werde mir jetzt etwas sehr Persönliches anvertrauen, ich dachte, danach möchte sie bestimmt, dass ich ihr auch etwas Persönliches anvertraue, aber was, dass ich als Kind mal meinen Körper verlassen und mich von außen gesehen habe? Das war das Persönlichste, das mir einfiel, und merkwürdigerweise erzählte Lynn ebenfalls etwas Spirituelles.

Sie sagte, bei der Beerdigung ihrer Großmutter sei ihr zum ersten Mal der Gedanke gekommen, dass sie vielleicht nie stirbt. Ich dachte, es gibt so viele Menschen auf der Welt, da muss es doch mal einen geben, der nie stirbt, und das bin vielleicht ich. Der Gedanke ist mir später immer wieder mal gekommen, sagte Lynn. Ich nahm ihn nicht wirklich ernst, aber andererseits, man weiß es doch nicht, es könnte doch sein. Als ich im Medizinunterricht Spenderleichen sezierte, wurde der Gedanke noch plausibler, es können doch unmöglich *alle* Menschen sterben, in der Natur gibt es immer eine Ausnahme. Ich sägte einen Thorax auf und dachte, Lynn, dir wird das nie passieren, könnte doch sein. In der Hochzeitsnacht erzählte ich es Al, meinem ersten Mann, ich wollte ihm etwas sehr Persönliches anvertrauen, er sagte aber nur, das denkt doch jeder. In dem Moment fing die Ehe für mich schon an zu kriseln, ich dachte, was für ein Arschloch, dauernd behauptet er, dass jeder dasselbe empfindet wie ich. Na ja, sagte ich, mir kam der Gedanke ehrlich gesagt auch schon. Das behauptest du doch jetzt nur, sagte sie, ich falle immer auf denselben Typ Mann rein, du verstehst überhaupt nicht, was ich meine. Ich vertraute ihr an, dass ich mich als Kind mal von außen gesehen hatte, was nur bedeuten konnte, dass ich eine Seele besaß, aber das ließ sie nicht gelten, es war für sie nur ein Stottern des Individuationsprozesses eines Kindes. Ich sagte, Lynn, wir spüren intuitiv, dass der Tod etwas Unnatürliches ist, das nur auf der Ebene des Zusammengesetzten existiert, das Zusammengesetzte löst sich irgendwann auf, weil es etwas Unwahrscheinliches ist, aber wenn man die Individuation als Konstrukt unseres Gehirns betrachtet, und das sollte man, dann sind wir eben mehr als nur das Zusammengesetzte, das man Körper nennt. Wo kein Ich ist, sagte ich, gibt es auch keinen Tod, wenn wir ein Sensorium hätten, mit dem wir die Atome wahrnehmen könnten, würden wir sofort begreifen, dass es unmöglich ist zu sagen, wo bei einem Menschen, der auf einem roten Stuhl sitzt und ein Fußbad nimmt, der Mensch anfängt und der Stuhl und das Plastikbecken aufhören oder umgekehrt, die Atome sind exakt die gleichen, und sie verhalten sich auf exakt dieselbe Weise. Die Welt ist ein Gewimmel von Atomen, es gibt keine Grenzen zwischen ihnen, es gibt keine Formen, nur Bewegungen, Wellen. Das Bett, auf dem wir liegen, du, ich, das sind alles Wellen, und jetzt kannst du natürlich behaupten, dass in einem See, in den du einen Stein wirfst, individuelle Wellen entstehen, und dann nennst du irgendeine beliebige Welle Lynn und die andere Fred, und wenn die Fred-Welle verebbt, weinst du in ein Taschentuch. Aber eine Welle fängt weder irgendwo an noch hört sie irgendwo auf, sie ändert nur ihren Erregungszustand, und der kann nie null sein. Das ist es, was du spürst, wenn du denkst, dass du vielleicht unsterblich bist.

Damit willst du mir doch nur sagen, sagte Lynn, dass meine Empfindungen überflüssig sind, das dumme Mädchen weint in ein Taschentuch, aber sie bildet sich ihren Schmerz nur ein. Mama ist gestorben, und der Physiker gibt dem Mädchen einen Klaps auf den Hintern und sagt, deine Mama war nur eine Welle, du Dummerchen, jetzt zeig mir doch mal dein Höschen. Ich sagte, diesen Vorwurf bekomme ich so oft zu hören, dass mir deswegen eine Warze gewachsen ist, Lynn, die Leute glauben immer, dass ihre Gefühle das Reale sind, während die Quantenphysik ihrer Meinung nach nur eine kalte Theorie ist, die sich ein paar weiße alte Männer ausgedacht haben, die nicht Tango tanzen können.

Nimm mich doch einfach mal ernst, sagte Lynn, sie schmiegte sich an mich und überließ es mir, was genau ich ernst nehmen sollte. Ich fühlte mich jetzt auch unverstanden, ich dachte, dann werde ich eben allein alt, dann kippe ich eben eines Tages in meiner Zweizimmerwohnung um, und wenn das Haus abgerissen wird, findet man mein Skelett. Es hat auch seine Vorteile, zwanzig Jahre in der Wohnung zu liegen, ich will mir doch nicht mit fünfundsiebzig noch vorwerfen lassen, dass ich einer Frau nie zuhöre. Lynn sagte, jetzt hör mir doch mal zu, ich möchte, dass du verstehst, was ich gerade durchmache. Sie sagte, ihr ganzes Leben lang habe sie beiläufig und ohne es wirklich ernst zu nehmen diesen Gedanken gehabt, dass sie vielleicht nie stirbt, und jetzt merke sie, dass sie es eben doch ernst genommen habe. Sie merkte es, als Keith Richards die Augen wieder aufschlug, obwohl die Tinte auf dem Totenschein bereits trocken war. Da wurde mir klar, sagte sie, dass *er* derjenige ist, der nicht stirbt. Er, nicht ich. Ihm ist es passiert, nicht mir. Mehr als einmal in einer Million Jahren passiert so was nicht, Fred, das weißt du doch am besten, die Wahrscheinlichkeit, dass so was einmal geschieht, ist doch schon wahnsinnig klein. Zweimal wird das nicht passieren. Das bedeutet, dass ich sterben werde, Fred, verstehst du. Ich werde sterben. Das wusste ich schon immer, aber jetzt gibt es diese winzige Hoffnung nicht mehr, dass ich die Ausnahme sein könnte, ich werde damit nicht fertig.

Es donnerte. Ich sagte, ein Gewitter kommt. Sie sagte, ist das alles, was dir dazu einfällt. Hast du nicht gehört, dass ich dir gerade gesagt habe, dass ich sterben werde? Wir lagen im Dunkeln auf dem Messingbett, ein Blitz warf den Schatten des Fensterkreuzes auf Lynns nackten Körper, ein schwarzes Kreuz auf diesem schönen Körper, das war ein schlechtes Omen. Ich sagte, doch, ich hab's gehört. Was hätte ich sonst sagen sollen? *Lynn, es tut mir leid, dass die Wellen, aus denen du bestehst, einen anderen Erregungszustand annehmen werden, so wie sie es seit vierzehn Milliarden Jahren dauernd tun?* Ja, du hast es gehört, sagte sie, aber nicht verstanden. Sie stand vom Bett auf und zog sich an. Es war drei Uhr, und ich wollte sowieso schlafen, schlafen konnte ich auch ohne Lynn, sogar besser, denn wenn man sich mal daran gewöhnt hat, ein Bett für sich allein zu haben, ist die Umstellung schwieriger, als mit dem Rauchen aufzuhören. Sie sagte, wenn ich nicht seine Ärztin wäre, würde ich morgen abhauen. Es ist einfach zu viel. Ich werde damit nicht fertig. Aber ich kann Keith nicht mit Ben hier allein lassen, mit Ben werden wir ein Problem kriegen. Ihm geht's wie mir, aber er ist ein Mann: Wenn er mit einer Situation nicht fertig wird, möchte er die Welt retten. Er ist wie du, er bastelt sich eine Theorie, die alles erklärt. Weißt du, was er gestern getan hat? Sie sagte, Keith habe es ihr heute erzählt. Ben sei bei ihm im Zimmer aufgetaucht und habe ihn gebeten, den toten Hamster zu berühren, es sei ein medizinisches Experiment. Der Hamster ist tot, fragte ich, und sie sagte, ja, wahrscheinlich hat Ben ihn ersäuft, Keith sagte jedenfalls, dass der Hamster nass war. So was wollte er nicht berühren. Er sagte zu mir, Lynn, was ist mit Ben los, lass mich nicht mit ihm allein, ich möchte keinen Arzt, der mich bittet, einen toten, nassen Hamster zu berühren. Es donnerte lauter, es blitzte heller, ich sah für den Bruchteil einer Sekunde Lynns Gesicht, es sah aus wie überbelichtet.

Am nächsten Morgen sagte Lynn beim Frühstück, dass Keith mit mir sprechen will, und so fing es an. Er wollte mit mir sprechen, und als ich sein Zimmer betrat, zog er sich gerade einen roten Wollpullover über den Kopf, sein Kopf steckte noch im Pullover, ich sah, dass er unter dem Pullover schon einen Baumwollpulli trug, dazu Jeans und dicke, geringelte Wollsocken. Er verhedderte sich in den Ärmeln und kriegte den Kopf nicht durchs Pulloverloch, nur die grauen, krautigen Haare schauten raus und die Spitzen seiner riesigen Ohren. Soll ich Ihnen helfen?, fragte ich, er sagte mit heiserer Stimme, nenn mich nicht Sie, und gestern hast du mich Mister genannt, das will ich auch nicht mehr hören, wir sitzen hier alle in derselben Scheiße. Ich dachte, na ja, eigentlich sitzt nur er drin, wir anderen könnten jederzeit verschwinden. Ich sollte also *du* und *Keith* zu Keith

Richards sagen, das war, als würde man in der Kirche eine Madonnenstatue sagen hören, *du kannst mich Mimi nennen.* Ich sagte, ich hab mal gelesen, dass dich noch nie einer im Wintermantel gesehen hat. Seine Augen und seine Nase tauchten durchs Pulliloch auf, die Augen waren klar und jung, aber der Nase sah man an, dass sich unter ihr ein Mund befand, der seit sechzig Jahren an Flaschenhälsen nuckelte. Das war früher, sagte Keith, im Winter trug ich ein T-Shirt mit einem etwas dickeren Aufdruck, das reichte mir, um nicht zu frieren. Aber man wird älter, man hat alles schon mal erlebt, man war sogar schon mal tot, du kriegst ihn nicht mehr jedes Mal hoch, und du kaufst dir einen Wollpullover, um in der Karibik zu überleben. Mir rann der Schweiß aus den Achseln, ich dachte, das ist nicht normal, wir haben dreißig Grad, und er wickelt sich einen Schal um den Hals. Lynn sagt, ich hab den Blutdruck einer Fledermaus im Winterschlaf, sagte Keith, er griff nach der Jack-Daniel's-Flasche und zog den Korken mit den Zähnen raus.

Keith setzte sich in den Sessel, er klimperte bluesige Akkorde. Ich hab dein Buch gelesen, sagte er, der Stil hat mich an Richard Kapuscinski erinnert. Er kannte Kapuscinski! Du kennst Kapuscinski?, sagte ich, und er warf mir einen Blick zu und klimperte weiter. Wie kam er auf die Idee, dass mein Schreibstil etwas mit dem von Kapuscinski zu tun hatte, Kapuscinski hatte doch gar keinen Stil, ich auch nicht, er und ich benutzten die

Sprache, um Information zu vermitteln und nicht um einen Stil zu haben. Außerdem schrieb Kapuscinski politische Reportagen und ich Sachbücher über Quantenphysik. Du schreibst wie Kapuscinski, sagte Keith, er zündete sich eine Zigarette an, es ist dieselbe Mischung aus Wut, Ehrgeiz und Liebe zur Welt. Mein Gott, dachte ich, was erzählt er da für einen Mist! Lass uns über Musik reden, sagte ich, und er sagte, nein, wir reden über dein Buch. Es hat mir sehr geholfen, danke. Ich verstehe jetzt besser, warum mir das passiert ist. Die Materie ist etwas Unwahrscheinliches, folglich ist das Leben etwas Unwahrscheinliches, folglich ist es okay, wenn ab und zu eine Leiche zum Masseur geht, weil sie vom langen Liegen Rückenprobleme hat. Das ist nicht exakt das, was in meinem Buch steht, sagte ich, und er sagte, doch. Genau das steht drin. Ben hat dich hierhergeholt, damit du mir erklärst, warum ich tot war und dann wieder Lust auf eine Zigarette bekam. Ben sagte, das steht alles in Freds Buch, mach dir keine Sorgen, Keith, deine Auferstehung ist gar nicht mal so unwahrscheinlich, wie du vielleicht denkst, Fred wird dir das genauer erklären. Aber ehrlich gesagt, Fred, hab ich dein Buch nur bis zur Stelle gelesen, wo das zweite Kapitel anfängt, und weißt du, wieso? Weil du und Kapuscinski so tut, als würdet ihr über die Welt staunen. Aber in Wirklichkeit ist euer Staunen Besserwisserei. Ihr staunt nicht, ihr predigt.

Ich hatte von Kapuscinski nur eine einzige Reportage gelesen, das war alles, ansonsten wusste ich von ihm nur, dass er irgendwann unter völlig geklärten Umständen gestorben war. Ich sagte, es tut mir leid, dass dir mein Buch nicht gefallen hat, nach einem Kapitel, es wären noch fünfzehn Kapitel gekommen, und vielleicht wäre das eine oder andere darunter gewesen, das deinen Eindruck, dass ich ein Besserwisser bin, korrigiert hätte. Wenn du einem Mann den Unterschenkel abschneidest, sagte Keith, und ihm dann das Buch *Lower Limb Amputation* von Adrian Cristian zu lesen gibst, glaubst du, dass er dann denkt, aha, dieser Autor weiß alles über Amputationen, da tut es mir doch gleich nur noch halb so weh. Lass uns endlich über Musik reden, sagte ich, warum spielst du lieber in Open G als in Open E? Weil's mir dann besser geht, sagte Keith, die Asche der Zigarette, die er im Mundwinkel hatte, war reif, und beim Wort *geht* fiel sie auf seinen roten Wollpullover. Wenn man eine Madonnenfigur Mimi nennen darf, wird man vieler Träume beraubt. Distanz ist das Geheimnis aller Verehrung. Ich dachte, wenn Jake ihn so sehen würde, eingemummt in sieben Schichten Schafswolle an einem helllichten Karibiktag, und wenn Jake hören würde, dass er mich als Besserwisser abtut, dann würde Jake jede Emotion bereuen, die er an den Tod von Keith Richards vergeudet hat.

Jede Stunde, jede Minute, sagte Keith, denke ich an Patti, an meine Kinder, an Ronnie, an den Hurensohn Johnny, und ich komme nicht mehr an sie ran, Fred. Ich lebe in einem Paralleluniversum, ich weiß, dass sie leben, aber sie denken, ich bin tot, also bin ich tot, denn man lebt nur, wenn die anderen es wissen. Was glaubst du, wie sich das anfühlt? Ich kann nicht zu ihnen zurück, ich bin auf dieser gottverdammten Insel im ewigen Exil. Denn wenn ich zurückgehe, wird mich ein internationales Ärzteteam abfangen und in ein Labor der NASA schleppen, und dort werden sie alles tun, was sie mit den Außerirdischen tun, die einen Motorschaden hatten. Am schärfsten werden sie auf meine Testikel sein und auf meine Hirnanhangdrüse. Glaubst du, die lassen einen, der tot war und wieder lebt, zurück an seinen Swimmingpool? Die werden mir mit einem fetten Brandeisen das Wort *Staatsbesitz* auf die Stirn brennen, aber das ist nicht das Schlimmste. Das Schlimmste ist, dass die Leute, wenn sie im Radio *Satisfaction* hören, denken werden, oh wow, dieser Song bringt Glück, wenn ich ihn mir dreimal täglich anhöre, während ich vor einer Gitarre knie, werde ich ewig leben. Ich sagte, Keith, mir ist klar, dass du in einer schwierigen Situation bist, umso schmerzlicher ist es für mich, dass du die Chance nicht wahrgenommen hast, mein Buch zu Ende zu lesen, dem notabene kein Rezensent, kein einziger, Besserwisserei vorgeworfen hat, kein einziger.

Kannst du spielen, fragte Keith und nickte in Richtung der Ibanez, die an der Wand lehnte. Nicht vor dir, sagte ich. Er sagte, was glaubst du, wie alt ich aussah, als ich mit Paco De Lucia spielte? Lass uns ein bisschen jammen, Fred, ich kann mir auf Jesters die Gitarristen nicht aussuchen, dazu ist die Population zu gering. Keith machte dabei seine berühmte fahrige Handbewegung. Spiel was, sagte er, ich steige dann ein. Na gut, sagte ich, ich stand auf, um mir die Ibanez zu holen, mir wurde schwarz vor den Augen, mein Blutdruck sackte ab in Richtung Winterschlaf. Ich wusste, ich würde schlecht spielen, meine Finger zitterten, du kannst nicht mit vor Aufregung zitternden Fingern gut Gitarre spielen, wie oft habe ich das vor Auftritten, bei denen im Publikum meine Mutter saß, nicht schon erlebt. Ich sagte, Keith, ich bin echt zu aufgeregt, und er hielt mir die Whiskeyflasche hin. Ich dachte, ich kann doch jetzt nicht was von den Stones spielen, unmöglich, aber die Beatles, das geht erst recht nicht, dann flippt er aus, John Denver? Der ist ihm bestimmt zu zuckrig, Cat Stevens, danke, nein, da krieg ich die Faust ins Gesicht. Bowie hasst er, er hat ihn mal in einem Interview fertiggemacht, sehr schade, *Rock 'n' Roll Suicide* kann ich gut. Mir bleibt nichts anderes übrig, sagte ich, ich muss was von mir spielen.

Ich spielte *Out The Window,* den Song, den mir der Pfandleiher beigebracht hatte. Meine Finger zitterten, aber das Intro klang trotzdem gut, es hatte eine musikalische Tiefe, die man selbst durch größte Nervosität nicht verhunzen konnte, das Intro war richtig gut, ich spürte, das ist mein Song! Ich sang ihn nicht so schön und seelenvoll wie der Pfandleiher, aber meine schräge, gebrochene Stimme

142

passte viel besser zur *Broken-Heart*-Atmosphäre des Liedes. Ich sang:

Most people are nice
till they're throwing TVs out the window
most people are nice
till they fall in love
You were nice, Babe, when we first met
in a hotelroom with a
flat screen TV
and then you said
I think I finally love you

Großartig! Wenn man sieht, dass jemand seinen Hund nicht gut behandelt, sollte man ihm den Hund klauen, man sollte nicht warten, bis er ihn zugrunde richtet wie der Pfandleiher diesen wunderbaren Song, den er mit seiner makellosen Soulstimme zu einer harmlosen Händchenhalten-Ballade heruntergesungen hatte. Keith sagte, he Mann, das ist nicht schlecht, aber versuch mal, es mit einer souligeren Stimme zu singen, damit es wie ein Kerzenlicht-Song klingt. Ich sagte, es ist ein *Broken-Heart-Song,* und Keith sagte, nein, es ist was zum Händchenhalten, es ist keine einzige Septime drin.

Ich spielte es noch mal, diesmal mit Septimen, Keith spielte auf der Martin mit, er sagte, sing's wärmer, mit mehr Herz, ich dachte, dann spiel's doch mit dem Pfandleiher! Bei der Stelle *You were nice, Babe* brach Keith ab, er sagte, hörst du das? Er zupfte eine Version der Grund-melodie, die er mit dem zweiten Teil verknüpfte, er ließ Noten weg, fügte verwandte Noten hinzu, akzentuierte den ganzen ersten Teil, stellte den Text um, und eine Stunde später klang *Out The Window* nicht mehr wie mein Song und schon gar nicht wie der des Pfandleihers, der hier endgültig nichts mehr verloren hatte, sondern er klang wie eine Mischung aus Kerzenlicht, *Broken Heart,* leerer Fabrikhalle und Messer im Rücken.

Wir spielten es Lynn vor, sie sagte, he, das klingt echt gut, habt ihr toll gemacht. Keith sagte, das klingt nicht gut, das ist etwas Neues, Lynn, das ist das, was ich seit *Wild Horses* immer machen wollte, aber ich kam aus diesem Folkgroove nicht raus. Aber das hier hat keinen Refrain, Lynn, keine Bridge, kein Intro, hör's dir mal mit offenen Ohren an. Ich sagte, ein Intro gibt es meiner Meinung nach schon, Keith sagte, psst!, spiel's einfach noch mal. Lynn musste es sich noch mal anhören, sie saß auf dem arabischen Hocker und lächelte, möglicherweise ein bisschen gezwungen, konnte das sein? Toll, toll, sagte sie und applaudierte. Keith sagte, du hörst es nicht, aber macht nichts, Lynn, Hauptsache, ich höre es, und Fred. Ja, sagte ich, ich höre es auch, denn inzwischen hatte ich drei Fingerbreit aus Keiths Flasche getrun-ken. Mir leuchtete alles ein. Das hier war etwas Neues, und ich hatte es erfunden. Es ist mein Song, sagte ich zu Lynn, und Keith sagte, ich habe seit *Happy* nichts so Gutes mehr geschrieben, aber das hier ist noch besser als *Happy, Happy* war konventionell, das hier ist wie Chopin, es reisst Wände ein. Ja, sagte ich, ich habe noch nie so etwas geschrieben. Wenn du was zum Waschen hast, sechzig Grad, weiß, sagte Lynn zu Keith, ich mache gerade eine Maschine fertig. Ist alles da in dem Dings, sagte Keith, er meinte einen Bastkorb, aus dem eine Socke raushing, sie war aber blau. Lynn legte mir, bevor sie ging, die Hand auf die Schulter und sah müde aus. Die Arme musste waschen, während ich die Rockmusik erneuerte.

Keith hatte eine Idee, das war kein Wunder, die erste Flasche Jack Daniel's stand leer herum, an der zweiten arbeiteten wir uns gerade ab. Wir schreiben acht solche Songs, sagte Keith, acht Stücke wie *Out The Window,* und dann macht Lynn ein paar Anrufe, ich hab das alles schon hier. Er tippte sich mit der Hand an die Stirn. Hier drin, sagte er. Er steckte sich eine Zigarette zwischen die verhornte Stelle an seinen Lippen und lachte oder hustete, man konnte es bei ihm schwer auseinanderhalten. Wir bringen Don Was dazu, dass er die Songs produziert, sagte Keith, Don Was ist der Richtige dafür, mach dir keine Sorgen. Don Was ist der beste Produzent, und für so was ist er der Richtige. Und du, sagte Keith, du spielst diese Songs, du machst ein Album, und dann gehst du auf Tour, Fred, da kommt die Kohle rein, wenn du auf Tour gehst, du tourst, und alles, was du verdienst, teilen wir uns, sechzig zu vierzig, das machen wir unter uns aus, ohne die ganze Anwaltscheiße. Ich dachte, wovon spricht er? Was meinst du damit, fragte ich, er sagte, du gehst auf Tour mit unseren Songs! Er wiederholte alles noch mal, und ich begriff, dass er wollte, dass wir zusammen Songs schreiben, und dieser Produzent, der der Richtige war, produzierte dann ein Album, und danach ging ich auf Tour durch Asien, Amerika und Holland. Ich sagte, wollen wir nicht morgen darüber sprechen, ganz früh morgens, wenn wir noch nichts getrunken haben, aber schon wieder nüchtern sind, um halb sieben Uhr morgens? Ich hab noch nie was nüchtern besprochen, sagte Keith, wenn man nüchtern ist, hat man Bedenken. Du spielst diese Songs, Fred, du wirst berühmt, du machst eine Menge Kohle, wir machen das alles mit Don Was, er ist der Richtige. Und du musst es allein machen, das ist dir ja wohl klar, ich bin tot. Von uns beiden kannst nur du auf die Bühne, und du wirst es tun, weißt du, warum? Weil du mir noch fünf Millionen schuldest. Ich will dir kein glühendes Eisen vors Gesicht halten, aber du hast die Sache mit Johnny verbockt, jetzt muss ja irgendwie Geld reinkommen, ich bin pleite. Schau mich nicht an, als hätte ich deine Mutter vor den Zug gestoßen, es gibt Schlimmeres, als ein Rockstar zu sein. Oh Mann, sagte er, diese Idee, diese Idee ist großartig!

Keith sagte, aber es geht um mehr als nur ums Geld, Fred, dieser Song ist was Besonderes, *Out The Window,* und wenn wir *Out The Window* schreiben konnten, können wir auch acht solche Songs schreiben, seit zwanzig Jahren bin ich musikalisch keinen Zentimeter weitergekommen, aber jetzt ist es ein *big leap!* Das ist was ganz Neues, wir fangen noch mal von vorn an, scheiß auf dein Buch, Fred, nimm's mir nicht übel, wenn ich das sage, aber dein Buch erklärt mir nicht, warum mir das passiert ist.

Aber mein Song erklärte es Keith. Er sagte, jetzt wisse er, warum er nicht gestorben sei, nämlich, um neue Musik zu schreiben, Songs mit einer ganz neuen Tonalität und Struktur, verdammt noch mal, Fred, wir fangen noch mal von vorn an, du und ich! Seit zwanzig Jahren, sagte er, bin ich keinen Schritt weitergekommen, und ich sagte, das hast du vor einer Minute schon gesagt, und er sagte, wir ziehen das durch, du und ich, du stehst auf der Bühne und spielst diese Songs, und sie werden denken, Mann, woher kommt diese Energie, so was haben wir zuletzt auf *Exile on Main Street* gehört und seither nicht mehr, seither war die ganze Rockmusik nur aufgewärmtes Gulasch, ich sagte, aufgewärmt schmeckt es aber am besten. Aufgewärmtes Gulasch, sagte Keith, Prince, Michael Jackson, Madonna, Aerosmith, die Leute werden denken, die waren alle auf dem falschen Dampfer, aber jetzt geht's endlich in die richtige Richtung, mit Fred Hunt. Hundt, sagte ich, mit stumpfem U wie in *you* und einem D vor dem T. Keith boxte mich kumpelhaft in die Schulter, er sagte, Fred, ich sehe gerade einen neuen Horizont vor mir, und wie gesagt, du schuldest mir eine Menge Geld.

DOKTOR SODERBERGHS
SENESZENTE ZELLEN

Ich lag auf meinem Messingbett, an der Decke drehte sich der alte Ventilator, der bei jeder Umdrehung einmal müde quietschte. Lynn saß mit verschränkten Armen auf dem einzigen Stuhl, den es im Gesindehäuschen gab, sie wollte sich nicht zu mir legen, sie sagte, sie habe eine Entzündung. Ich fragte, wo, sie sagte, was bist du nur für ein merkwürdiger Mann.

– Ist es eine Blasenentzündung?

– Nein.

– Meistens ist es bei Frauen eine Blasenentzündung.

– Glaub mir, ich habe im Anatomieunterricht gelernt, eine Blase von einer Vagina zu unterscheiden. Es war nicht einfach, ich hab ein Semester lang dafür gebraucht, aber dann konnte ich es.

– Ach so, ich verstehe. Aber nicht wegen uns? Ich meine, nicht wegen gestern Nacht?

– Doch, und wegen vorgestern Nacht.

– Vorgestern? Ich bin doch erst seit gestern zurück!

148

- Nein, du bist seit vorgestern zurück.
- Bist du sicher?
- Ja, ich glaube schon, das spielt doch keine Rolle. Hier ist ein Tag wie der andere. Jedenfalls hab ich's von dir gekriegt. Aber das ist kein Vorwurf. Ich finde es toll, dass dein Penis so dick ist.
- Dick? Er ist dick?

Ich hab nicht gesagt lang, sagte Lynn, ich hab nur gesagt dick. Sie formte mit den Fingern einen Umfang, der mir völlig aus der Luft gegriffen vorkam. Wenn er so dick wäre, sagte ich, hätten die anderen Frauen, mit denen ich geschlafen habe, ihre Meinung bestimmt nicht so konsequent für sich behalten, irgendeine wäre doch mal damit rausgeplatzt. Hat sich schon mal eine beschwert, sagte Lynn, dass der Sex mit dir nicht gut ist? Nicht direkt, sagte ich, aber das war sowieso nie ein Thema, man hat's einfach gemacht, darüber wurde nicht gefachsimpelt. Was hast du nur für ein autistisches Leben geführt, sagte Lynn. Du bist fast sechzig und weißt nicht, dass du einen dicken Schwanz hast, sagte sie, sie küsste mich. Ich dachte, sie hat recht, mein Leben war eine leere Schublade. Erst seit Ben *Schirmchen* gesagt hatte, waren Dinge geschehen, mit denen ich auf dem Totenbett angeben konnte.

Deswegen will ich es tun, sagte ich. Ich will auftreten, mit den Songs, die Keith und ich schreiben werden. Denn wenn ich es nicht tat, erwartete mich nach meiner Rückkehr nach Deutschland ein Leben wie an der Supermarktkasse. Mir würden nur Erinnerungen bleiben, an Johnny Depps schönen Chinesen, an Lynns blaue Clogs, an Keith Richards' Fußbäder, bis zu meinem Tod wären diese Erinnerungen das Erregendste und Spannendste, das mein Leben zu bieten gehabt hatte. Denn wenn ich nicht den Sprung ins Rockstartum wagte, würde der Alltag wieder seine dreckigen Pfoten nach mir ausstrecken, er würde mich in den Schmutz des Gewöhnlichen ziehen und sagen, da bist du ja wieder, du kleiner, mieser Ausreißer, hast wohl gedacht, dass du mir entkommen kannst, dass du ein aufregendes, grandioses Leben voller Wendungen und Höhepunkte führen kannst, du Idiot, na los, pack deine Sichtmäppchen in die Aktenmappe und ab in die nächste Schulklasse, küss die Routine, Baby! Ich wollte die Routine nicht mehr küssen, ich wollte ein Leben, in dem mir die Frauen sagten, dass ich einen dicken Penis habe, ich wollte auf die Bühne, das wollte ich schon, als ich über meinen Penis noch nicht viel wusste, ich dachte, wenn Jake noch ein paar Bass-Stunden nimmt, wenn er endlich den Slap lernt, dann engagiere ich ihn als Bassist meiner Band, genau das mache ich! Der Gedanke, zusammen mit Jake, einem vertrauten Gesicht, Rockstar zu werden, machte das Ganze zu einem gemütlichen, familiären Aufbruch ins internationale Showbusiness.

Bist du für eine Rockkarriere nicht ein bisschen zu alt, fragte Lynn. Ich sagte, heutzutage kannst du doch im Rollstuhl auf die Bühne kommen, das Publikum ist bei

Rockkonzerten doch selbst schon pflegebedürftig. Fred, in deinem Alter ziehen sich die meisten Rockmusiker aus dem Geschäft zurück und engagieren sich für Opfer von Tretminen. Quatsch, sagte ich, die Stones haben doch vor einem Jahr noch eine Tour gemacht. Ja, sagte Lynn, mit fünf Ärzten, sieben Masseuren, einer privaten Boeing 767 mit Operationsraum, sie konnten sich aus der Boeing direkt auf den Rücksitz eines Bentleys fallen lassen, und wenn sie in der Präsidentensuite ankamen, legten zwei Physiotherapeuten sie auf ein so großes Bett, wie du es in deinem Leben noch nie gesehen hast. Die haben die meiste Zeit der Tour geschlafen, Fred, die Konzerte waren für sie nur kurze Unterbrechungen einer langen, luxuriösen Siesta. Aber du, sagte Lynn, du wirst mit drei übellaunigen Roadies anfangen, die keine andere Band haben will, weil sie Gitarrensaiten klauen und im Tour-Bus in leere Bierdosen pinkeln. Lynn malte mir die lärmigen, drittklassigen Hotelzimmer aus, in denen ich mit einem Gitarrenkoffer als Kissen schlafen würde, aber das Schlimmste, sagte sie, wird der Moment sein, wenn du bei deinem ersten Konzert auf die Bühne kommst und *Are you ready!* rufst und dann ein einzelnes *Yeah!* hörst.

Was für eine begehrenswerte Defätistin sie war! Ich sagte, Lynn, als Rockstar brauche ich eine Frau, die an mich glaubt, nicht eine, die mir die Wahrheit sagt. Aber es war ja nicht einmal die Wahrheit. Die Wahrheit war, dass kein Geringerer als Keith Richards hinter mir stand, ich konnte gar nicht untergehen. Der Zeiger meines Erfolgs stand von Anfang an auf zwölf, Don Was, sagte ich, wird unsere Songs produzieren, Don Was, schon mal was von ihm gehört? Nicht nur gehört, sagte Lynn, er wollte, dass ich den Sauerstoffgehalt seines Blutes messe, nachdem er einen Joint geraucht hatte. Er erzählte mir, dass er Joints seit 1989 immer pur raucht, ohne Tabak, er wollte von mir hören, dass seine Lebenserwartung dieselbe ist wie die eines Guerillakämpfers, der seit 1989 nur noch Platzpatronen verschießt. Er hat *Bridges of Babylon* produziert, sagte ich, *Vodoo Lounge, Stripped, Blue & Lonesome,* was soll denn da noch schiefgehen? Wenn er mich produzierte, stieg ich doch gleich mit der Präsidentensuite, fünf Ärzten und sieben Masseuren ins Business ein. Verdammt, es waren immerhin Songs von Keith Richards und mir, das konnte man doch nicht mit den Krächzliedern eines zwanzigjährigen Anfängers vergleichen. Ich bin den Jungen doch vierzig Jahre voraus, sagte ich, du hast es selbst gesagt: Ich steige dort ein, wo andere Rockstars aussteigen und nicht da, wo sie vor vierzig Jahren angefangen haben. Du hast *Out The Window* doch gehört, wir haben's dir zweimal vorgespielt, und gib zu, du warst begeistert, ich hab's dir angesehen. Der Song ist okay, sagte Lynn, und ich sagte, oh nein, komm mir jetzt nicht mit diesem coolen Okay-Getue, ich hab gesehen, wie dein Fuß mitwippte. Ach Fred, sagte Lynn, mein Fuß wippt auch, wenn ich Harndrang habe. Nein, nicht ach, sagte ich, ich gehe nicht mehr zurück in die Schulklassen! Nie mehr werde ich meine Zeit damit vergeuden, jungen Menschen, die auf die Pausenglocke warten, von der Schönheit der subatomaren Welt zu erzählen. Das ist nicht mehr mein Leben, Lynn, denn weißt du, was da draußen am Horizont auf mich wartet? Meine letzten guten Jahre. Die paar wenigen guten Jahre, die mir noch bleiben. Und die werde ich in knallengen Lederhosen verbringen und nicht im Federetui-Gestank von Klassenzimmern.

Hatte ich nicht recht? Mit sechzig gibt es nur zwei Optionen: Sieg oder Tod! *Patria o muerte,* wie die Kubaner sagen, mit *Patria* meinen sie Rock'n'Roll, Rock'n'Roll ist der Sieg des Lebens über die Seniorenresidenz. Ich konnte sowieso nicht schlafen, deshalb küsste ich Lynn auf die Stirn, um ihr zu zeigen, dass ich ihre Entzündung respektierte. Danach ging ich zum Strand, ich wollte die Sterne sehen. Aber die Sterne waren zu still für einen alten weißen Mann im Aufbruch. Ich überlegte mir, mit dem kleinen Holzboot, das am Landungssteg vertäut war, ein Stück weit aufs Meer rauszufahren, der Außenbordmotor hatte sechs PS, ich hätte den nächtlichen Fahrtwind im Gesicht gespürt, das wäre jetzt das Richtige gewesen. Aber die Angst vor kubanischen Strömungen hielt mich davon ab, wenn sie stark waren, reichten sechs PS nicht aus, um ihnen zu entrinnen.

Ich lief am Strand entlang und warf Dinge ins Meer. Als ich schon fast einmal um Jesters rum war, sah ich ein kleines Licht unter einer Palme. Es war Ben. Er hatte sich aus Palmzweigen eine Schwitzhütte gebaut, er saß nackt darin, im Schein einer winzigen Taschenlampe, die im Sand steckte. Er war nackt bis auf das Portionenlöffelchen um den Hals. Ich hab nur noch ein knappes Gramm, also frag gar nicht erst, sagte er.

– Und was machst du, wenn du das Gramm weggeschnupft hast?

– Dann bin ich nicht mehr hier.

– Und wo bist du dann?

– In Miami.

– Und was machst du dort?

– Na was wohl? Geschichte, Fred, ich mache Geschichte. Ich rette die Menschheit.

Ben lachte. Ich hab's nicht ernst gemeint, sagte er, ich will nicht die Menschheit retten, nur mich. Dadurch wird die Menschheit zwangsläufig wahrscheinlich auch gerettet, ist mir egal, wenn es so ist, werde ich es nicht zu verhindern versuchen. Sollen sie doch alle gerettet werden, die Autisten, Narzissten, Egomanen, Größenwahnsinnigen und Künstler, Musiker, Maler, das ganze Pack. Aber noch schlimmer sind die Selfiegirls, die vor dem Spiegel das Bein anwinkeln und sich selbst ein Küsschen zuhauchen, und dann halten sie sich ihr Handy an den Arsch und machen ein *Backie*. Glaubst du im Ernst, sagte Ben, dass ich für die Unsterblichkeit solcher Leute auch nur den kleinen Finger rühren würde? Wir leben schon zu lange in Demokratien, mittlerweile halten sich sogar schon die Haustiere für etwas ganz Besonderes. In New York laufen so viele verwöhnte, eingebildete Hunde rum! Von den Kindern ganz zu schweigen. Nein, Fred, für die mache ich es nicht, es ist besser, wenn es dabei bleibt, dass sie sterben, nachdem jeder von ihnen so viele Ressourcen verbraucht hat wie früher der König von Frankreich. Aber es ist klar, dass man es ihnen auch verkaufen wird, das kann man nicht verhindern. Was verkaufen?, sagte ich. Ben schaufelte mit seinen Händen Sand über seinen Penis. Keine Ahnung, sagte er, das Derivat, das Enzym, das Hormon, das Protein, was weiß ich. Das wird sich dann zeigen. Ich fragte, was sich wann zeigen werde, er sagte, ich solle mich nicht dumm stellen. Er sei Arzt, ich Physiker, wir wüssten doch beide, dass wir es nicht mit einem Wunder zu tun haben. Und wenn seine Wiederauferstehung eine physikalische Grundlage hat, muss man die doch erforschen, Herrgott noch mal, man kann doch nicht so tun, als sei es nur Keiths Angelegenheit, sein individuelles Schicksal, das alle anderen nichts angeht. Natürlich geht es uns etwas an, sagte Ben, auch die Typen, die *Backies* von ihren Ärschen machen, aber er lässt sich von Lynn dreimal am Tag warmes Wasser für seine Fußbäder bringen, und mir heult er vor, wie sehr er Patti und seine Kinder vermisst, er tut so, als sei eine Wiederauferstehung eine ganz üble Maladie, die jeden treffen kann, wie Parkinson. Er denkt, es ist seine Privatsache! Wenn er das Penicillin entdeckt hätte, würden wir anderen alle immer noch an einem rostigen Nagel sterben, Keith würde es mit uns nicht teilen.

Ben war mit einem Fuß schon in Miami. Er erzählte mir von Doktor Soderbergh, Chefarzt des University of Miami Hospitals, eine Koryphäe auf dem Gebiet seneszenter Zellen. Für Soderbergh wäre Keith das Glück seines Lebens. Ben wollte nicht, dass ich mir Sorgen mache, die Vorstellung, dass Keith von Soderbergh seziert werden würde, sei laienhaft, bei molekularbiologischen Untersuchungen bleibe das Sezierskalpell im Instrumentenschrank. Keith werde nur einige Biopsien hinter sich bringen müssen, was ist das schon, verglichen mit dem Nutzen für die gesamte Menschheit, die dank ihm vielleicht endlich den Tod überwindet, obwohl sie es nicht verdient hat. Ben sagte, schau mich an, Fred. Es war kein wilder Glanz in seinen Augen. Er sprach ruhig und kicherte nicht zwischen zwei Sätzen. Das einzig Auffällige – außer seiner Nacktheit – war der tote Hamster, der in einem medizinischen Plastikbeutel neben Ben in der Schwitzhütte lag. Es ist keine Schwitzhütte, sagte Ben, es ist einfach ein Unterschlupf, ein Ort zum Nachdenken. Schau mich an, sagte er, und ich schaute ihn an. Keith ist keine Privatperson mehr, sagte Ben. In seinen Zellen werden wir den Schlüssel zu einem sehr langen, gesunden Leben finden, das ab und zu endet und dann wieder von Neuem beginnt. Vielleicht finden wir darin auch einfach nur einen hohen Alkoholanteil und Nikotin, das könnte sein. Aber es wäre unverantwortlich, der ganzen Welt gegenüber, ihn nicht zu untersuchen, findest du nicht? Möchtest du nicht auch nach deinem Tod Fußbäder nehmen? Und weiter mit

Lynn schlafen, *a tergo post mortem?* Durchaus, sagte ich, aber Keith und ich haben andere Pläne, und außerdem macht es mir nichts aus, wenn ich in zwanzig oder dreißig Jahren sterbe, mir ist nur wichtig, dass ich vorher ein artgerechtes Leben geführt habe, ich verlange nur, was den Bio-Schweinen zusteht. War dein Leben denn bisher nicht schön, sagte Ben, ich sagte, es geht, es war schön, aber es fehlte etwas. Du meinst eine Schlammkuhle, in der du dich suhlen kannst, sagte Ben. Ich weiß, du wirst Keith nicht diesem Sonderbergh ausliefern, sagte ich, du möchtest nur davon sprechen, ich verstehe das, du wirst es mir in einer Woche noch mal erzählen, und dann ein drittes Mal, ein viertes. Du weißt, dass dir niemand die Geschichte glauben wird, Doktor Sonderbergh wird dich für einen Kokainisten im Endstadium halten. Soderbergh, flüsterte Ben, Soderbergh. Stell dir vor, du gehst zu Sonderbergh, flüsterte ich, und sagst, Guten Tag, mein Name ist Ben Harper, ich bin Allgemeinmediziner, ich hab hier ein Video, das beweist, dass Keith Richards noch lebt, Sie müssen seine Zellen unbedingt molekularbiologisch untersuchen, damit ich unsterblich werde und meinetwegen auch diese Mädchen, die *Backies* von ihrem Hintern machen. So werde ich das aber nicht sagen, flüsterte Ben. Ich gehe jetzt schlafen, flüsterte ich, Keith und ich üben morgen, wir haben Großes vor.

WARUM DAVID SELTEN WINKT

Am nächsten Tag nahmen Keith und ich in seinem Zimmer eine Demoversion von *Out The Window* auf. Man braucht heutzutage kein Studio mehr, ein Großmembran-Mikro und eine Rekordersoftware auf dem Notebook reichen, das ist der Grund, warum Mechatroniker in der Kneipe einen USB-Stick auf den Tisch legen und sagen, willst du mal reinhören, es ist eine Demoversion von *Nothing Compares 2 U*, ich singe es eine Oktave höher als die ganzen Mädchen in den Talent-Shows. Aber Keith und ich waren nicht diese Kategorie Musiker, wir rauchten. Ich hatte vor vielen Jahren damit aufgehört, aber Keiths Begeisterung für Zigaretten sprang während der Demoaufnahme auf mich über, ich sagte, gib mir auch eine, ich werde bald sechzig, es lohnt sich nicht mehr, gesund zu leben. Keith sagte, er habe zu Lebzeiten – diesen Begriff benutzte er oft – nur Sport getrieben, um bei den Welttourneen nicht am dritten Abend Herzrhythmusstörungen zu bekommen, aber er habe nie verstanden, warum Büroangestellte ins Fitnesscenter gehen, wozu müssen die fit sein, die sitzen doch den ganzen Tag nur rum. Er rauchte Marlboro Red, es war nicht mein Geschmack, aber es war Virginiatabak, Tabak für Intellektuelle. Es gibt nur zwei Tabaksorten, Virginia- und Marylandtabak, und Maryland ist Tabak für Mechatroniker. Was hast du denn gegen Automechaniker, fragte Keith, weißt du nicht, dass Serienkiller nie aus der Arbeiterklasse stammen. Ich sagte, und was ist mit Mao Tse-tung, dem Bauernsohn? Stalin, dem Sohn eines Schuhmachers? Was soll mit ihnen sein, sagte Keith, sie waren keine Serienkiller, sondern Massenmörder, das ist ja wohl ein kleiner Unterschied.

Ich dachte, vielleicht täusche ich mich, vielleicht sollte ich die Zigarette wieder ausdrücken. Denn wenn man wie ich zu hyperkomplexen Gedankengängen fähig ist, endete man bei dem Thema bei Brian Jones. Keith sagte, wir spielen's noch mal, es war mir zu milchig. Er zählte an, *eins zwei eins zwei drei vier,* und wir spielten *Out The Window* noch mal, und während ich sang, erinnerte ich mich an den Abend vor dem Fernseher.

Ich war zwölf, und sie zeigten im Fernsehen das Foto eines Hauses mit Swimmingpool. Der Sprecher sagte, in diesem Haus sei gestern ein Mitglied der bekannten Musiktruppe *The Rolling Stones* tot aufgefunden worden. Ich kannte Brian Jones, ich hatte ihn mal im *Beat Club* gesehen, der Sendung mit Uschi Nerke, deren kurze Röcke mich lehrten, was Unerreichbarkeit bedeutet. Ich hatte noch kaum zehn Erektionen gehabt, und schon lag Brian Jones tot in seinem Pool, er war meine erste Leiche überhaupt, in meiner Familie waren bisher nur Haustiere gestorben. Der Tod war damals noch so etwas wie ein Zahnarzt: Wenn man die Zähne so putzt, wie er es einem befiehlt, verschont einen die Karies. Aber wenn man Schlafmittel und Alkohol in sich reinstopfte und dann in den Pool sprang, zwang man den Tod dazu, zu handeln, er konnte dann gar nicht anders. Das war beruhigend, ich dachte damals, wenn du keine Schlafpillen schluckst und die Whiskeyflaschen deines Vaters nicht entstöpselst, kannst du im Swimmingpool von Oma tun, was du willst, sie werden dich immer lebend rausfischen. Und ich bekam recht: Es war eine Frage der Lebensführung. Nach Jones starben Janis Joplin, Jim Morrison, der mir völlig egal war, dann Jimmy Hendrix, den ich bewunderte, weil er schon mit den Zähnen spielen konnte, während ich es noch mit den Fingern versuchte. Sie starben alle an Drogen, und das hieß, dass man, wenn man keine nahm, ewig lebte.

Nach Hendrix gab es einen *mortal gap,* eine ganze Weile starb kein Rockstar mehr, Joe Cocker nahm die Tradition dann wieder auf, Todesursache: ein ungesundes Vorleben. Michael Jackson starb an Propofol, also beruhigenderweise an einer drogenähnlichen Substanz, die man zu sich nehmen konnte, aber nicht musste. Beim Tod von Prince war immer noch alles in Ordnung, denn er hatte die falschen Pillen geschluckt. Aber dann starb David Bowie an einer Krankheit, an der auch Leute sterben, die ihr Leben lang Blütenstaub und Wasser zu sich genommen haben. Er starb, weil er eine Leber besaß, und weil er nicht mehr siebzehn war. Leonard Cohen starb, weil er wie mein Großvater ausrutschte und sich vom Sturz nicht mehr erholte. Sie starben nicht mehr, weil sie Rockstars waren, sie starben wie meine Schwägerin Sandra, mein Nachbar Ulrich, mein Freund Harry an gewöhnlichen Organdefekten, die jeder bekommen konnte, der Organe in sich trug. Nach David Bowies Tod konnte es jeden treffen, das waren schlechte Neuigkeiten.

Ich drückte die Marlboro Red in einer Untertasse aus, ich sagte, ich höre wieder auf mit dem Zeug. Keith sagte, du hast doch gerade erst damit angefangen, gibst du immer so schnell auf. Es ist nicht jeder so robust wie du, sagte ich, und er sagte, wenn ich robust wäre, würde ich mir hier nicht den Arsch abfrieren. Ich sagte nichts, ich hielt es für eine Art Gerechtigkeit, dass er bei zweiunddreißig Grad fror.

Wir hörten uns die Aufnahme von *Out The Window* an, Keith war nicht zufrieden. Er fand immer was zu meckern, er sagte, du musst präziser spielen, sonst klingt es sirupig. Vorher hatte es ihm zu milchig geklungen. Wir spielten's noch mal, und jetzt klang es ihm zu wässrig. Wenn ihm etwas nicht gefiel, benutzte er dafür nicht alkoholische Ausdrücke. Wir könnten flüssiger spielen, dachte ich, wenn er nicht zwischendurch immer rauchen würde. Manchmal hörte er mitten in der Aufnahme zu spielen auf, um sich eine anzuzünden. Er begründete es damit, dass wir es sowieso noch mal spielen mussten, weil es zu suppig gewesen war. Er sagte, Fred, du hast eine tolle Stimme, aber wenn das hier was werden soll, musst du aufhören, so tranig zu spielen, eine Gitarre ist was Mathematisches, ein Rhythmus ist eine Zahlenfolge, hier geht es um klar definierte Zeiteinheiten, kennst du Bach? Er spielte auf seinem Notebook Bachs *Jesus bleibet meine Freude* ab, in einer Pianoversion von Lang Lang. Ich sagte, Lang Lang ist nicht gerade ein Vorbild für definierte Zeiteinheiten, meiner Meinung nach spielt er die Cantate zu bananensmoothiehaft. In diesem Moment kam mir eine großartige Idee für einen Songtext, der mit Lang Lang nichts zu tun hatte. Ich sah einen Astronauten, der auf dem Mond den Abdruck eines Frauenschuhs entdeckt. Er sucht jetzt die Frau, aber seine Kollegen in der Mondfähre sagen, hör auf zu spinnen, das ist Armstrongs Footprint.

Keith fand die Idee gut, ihm kam sofort ein Riff in den Sinn, ein lyrisches mit einem komplizierten Akkord, für den er die Finger weit spreizen musste, irgendein Mollakkord mit None. Ihm rannen die Tränen aus den Augen, ich dachte zuerst, vor Rührung, aber es war wegen der Zigarette im Mundwinkel, der Rauch reizte die Schleimhäute, das war schon die ganze Romantik.

Ich sang:

On a sunny day on the moon
he suddenly saw her footsteps

in the dust
Huston, he said, a woman
is here –
shall I follow her trace?

Jetzt a-Moll, Septime, sagte Keith, und dann das hier. *Das hier* war ein mäanderndes Aufwärtsspiel. Ich spielte es ihm nach, und plötzlich summten wir gleichzeitig die Refrain-Melodie, die sich wie zwangsläufig aus der Strophenmelodie ergab, es fügte sich alles wie fünf Finger in den Handschuh. Wir summten, und mir, nicht ihm, kam dann der Text des Refrains in den Sinn, kein Wunder, wenn man sich Keiths Songtexte mal unvoreingenommen anhört, das ist nicht seine Stärke. Ich sang:

And his Captain said
Don't be silly, Brad
these are only
Armstrong's Footprints

Nachts um eins sah ich die Saiten doppelt. Ich hatte inzwischen ein paarmal mit dem Rauchen wieder aufgehört und einmal mehr wieder damit angefangen. Um halb drei spielten wir immer noch, plötzlich stand Ben in einer blauen Unterhose im Zimmer und sagte, ich kann nicht schlafen bei dem Krach, wisst ihr nicht, wie spät es ist. Keith sagte, nenn es bitte nicht Krach, und Ben sagte, ungewollte Musik ist Krach, frag die Kriegsgefangenen, denen sie in der Zelle in Guantanamo die ganze Nacht lang Abba vorspielen. Bei Abba mag das ja so sein, sagte Keith, er stand auf und wirkte in seinem Fußbad, das er nur verließ, wenn er es sich zutraute, bedrohlich. Wir spielen was ganz Neues, sagte ich, hör dir das mal an. Ich sang:

And his Captain said
Don't be silly, Brad

Das kann ich schon auswendig, sagte Ben, *these are only Armstrong's Footprints, Footprints of a lonely man who spent his time travelling* und so weiter, ein bescheuerter Text, wenn ihr mich fragt. Es fragt dich keiner, sagte Keith, er schwankte in seinem roten Plastikbecken, ich rufe dich, wenn mein Blutdruck absäuft. Lynn kann auch nicht schlafen, sagte Ben, das hier ist keine verdammte Studenten-Kommune, sondern eine Klinik. Eine Klinik, sagte Keith, das ist keine Klinik, es ist mein Haus, und ich spiele hier meine Songs, bis die Sonne aufgeht, wenn ich will. Es ist nicht dein Haus, sagte Ben, im Grundbucheintrag steht der Name eines Toten, also benimm dich auch wie ein Toter und lass deine Ärzte in Ruhe schlafen.

Keith und ich setzten uns raus auf die *Terrazza,* die zu seinem Zimmer gehörte, der Vollmond wanderte durch die Sternbilder. Ich war glücklich, ich dachte, mein Gott, ich spiele mit Keith Richards, ganz professionell, ohne dass eine menschliche Beziehung entsteht, vielleicht kommt das ja noch, und wenn nicht, weine ich dem keine Träne nach. Keith saß in einem Schaukelstuhl, er hatte sich den Wollschal um den Hals gewickelt, die Säule des Barometers stand jetzt bei siebenundzwanzig Grad.

– Was ist mit mir passiert, Fred, erzähl's mir.

– Ich hab's dir doch schon erzählt, Keith, aber es hat dich nicht interessiert.

– Kann mich nicht mehr erinnern an das. Ist es physikalisch erklärbar? Ich meine, ist es etwas Natürliches? Etwas Natürliches kann es ja nicht sein, aber ist es halbwegs natürlich?

– Wie gesagt, es ist nur sehr unwahrscheinlich. Aber nicht unmöglich. Kennst du den David von Michelangelo?

– Unterschätz mich nicht! Der Bürgermeister von Florenz hat mir das Original persönlich gezeigt, 1987, glaube ich. Oder '92? Jedenfalls im letzten Jahrhundert.

– Hältst du es für möglich, dass der David seine Hand hebt und winkt?

– Eine Marmorstatue?

– Die meisten Leute halten es für unmöglich, und zwar, weil sie Unwahrscheinliches mit Unmöglichem verwechseln. Das tun sie, weil sie sich nicht bewusst machen, dass komplexe materielle Strukturen unwahrscheinlich sind. Die Leute sehen einen Regenwurm und denken, was kann es Gewöhnlicheres geben als diesen Wurm, er existiert, weil es

wahrscheinlich ist, dass er existiert. Aber ein Regenwurm ist eine ungeheuer komplexe Symphonie von
Materie, es war extrem unwahrscheinlich, dass er
in einem Universum entsteht, das sich in Richtung
größtmöglicher Einfachheit bewegt. Der David von
Michelangelo ist etwas extrem Unwahrscheinliches,
auch wenn er nicht winkt. Aber zwischen der Un-
wahrscheinlichkeit der Statue und dem Unmögli-
chen gibt es vieles, das noch unwahrscheinlicher ist
als die bloße Existenz der Statue und trotzdem nicht
unmöglich.

Die Atome des David, sagte ich, befinden sich in einer
chaotischen Bewegung. Jedes einzelne Atom bewegt
sich zwar nach physikalischen Regeln, aber kein Atom
weiß, wie das Nachbaratom sich in der nächsten Sekunde bewegen wird. Es ist eine unkoordinierte Bewegung, und dabei werden alle Möglichkeiten aus-
geschöpft, jede mögliche Bewegung wird irgendwann
geschehen. Da es sich um unvorstellbar viele Atome
handelt, ist die Wahrscheinlichkeit, dass sich alle Atome
plötzlich in dieselbe Richtung bewegen, schier unendlich viel kleiner als die Wahrscheinlichkeit, dass dies
nicht geschieht. Das ist der Grund, warum der David
sich nicht bewegt. Aber es ist jede Kombination von
Bewegungen erlaubt, und deshalb ist es nicht unmöglich, dass sich irgendwann einmal alle Atome zufällig
für einen Moment in dieselbe Richtung bewegen. Zum
Beispiel die Atome, aus denen der Arm des David be-

steht. Es ist nicht unmöglich, dass alle diese Atome sich in dieselbe Richtung bewegen, und deswegen wird David eines Tages den Arm heben und winken.

Alles, das nicht unmöglich ist, wird geschehen, wenn genügend Zeit zur Verfügung steht, und im Universum ist Zeit in Hülle und Fülle vorhanden. Es kam mir vor, als hätte ich das schon hundertmal gesagt. Falls die Statue des David lange genug existiert, sagte ich, wird sie irgendwann winken. Auch das hatte ich doch gerade vorhin schon gesagt. Wobei das nicht ganz richtig ist, sagte ich, sie muss nicht unbedingt sehr lange existieren, sie könnte auch morgen schon winken, es kann jederzeit geschehen. Und was hat das mit mir zu tun, sagte Keith. Das ist der Standardsatz der Laien. Na ja, sagte ich, wenn es möglich ist, dass der David einer Gruppe von australischen Touristen zuwinkt, würde ich mir an deiner Stelle auf eine Wiederauferstehung nicht allzu viel einbilden. Willst du mir sagen, dass ich wieder lebe, ist was Gewöhnliches, fragte Keith. Gewöhnlich nicht, sagte ich, es ist was Seltenes, aber es konnte passieren, und deshalb ist es passiert. Und warum ist es mir passiert, fragte Keith. Zufall, sagte ich, es hätte auch einem Bettler in New Delhi passieren können. Dann hab ich ja wenigstens die Gewissheit, sagte Keith, dass durch mich das Leben dieses armen Kerls nicht noch schwerer geworden ist.

Ich ging rüber in mein Gesindehäuschen, Lynn lag in meinen Laken, das Messingbett quietschte, als sie sich umdrehte. Ich konnte wegen eurer Musik in meinem Zimmer drüben nicht schlafen, sagte sie. Du bist willkommen, mein Täubchen, sagte ich, wie geht es deiner Entzündung? Wenn du mich Täubchen nennst, sagte sie, ist sie noch da. Und wie soll ich dich nennen, damit sie weg ist, fragte ich.

MISTER SHELBY

Keith und mir flogen die Songs zu, das hab ich seit *Sticky Fingers* nicht mehr erlebt, sagte Keith. Nach *Armstrong's Footprints* schrieben wir die wundervolle Ballade *A Night Without Your Mother*, Keith behauptete, er habe die Idee dazu gehabt, ich dachte, lass ihm den kleinen Triumph. Die Idee zu dem Song war mir gekommen, als ich Lynn mit dem Wäschekorb in der Küche rumschlurfen sah, da lagen auch Socken von mir drin, sie sagte, ich hab's satt, ich bin Ärztin und nicht eure Putzfrau! Ich versprach ihr, nächstes Mal selbst zu waschen, das Geschirr zu spülen, sobald ich dazu kam, aber ich wusste, ich würde nicht dazu kommen, denn ich war beschäftigt damit, großartige Songs zu schreiben, von denen Keith dann behauptete, es seien seine. Jede Nacht um zwei oder drei Uhr beschwerte Ben sich über den Krach, nach einer Woche verlangte er eine Sitzung. Lynn schlug sich auf seine Seite, sie sagte, auf dieser scheiß Insel hört man jeden Ton, diese scheiß Insel ist so hellhörig wie ein japanisches Mietshaus. Sie verlangte, dass wir ab

Mitternacht unten am Strand spielten, aber für Ben war das eine unzureichende Maßnahme, er sagte, ich hör's auch, wenn sie am Strand spielen, sie sollen im Ruderboot spielen, aber vorher dreihundert Meter aufs Meer rausfahren. Keith sagte zu mir, verhandle du mit diesen Problemfällen, ich muss mich auf meine Desensibilisierung konzentrieren. Um sich abzuhärten, lief er seit Tagen in Unterhosen im Haus rum, bei voll aufgedrehter Klimaanlage. Er schlotterte und klackerte mit den Zähnen, Lynn sagte, Keith, bevor wir nicht wissen, warum du so kälteempfindlich geworden bist, solltest du keine Experimente machen. Oh doch, sagte Ben, wir sollten sogar noch ganz andere Experimente machen! Die Stimmung war gereizt, denn wir hockten alle aufeinander wie die Frösche, die ich mal auf einem Wet market in Hongkong in einem Plastikeimer gesehen hatte, sie waren ganz still gewesen und hatten mich mit großen Augen angeschaut, aber was hätte ich tun sollen? Sie alle kaufen und auf der Nathan Road freilassen? Oder sie mit ins Hotel nehmen, es gab keine Badewanne, nur Dusche. Und womit hätte ich sie füttern sollen, in Hongkong gibt es keine Insekten mehr, die Stadt ist leer gefressen. Lynn sagte, in japanischen Mietshäusern gilt nach zweiundzwanzig Uhr ein Spülverbot für Toiletten, die gehen alle vorher, wieso könnt ihre eure musikalischen Bedürfnisse nicht auch vor zweiundzwanzig Uhr verrichten. Keith rieb sich die Arme und hauchte sich in die Hände, er sagte, ich muss mir dieses Frieren abgewöhnen, ich kann nicht da draußen im Wollpullover rumlaufen. Du gehst doch sowieso nie raus, sagte Ben. Wart's ab, sagte Keith, wart's ab, ich muss was erledigen, und in einem Jahr könnt ihr Fred im Wembley-Stadion spielen sehen, vielleicht besorgt er euch einen Backstagepass.

Keiths Leben ist die Musik. Mein Leben ist die Musik, sagte er, als wir am nächsten Tag um drei Uhr früh auf der Terrazza spielten, damit Ben durch sein offenes Schlafzimmerfenster keinen Ton verpasste. Ich weiß jetzt, warum mir das passiert ist, Fred, ich weiß, warum ich wieder lebe: Es sind die Songs, es ist die Musik! Ich lebe, um neue Musik zu schreiben! Keith wollte acht Songs, und es musste schnell gehen, denn er hatte etwas organisiert. Es ist besser, wenn du nicht weißt, was ich vorhabe, Fred, sie müssen sehen, dass du überrascht bist. Wer muss sehen, dass ich überrascht bin, fragte ich, und er sagte, nur so viel, Don Was wird dabei sein. Dabei sein bei was, fragte ich, und Keith sagte, findest du es jetzt nicht auch ein bisschen kühl? Er trug ein Hemd und eine Leinenhose, keine Wollsachen, die Asche fiel von seiner Zigarettenspitze, weil seine Hände zitterten, als liege er in einem Eisloch. Schwitzt du, weil du mit deinem Gitarrenpart nicht klarkommst, fragte er, und ich sagte, nein, ich komme mit meinem Part sehr gut klar, es sind einfache Dur-Akkorde, ich schwitze wegen der hohen Luftfeuchtigkeit. Ich würde jetzt so gern meinen Wollpullover anziehen, sagte Keith, aber ich kann nicht im Wollpullover auftreten, das würden sie mir nicht abnehmen. Auftreten, abnehmen?, fragte ich. Es wird eine kleine Show geben, sagte Keith, Don Was arbeitet nur auf Empfehlung mit Musikern, die er nicht kennt, überlass alles mir.

Eine Woche später nahmen wir alle acht Songs als Demoversionen auf, es war Knochenarbeit. Während der Aufnahmen verlor Keith seinen Humor, er wurde zu einem Shaolinmeister, der neunzig Jahre allein im Long-Shan-Gebirge gelebt und in der Einsamkeit eine genaue Vorstellung davon entwickelt hatte, wie ein Song klingen muss. Er hörte alle Songs in seinem Kopf, und dort klangen sie makellos. Es waren keine Songs, es waren Engel. Aber damit man mit diesen Engeln Geld verdienen kann, müssen sie zur Erde niedersteigen, in die magnetischen Speicherplättchen einer Rekorder-software, und auf dem Weg durchs Mikrofon in die Speicherplättchen verlieren sie ihre engelhafte Reinheit, aber das akzeptierte Keith nicht. *A Night Without Your Mother* spielten wir zweiunddreißigmal, ich machte Striche. Nach der zweiunddreißigsten Aufnahme sagte Keith, die achtzehnte Aufnahme ist halbwegs okay, die nehmen wir. Er sagte, ein Rocksong ist was Einfaches, Fred, das ist nichts Kompliziertes, keine Symphonie, keine Oper. Bei einer Symphonie kannst du dir Warte-zimmer-Stellen erlauben oder Zeug, das nicht reinpasst, sogar bei Beethoven ist viel Leerlauf drin, Redundanzen, musikalisches Geplapper. Bei einer Symphonie stört das nicht, weil du nach einer tauben Stelle gleich wieder zu einem großen Moment ausholen kannst. Aber ein Rocksong ist wie ein Ei: Du siehst sofort, ob eine Delle drin ist. Bei einem Rocksong muss alles stimmen, da darf es keine faulen Stellen geben, in der Oper darf der Zuhörer zwischendurch ruhig mal einnicken, bei einem Rocksong nicht. Das Wenige, das man hat, muss perfekt sein, sonst landest du in einer Coverband und spielst auf Hochzeiten. Ich sagte, ich spiele zu Hause in einer Coverband, mit meinem Freund Jake, wir spielen aber auch bei Scheidungen.

Und wer ist Mister Shelby? Mister Shelby tauchte auf Jesters auf, nachdem Keith mit den Aufnahmen unserer acht Songs endlich zufrieden war, sie ruhten jetzt alle in einem USB-Stick. Zur Feier dieses Anlasses aß Keith zum ersten Mal mit uns anderen auf der Veranda vor dem Haus, an einem warmen Abend nach Sonnenuntergang, die Sterne funkelten, einige von ihnen entpuppten sich als Satelliten, was immer eine große Enttäuschung ist. Lynn hatte wieder die Brüstung mit Teelichtern dekoriert, sie hatte liebevoll Sardellen auf die Tiefkühlpizzen gelegt. Sie trug heute ein Kleid und nicht den Arztkittel, ein rotes Kleid mit Druckknöpfen, die ich in meinem Geist klicken hörte, sie sagte, wir brauchen Benzin für den Generator. Ben sagte, ich werd's ganz bestimmt nicht holen, ich weiß zwar nicht mehr, wozu ich eigentlich hier bin, aber fürss Benzinholen bestimmt nicht. Lynn sagte, ich dachte, dass du vielleicht in Providenciales Benzin holen möchtest, weil du kein Koks mehr hast. Ben zog sein Döschen mit dem Hasenkopf aus der Hosentasche, öffnete es und sagte, du siehst, ich lebe im Überfluss. Ich dachte, der Mistkerl hat mir vor drei Wochen doch gesagt, er hat nur noch ein Gramm. Das Zeug wird dich eines Tages umbringen, sagte Keith, und Ben sagte, wer weiß, vielleicht leben wir ja eines Tages alle so lange wie du. Wie geht's deinem Freund Soderbergh, fragte ich. Dem geht's bestens, sagte Ben, er wippte mit dem Bein und verlangte die Pizza mit den Artischocken, aber die wollten wir alle, und es gab nur eine. Ich brauche jetzt Artischocken, sagte Keith und zog den Teller mit der Artischockenpizza zu sich. Dafür gibt es keinen medizinischen Grund, sagte Ben und zog den Teller zu sich. Lynn sagte, wisst ihr, was mir stinkt? Mir stinkt, dass ich als Hepatologin eure dreckigen Unterhosen wasche, und dann fresst ihr mir auch noch die einzige Artischockenpizza weg, obwohl ihr keine Ahnung habt, dass das Cynarin der Artischocken die Leberfunktion unterstützt, an euch sind diese Artischocken verschwendet. Nein, Lynn, sagte Keith, dir stinkt, dass ich noch lebe, ich seh's dir an, jeden Tag seh ich's deutlicher. Und du, Ben, du willst mich sezieren, aber die schmutzige Arbeit willst du anderen überlassen, ich hab gehört, wie du telefoniert hast, mit dem Satellitentelefon. So ein Quatsch, sagte Ben, für das Satellitentelefon hast nur du den Code, und Handyempfang gibt's hier bekanntlich nicht, hör auf, so eine Scheiße zu erzählen, ich bin immer noch dein Leibarzt. Aber *du* hast telefoniert, wer weiß, mit wem, mit Patti? Keith streckte seinen Zeigefinger aus, und das kann ein bedrohlicher Finger sein, er ist sehnig, knotig, sieht aus wie der Finger eines Turnlehrers. Wenn ich dich noch einmal ihren Namen sagen höre, sagte Keith. Ja, was dann, sagte Ben, haust du mir dann eins in die Fresse, wie Chuck Berry. Keith sagte, das war umgekehrt, Chuck Berry hat mir eine verpasst, als ich seine Gitarre aus dem Koffer nahm, ich wollte nur mal wissen, wie die sich anfühlt. Da kam er rein und brüllte: *Nobody touches my guitar!* Er hat mir die Faust ins Gesicht geknallt, Mann, war ich stolz! Es ist mir egal, dass du noch lebst, sagte Lynn, sie trank ihr Weinglas in einem Zug leer, und den Rest wirst du nie verstehen, ich meine, das, was mich wirklich erschüttert, das wirst du nie verstehen.

Die Stimmung war die eines Familienfestes kurz nach der Testamentseröffnung. Die Suppe war einfach zu dick geworden. Wenn am nächsten Morgen nicht Mister Shelby aufgetaucht wäre, hätten wir uns bei nächster Gelegenheit die Gabeln in die Herzgegend gerammt.

Mister Shelby saß auf der Veranda, er stützte sich mit den Füßen auf der Brüstung ab, um auf dem Stuhl vor- und zurückkippeln zu können. Ich dachte, dieser Hurensohn hat es tatsächlich gemacht! Ich meinte Ben, ich dachte, dass er Soderbergh nach Jesters gerufen hatte, ich wusste ja von der Physik her, dass Koryphäen oft genau so aussehen: Scheitelglatze, aber die Schläfenhaare lassen sie wachsen, weil sie keine Zeit haben, sich um sie zu kümmern, schäbiger Anzug, weil sie Äußerlichkeiten verachten, sie vernachlässigen sich, um Frauen fernzuhalten, denn sie möchten auch am Samstagabend arbeiten. Ich dachte, Ben, der Halunke, hat eine internationale Ärztetruppe auf die Insel geholt, die sind bestimmt schon in Keiths Zimmer eingedrungen und spritzen ihm Propofol, die Michael-Jackson-Schlafdroge, damit Keith ihnen beim Abtransport nicht sein Jagdmesser zwischen die Rippen steckt. Keith hat immer ein Jagdmesser dabei, man sieht es nur nie, es ist sein kleines Geheimnis. Ich sagte, wer sind Sie, was wollen Sie hier, ich schaute mich um, aber am Landungssteg war kein Boot, waren die geschwommen? Wie sind Sie hierhergekommen, sagte ich, sind Sie geschwommen? Er kam in seinem schlabbrigen Anzug auf mich zu, er rückte seine Sonnenbrille zurecht und sagte, Shelby, von Shelby and Schuster, Musikagentur. Er streckte mir die Hand hin, ich dachte, das ist doch die Hand von Keith, wie kommt der Kerl zu Keiths Hand! Ich sagte, Keith, bist du das, und Shelby sagte, gib zu, du hast es nur an meinen Händen gemerkt, ich werde Handschuhe tragen, dann bin ich absolut inkognito.

Lynn setzte sich zu uns auf die Veranda, sie sagte, er klopfte heute Morgen an meine Tür, ich hab ihn zuerst nicht erkannt, ich wollte ihm schon mein Geld geben. Sie dachte, ich sei ein Pirat, sagte Keith, und ich sagte, die kommen aus Haiti. Ich dachte, die haben vielleicht einen weißen Anführer, sagte Lynn, als ob die ohne weißen Anführer keine Leute überfallen könnten, un-

176

glaublich, wie tief die Vorurteile selbst bei mir sitzen. Großartig, sagte Keith, ihr seid beide drauf reingefallen, ich kann da rausgehen und unter Leuten rumlaufen, schlimmstenfalls halten sie mich für den Chef einer Piratenbande. Habt ihr eine Ahnung, wie toll das für mich ist, es ist, als hätte ich in Lourdes von der Quelle getrunken, und endlich bin ich wieder sichtbar. Aber nur mit Handschuhen, sagte ich. Ja, die Leute kennen meine Hände, ich hab Fans, die ein Foto meiner Hände im Badezimmer aufhängen. Wieso im Badezimmer, sagte ich, und Keith sagte, keine Ahnung, vielleicht weil meine Hände aussehen, als müssten sie gewaschen werden. Es ist nicht diese Glatzenperücke und der Anzug, sagte Lynn, es ist die Art, wie du bist, wenn du dich so verkleidest, du *bist* dieser Shelby, deshalb bin ich drauf reingefallen. Du sprichst anders, bewegst dich anders. Wenn man's mal gelernt hat, sagte Keith, verlernt man's nie.

Keith ist ein Profi im Verkleiden, er hat es in den späten Sechzigerjahren gelernt, als jeden Morgen Hunderte von Mädchen vor seiner Tür warteten. Sie versuchten, ein Stück von mir abzureißen, sagte Keith, es war nicht so harmlos, wie es auf den Fotos aussieht, sie wollten physisch ein Stück von mir. Ich konnte nicht mehr ins Pub oder zum Frisör oder zum Zahnarzt, ohne dass sie an mir rumzerrten, ich hatte dauernd Spucke im Gesicht, weil sie Zahnspangen trugen und aus nächster Nähe *Keith, Keith, I love you!* schrien. Also klebte Keith sich einen Schnurrbart an, stopfte seine langen Haare

unter eine Kurzhaarperücke, er verließ in einem un-
coolen Outfit sein Haus, und weil die Mädchen damals
noch sehr naiv waren, hielten sie jeden mit kurzen Haaren für einen langweiligen zukünftigen Ehemann, der
sie überhaupt nicht interessierte. In der Verkleidung,
sagte Keith, konnte ich mich sogar unter sie mischen
und sie verarschen, ich sagte dann: *Als Anwalt von Mister Richards rate ich Ihnen dringend, sich einen Anwalt
zu suchen, denn Sie stehen gerade auf seinem Fuß.* So war
das damals in den *Roaring Sixties.* Der Schnurrbart wiederum wirkte auf die Fotografen knipshemmend, denn
in den Sechzigern war der Schnurrbart das Markenzei-
chen der Armeeoffiziere und Hausmeister, und diese
Leute steckten in einem Popularitätstief, sie wurden nur
fotografiert, wenn sie wegen Mordes festgenommen
wurden. Ein Schnurrbart reichte schon, um niemals
Keith Richards sein zu können.

Aber wohin wollte Keith eigentlich als Mister Shelby? Er
legte mir den Arm um die Schulter und sagte, zu Rosalea Buondoc.

ROSALEA BUONDOC

Ich hätte es so gern Jake erzählt, ich hätte gesagt, tja,
Jake, und dann kam der Tag unserer Abreise, Lynn hatte
mir einige ihrer Pillen in die Hosentasche gesteckt, die
erste schluckte ich, als ich das Taxiboot kommen sah.
Keith war wie ein junger Hund, er rannte zum Landungssteg und winkte dem Boot zu, er konnte es kaum
erwarten, endlich mal wieder unter die Leute zu kommen. Am Abend zuvor hatte er einen der Clips verloren,
mit denen er die Halbglatzenperücke an seinen Haaren befestigte, er hatte jetzt nur noch drei davon, niemand wusste, was geschehen würde, wenn der Wind
auffrischte oder er mit den langen Schläfenhaaren an
einem Nagel hängen blieb. Macht euch keine Sorgen,
sagte Keith, ich werde Nägeln einfach aus dem Weg gehen. Lynn umarmte mich, wie Kinder Tanten umarmen,
wenn sie von der Mutter dazu aufgefordert werden, du
bist seit Tagen ziemlich kühl, sagte ich. Das ist jetzt nicht
der richtige Moment, sagte sie, lass uns sachlich bleiben. Glaubst du, dass du es vielleicht diesmal schaffst,

mir das Parfüm mitzubringen, Chanel Coco Mademoiselle. Ich sagte, klar schaffe ich es, ich werde Parfüm und Benzin mitbringen, und ich hoffe, dass du die beiden Flüssigkeiten nicht miteinander verwechselst, wenn du dich zu mir ins Bett legst. Viel Glück, sagte Ben, der barfuß im Sand stand, mit verschränkten Armen, diese Verschränkungs-Geste bedeutete *Was immer ihr da vorhabt, es kann nur scheitern.* Das war nicht mehr der Ben, der im Club Med einer Frau zuliebe ein Cocktailschirmchen gegessen hatte, das war ein Ben, der gierig auf Keiths Hirnanhangdrüse starrte, weil er gern noch ein paar Tausend Jahre lang das Leben eines kokainabhängigen Prominentenarztes geführt hätte. Es gibt ein kanadisches Sprichwort: *Wenn ein Fuchs drei Tage lang in der Falle überlebt hat, beginnt er den Druck des Tellereisens an seinem Bein zu lieben.* Ben lachte, so ein Quatsch, sagte er, das hast du gerade erfunden, das ist viel zu lang für ein kanadisches Sprichwort, die Kanadier mögen kurze Sprichwörter. Ich sagte, ein indisches Sprichwort sagt: *Der Gestank von Müll ist Parfüm für das Kind des Müllhaldenbesitzers.* Geh jetzt endlich aufs Boot, sagte Ben, Lynn und ich wollen allein sein. Ach so. Willst du mit ihm allein sein, fragte ich Lynn, und Mister Shelby, der schon ins Boot gestiegen war, rief, wir wollen abfahren, Fred, sag dein Amen.

Es war windig und kühl, es regnete ein wenig, na ja, nicht kühl, Jake, aber ich übernahm allmählich das Zähneklappern von Keith, aus Sympathie für ihn. Glaubst du, es fällt auf, wenn ich eine Decke verlange, sagte Keith, und ich fragte einen der Bootsleute, er sagte, Decke, Sie meinen Rettungsweste? Nein, Decke, sagte ich, sie hatten aber keine, sie waren ganzjährig auf Sommertouristen eingestellt. Keith setzte sich an eine windgeschützte Stelle, die grauen Haare seiner Perücke zottelten im Wind, und auf der Gummiglatze glänzten ein paar Wasserperlen. Ich zündete eine Zigarette an und steckte sie ihm zwischen die Lippen. Seine Mundpartie, Jake, ist übrigens ein wenig vorgestülpt, wie die Mundpartien der Bauern auf den Gemälden von Breughel dem Älteren. Diese fliehende Mundpartie ist für Keith ein Vorteil beim Rauchen während des Gitarrespielens, denn der Rauch gerät ihm nicht in die Augen, weil der Mund so weit vorragt. Ach, Fred, sagte Keith, du weißt nicht, wie sehr ich das genieße, die frische Luft, das Wasser, die vielen Leute, die alle denken, dass ich tot bin, und trotzdem sitze ich jetzt hier, vor ihren Augen, und sie denken, dass ich ein Musikagent aus Chicago bin, der seine Schuhe mit Kiefernöl-Spray desinfiziert. Mit seinen ungepflegten Schläfenhaaren, dem schlecht sitzenden Anzug und den Cowboystiefeln erzeugte Mister Shelby tatsächlich die Vorstellung eines Mannes, dessen Schuhe riechen. Mister Shelby streckte die Beine aus, rauchte, schaute in den Himmel, er ächzte vor Behaglichkeit, er sagte, Fred, du und ich, wir beide fangen noch mal ganz von vorn an, das ist es, was wir gerade tun, wir fangen noch mal ganz von vorn an. Ja, Mister Shelby, sagte ich, ich gab acht, dass ich ihn vor den Bootsleuten nicht

Keith nannte, wir fangen noch mal von vorn an, da haben Sie ganz recht. Wenn man noch mal von vorn anfängt, Jake, muss der Tod sich wieder hinten anstellen. Hast du den Stick, fragte Keith, zeig ihn mir. Ich zog den USB-Stick mit den Demoversionen unserer Songs aus der Hosentasche, da war alles drauf für den Neuanfang. Verlier ihn nur nicht, sagte Keith, und ich sagte, ich kann ihn runterschlucken, wenn Sie wollen.

In Providenciales stiegen wir in ein Taxi, Keith sagte, fahren Sie uns zur Taylor Bay Beach, am Ende des Sunset Bay Drive, wie heißt du, mein Junge? Aus einem sozialen Nachholbedürfnis heraus hatte er schon auf dem Taxiboot jeden nach seinem Namen gefragt. Der Fahrer sagte, er heiße Guillermo, er sah aus, als habe seine Mutter ihn mit fünfzehn bekommen. Und du magst Prince, sagte Keith, denn Guillermo hörte sich während der Fahrt *Sign o' the Times* an, das war ein Fehler. Oh ja, sagte Guillermo, er ist der größte Musiker, den es je gab. Das dachte Mick Jagger auch, sagte Keith, du kennst doch Mick Jagger. Klar, sagte Guillermo, meine Mutter steht auf den, *Satisfaction, Honky Tonk Woman,* ich bin damit aufgewachsen, ich hatte musikalisch eine schwierige Kindheit mit all dem Mist. Guillermo, sagte ich, am besten konzentrierst du dich jetzt einfach auf die Straße. Ich will dir jetzt mal was über deinen Prince erzählen, sagte Keith, wenn du schon von Mistmusik sprichst. Prince war ein kleines Männchen in einer knallengen rosaroten Hose, und weil ihm in der Hose die Eier abgestorben sind, begann er zu singen wie die Königin der Nacht. Mick Jagger fand Prince damals toll, Guillermo, das war 1981 auf unserer Welttour … Pass auf, Guillermo, sagte ich, da kommt ein Lastwagen! Da kommt kein Lastwagen, sagte Guillermo, das ist nur ein Moped. Ich meine auf der Welttour der Stones, sagte Keith, da wollte Jagger unbedingt eine Vorgruppe mit Falsettgesang, er sagte, Falsettgesang ist jetzt der *dernier cri,* und so klang es auch, wie der letzte Schrei eines Chorknaben, dem du den Stiefel auf den Hals drückst. Aber die Fans der Stones konnten mit letzten Schreien nichts anfangen, und weißt du, was dann geschah, Guillermo, sie buhten Prince aus, und nicht zu knapp. Und was tut er? Er rennt heulend in die Garderobe der Stones und wirft uns vor, dass unsere Fans Rednecks sind, die eine Falsettstimme wie die seine nicht verdient haben. Aber jetzt kommt ein Lastwagen, sagte ich, Guillermo, den siehst du doch, da vorn, oder wie nennt ihr so was hier auf den Turks and Caicos? Das nennen wir Lieferwagen, sagte Guillermo, was erzählen Sie mir da eigentlich für einen Quatsch? Wenn Ihnen die Musik nicht gefällt, bitte, ich kann sie ausschalten, sehen Sie? Er schaltete die Musik aus. Jeder kann machen, was er will, sagte Keith, ich wollte nur, dass du weißt, dass dein Prince kein Rock 'n' Roller war. Weißt du, was ein Rock 'n' Roller macht, wenn das Publikum ihn ausbuht, Guillermo? Er dreht seinen Verstärker voll auf und spielt dem verdammten Publikum ein Loch ins Trommelfell. Guillermo ist eine andere Generation, Mister Shelby, sagte ich, es ist eine Generation, die es

nicht erträgt, wenn sie auf der Bühne einen Schrauben-
schlüssel an den Kopf kriegt. Ich hab nie einen Schrau-
benschlüssel an den Kopf gekriegt, sagte Keith, nur mal
einen Schuh, eine Whiskeyflasche, einen Schrauben-
zieher und einen Schlüsselbund, aber das war nett gemeint, sie wollte, dass ich hinterher in ihre Wohnung
komme, ich wusste nur nicht, wer sie war und wo sie
wohnte. Das ist der Sunset Bay Drive, sagte Guillermo,
wo bitte will Ihre Generation aussteigen?

Ein verkrauteter Kiesweg führte zu einer Villa am Meer,
aber bevor wir dort ankamen, zog Keith mich in die
Zierbüsche, aus denen Schwärme von grünen Insekten
aufflogen. Hör mir jetzt gut zu, Fred, ich sag dir jetzt,
wie's abläuft. Du gehst ins Haus und machst einfach,
was die anderen machen. Stell keine Fragen, tu so, als
wüsstest du, worum es geht, beweg dich als Fisch unter
Fischen. Sie dürfen nicht merken, dass du irgendwas
weißt, es muss so aussehen, als seist du völlig überrascht. Überrascht von was, fragte ich, und er sagte, das
wirst du schon sehen. Das Wichtigste ist, dass du nichts
tust, egal was geschieht, tu einfach nichts, am besten
sagst du auch nichts, kann ich mich auf dich verlassen, warst du im Militär? In der Rekrutenschule, sagte
ich, und du? Für so was hatte ich keine Zeit, sagte Keith,
aber es ist wichtig, dass du dich wie ein Soldat im Ge-
fecht benimmst, wenn er beschossen wird, halt einfach
den Kopf unten und rühr dich nicht. Und vergiss nicht,
du tust es nicht für das Vaterland, du tust es für unser

Comeback, du machst es für unsere Band, Fred, die *Remember Keith Band,* was hältst du von dem Namen, ist mir grad in den Sinn gekommen. Ich finde *The Singing Dead* besser, sagte ich, ist mir auch grad in den Sinn gekommen. Aber mir ist es früher als dir in den Sinn gekommen, sagte Keith, wenn ich in den Credits schon nicht als Songwriter aufgeführt werde, möchte ich wenigstens im Bandnamen vorkommen. Wie wär's, sagte ich, wenn wir in der Autorenzeile der Songs jeweils *Richards/Hundt* schreiben, das wäre doch witzig, und wir könnten dann darauf verzichten, deinen Namen im Bandnamen zu haben.

Darauf möchte aber keiner verzichten, sagte Keith. Ein Auto näherte sich, und Keith drückte mir den Kopf runter. Das ist Don, flüsterte er, jetzt geht's los, bist du bereit?

Ich wusste nicht, ob ich bereit war. Aber wenn man in eine Lawine gerät, geht man dorthin, wo die Lawine hingeht, egal ob man bereit ist oder nicht. Ich ging auf dem Kiesweg zum Haus und hörte in meinem Kopf die Erkennungsmelodie von *Raumpatrouille Orion.* Diese Melodie kommt mir oft in den Sinn, wenn's brenzlig wird. Die Haustür stand weit offen, beim Reinkommen musste man einem hausinternen Brunnen ausweichen, die Brunnenfigur stellte die Venus von Botticelli dar, ich hielt meinen Mund in den Wasserstrahl, der aus dem Mund der Venus kam, und schluckte zwei von Lynns Pillen. Ich dachte, du wirst bald sechzig, in zehn Jahren trägst du vielleicht einen Pillenriegel bei dir, der mit *Mo Di Mi Do Fr Sa So* beschriftet ist, jeder Tag wird ein eigenes Fach haben, in dem die Pillen gegen sieben Zipperlein liegen. Ja, mein Lieber, es wird, wenn du Glück hast, nichts Bestimmtes sein, sondern nur dieses und jenes, ein bisschen Herzdefekt da, ein bisschen Magensurren dort, so schnell wie jetzt wirst du in zehn Jahren von der Venus nicht mehr wegkommen, du wirst fünf Minuten lang an ihrem Wasserstrahl nuckeln, um dein Tagesfach leer zu schlucken, und dabei wirst du im Rücken ein Knacken hören.

Eine junge Frau kam um die Ecke, sie erinnerte mich an die Assistentin von Johnny Depp. Ah, Mister Hundt!, sagte sie. Es interessierte sie, ob ich eine gute Reise gehabt hatte. Sie sah aus wie Rose Fletcher in *Beautiful Soldiers,* ich sagte es ihr, aber sie kannte den Film nicht. Sie sagte, sie würde gern öfter ins Kino gehen, aber die Termine. Jacqueline sei ihr Name, sagte sie, und ich fragte, Französin? Sie sagte, sie wäre gern Französin. Aber die Termine?, fragte ich, und sie lachte, aber ihr Blick bekam etwas Spitzes.

Jacqueline führte mich in ein Zimmer, in dem eine ältere Dame das Bücherregal studierte, auf einem ovalen dunklen Holztisch standen Kristallgläser und eine Karaffe und ein paar Kerzen, die nicht brannten, denn die zweiflüglige Terrassentür ließ das ganze Licht des Tages rein. Lynns Pillen wirkten schnell und kompromisslos, ich war innerlich so ruhig wie ein Bergsee. Wir warten noch auf unseren dritten Gast, sagte Jacqueline, sobald er eintrifft, wird Madame Buondoc bei Ihnen sein. Ihr Parfüm, sagte ich, ist das Chanel Coco Mademoiselle? Nein, sagte sie lächelnd, ganz bestimmt nicht. Ist es ein billiges Parfüm, sagte ich, ich meine nicht ihres, ich meine Chanel Coco Mademoiselle? Meine Großmutter hat es benutzt, sagte Jacqueline, ich dachte, Lynn hat den Anschluss verloren, was Parfüms betrifft. Das sind Attrappen, sagte die ältere Dame, sie zog einen Karton-schuber aus dem Regal, sehen Sie, es sind Bücherat-trappen wie in einem Möbelhaus! Jacqueline sagte, das Haus ist nur angemietet, wir hatten leider keine Zeit, echte Bücher zu besorgen. Wegen der Termine, sagte ich. Die ältere Dame trug eine Batikhose und orientali-sche Sandalen mit bestickten Zehentrennern, ich sagte, was ist es denn? Sie sagte, es ist ein Buch von Alan Watts, *Die Illusion des Ichs,* sehen Sie. Sie zeigte mir die Druck-schrift auf der Kartonattrappe. Ist das nicht fantastisch, sagte sie, da hat sich einer was dabei gedacht, der Typ, der den Auftrag hatte, die Buchtitel für die Attrappen auszuwählen, wollte gegen diese verdammte Attrap-penscheiße protestieren, deshalb hat er ein Buch von Alan Watts gewählt. Ich wusste nicht, wer Alan Watts war, ich dachte, der Bassist von Pink Floyd, hieß der nicht auch Watts? Nein, Waters, sagte ich, Roger Wa-ters hieß er. Roger Waters war bei Pink Floyd, sagte die Dame, ich spreche von Alan Watts, dem Philosophen, hören Sie eigentlich nie zu, wenn andere was sagen?

Keith hatte sich geirrt, die Person in dem Auto, das an uns vorbeigefahren war, konnte nicht Don Was gewesen sein, denn er kam erst jetzt rein, er war der verspätete dritte Gast, ein Mann, an dem alles zottelte und wabbelte. Er hatte einen freundlichen Bauch, den kann man auch von zu viel Tofu kriegen, sein Hemd war bedruckt mit Abbildungen alter kubanischer Cadillacs. Riesige, behaarte Zehen in Sandalen, und die Rastalocken hatte er sich schwarz gefärbt, um jünger zu wirken, das verstand ich. Er war im Studio stets von jungen Männern umgeben, die Liegestütze machten, um sich fürs Drummen aufzuwärmen, hätte es bei mir noch was zum Färben gegeben, hätte ich's auch getan. Don Was wischte sich mit einem weißen Tuch übers Gesicht, er sagte, tut mir leid, Leute, ich bin von einer Schlange aufgehalten worden, ich stand eine Stunde lang in einer Werkstatt und schaute dem Mechaniker dabei zu, wie er sie vom Motorblock kratzte, er sagte, sie sei irgendwie angesaugt worden und habe sich im Todeskampf in den Keilriemen verbissen. Es war eine geschützte Art, ich musste ein Formular ausfüllen, *wo sind Sie der Schlange begegnet, schildern Sie die Umstände, die zum Tod der Schlange geführt haben,* und dieses ganze Zeug. Aber jetzt bin ich hier, sorry for the delay, können wir bitte gleich anfangen, ich muss um neun Uhr meinen Rückflug nach Los Angeles erwischen.

Ich dachte, er ist sehr sympathisch, sehr authentisch, sehr dick, er ist meine Generation, nicht wie dieser

188

Guillermo. Don Was wird verstehen, dass auf der Bühne für mich immer ein Stuhl stehen muss, damit ich mich beim Konzert zwischendurch mal setzen kann, sonst kriege ich Rückenschmerzen, die Fans haben nichts davon, wenn ich ins Mikrofon schreie: *Ruft einen Arzt!* Coco!, sagte Don Was, schön dich zu sehen, wie geht's Iggy, hat er endlich zugenommen? Die alte Dame hieß also Coco, ich dachte, bestimmt hat sie als kleines Kind mal eine Flasche von Lynns Parfüm getrunken, und die Eltern dachten, Jane ist sowieso kein schöner Name. Sie sagte, na ja, als ich Iggy das letzte Mal sah, beklagte er sich darüber, dass er kein Cellist ist, er sagte, dann wären die Konzerte keine solche Tortur, aber als Punk-Star musst du auf der Bühne rumhüpfen, die Fans verlangen das, obwohl sie selber mit Klappstühlen zum Konzert kommen. Das war mein Thema! Wir werden alle nicht jünger, sagte Don Was, das war eine sehr kluge Bemerkung, niemand konnte sie widerlegen. Er streckte mir seine Hand hin, er fragte mich, und wer bist du, mein Freund? Ich sagte, Fred Hundt, ich komme aus Deutschland, es ist schön hier, schöne Villa. Ich legte unwillkürlich die Hand auf meine Hosentasche, in der der USB-Stick steckte, sollte ich ihm den eigentlich jetzt schon geben, ich war unsicher. Aber Keith hatte nichts von *gib ihm den USB-Stick* gesagt, sondern *tu einfach nichts.* Ich werde mich jetzt hinsetzen und nichts tun, sagte ich, und Don Was sagte, ja, das tun wir alle viel zu selten. Er setzte sich neben mich und tat auch nichts. Wenn ihr alle dasitzt und nichts tut, werde ich das jetzt auch tun, sagte Coco, es ist wirklich eine gute Idee, man muss zur Ruhe kommen, sonst funktioniert es nicht. Es scheitert immer daran, dass du innerlich zu beschäftigt bist, sagte Don Was, es zerstört die Verbindung, man muss innerlich leer werden, denn sie sind es auch. Sie sind nicht leer, sagte Coco, David jedenfalls nicht! Ich meine leer im Sinn von nicht beschäftigt, sagte Don Was, sie sind mit nichts mehr beschäftigt, also sollten wir es auch nicht sein. Trotzdem wäre ich froh, sagte Coco, wenn sie jetzt loslegen würde, ich hab ja auch meinen Flug, Jacqueline, wann geht's denn los? Gleich, sagte Jacqueline, sie zog den Vorhang der Terrassentür zu, es war einer dieser schweren, stoffigen Vorhänge aus den Siebzigerjahren, die noch vom Bedürfnis unserer Eltern nach Verdunkelung in Bombennächten zeugten. Jacqueline zündete mit flackerndem Feuerzeug die Kerzen an, sie füllte die Wassergläser, sie stellte einen Würfel aus hellem Stein in die Mitte des Tischs. Was ist das, flüsterte ich Don Was zu, und er sagte leise, Quarz aus Brasilien, es ist nur Deko, nichts zum Wahrsagen.

Und dann führte Jacqueline Rosalea Buondoc ins Zimmer. Meine Mutter war gegen Ende ihres Lebens so rund geworden, dass ich bei meinen Schulvorträgen immer an sie dachte, wenn ich eine kleine, polierte Eisenkugel auf ein Gummispanntuch legte, um den Schülern die Gravitation näherzubringen. Einmal sagte meine Mutter, wenn ich noch dicker werde, werden im Supermarkt die kleinen Kinder von meiner Gravitationskraft angezogen, die bleiben dann an mir kleben. Meine Mutter war der Mars, aber Rosalea Buondoc war der Jupiter, das traf auch farblich zu, sie trug ein Kleid mit den Jupiterfarben. Es verging viel Zeit, bis sie bei ihrem Stuhl angelangt war, auf den sie sich mit Grazie setzte wie ein Elefant auf ein Podest in der Manege. Ich dachte an den blutjungen, weißgesichtigen Bestatter mit den kleinen Ohren, der mir in seinem Büro die Mehrkosten für eine Sonderanfertigung eines X-Large-Sarges aus Kirschbaumholz vorgerechnet hatte, meine Mutter hatte Kirschbäume geliebt und selber ein paar großgezogen, er sagte, bei einer Einäscherung würden Sie tausendeinhundertachtzig Euro sparen. Er bot mir eine Urne aus Ziarat-Marmor an, ich fragte, für wie viel Kilo ist die ausgelegt? Er sagte, es ist eine Standardurne, die Menge der Asche ist keine Frage des Körpergewichts, das Körpergewicht hat nur Einfluss auf die Brenndauer. Sie dürfen nicht vergessen, der menschliche Körper besteht zu zweiundsiebzig Prozent aus Wasser, ein höheres Körpergewicht bedeutet nur, dass es länger dauert, bis das Wasser verdampft ist. Ich bestand auf der Spezialkonstruktion des Kirschbaumsargs und der Erdbestattung, meine Mutter war naturliebend, aber nicht umweltbewusst gewesen, ich wusste, es war ihr egal, wenn sie sich auf dem Friedhof breitmachte. Ich wollte, dass sie sich in ihrem Sarg wohlfühlt, nachdem sie sich acht Jahre lang in einem Pflegeheim von einem albanischen Pfleger hatte anhören müssen, dass alles in Gottes Hand liegt. Als meine Mutter vergaß, wer Gott war, weinte der Pfleger, er nahm meine Hand und sagte, wissen Sie, manchmal bin ich wie eine Kerze, die ausgeblasen wird. Ich drückte seine Hand und sagte, ist mir scheißegal.

Rosalea Buondoc war blind, Jacqueline schob ihr das Wasserglas in die Hand und erklärte ihr, wer alles am Tisch saß, ich dachte, ich hätte mich selbst um meine Mutter kümmern müssen, aber ich hatte keine Lust dazu, so war es doch, nicht keine Zeit, keine Lust. Mir stiegen die Tränen in die Augen, ich war froh, dass Madame Buondoc uns aufforderte, uns an den Händen zu halten und einen Kreis zu formen. Die Wärme von Don Was' Hand tröstete mich. Meine Schwester lebte in einem Zehnzimmerhaus, für sie wäre es leichter gewesen, in einem davon meine Mutter einzuquartieren, warum hätte ich von meinen drei Zimmern eins abgeben sollen, wenn bei meiner Schwester ein solcher Zimmerüberfluss herrschte. Aber ihr hatte eben auch die Lust gefehlt, was sind wir nur für Verbrecher an unseren eigenen Leuten. Ich dachte, das wird sich rächen, bei dir wird's nicht mal für einen albanischen Gottesanbeter reichen, du hast keine Pflegeversicherung, dir werden sie in einem Billigheim einen Blechlöffel in die Hand drücken und sagen, weißt du noch, wie man den Mund aufmacht, du alter Hurenbock, oder sollen wir dich gleich in die Euthanasie bringen. Madame Buondoc sprach mit geschlossenen Augen und mit einem winzigen Mund Englisch, ich dachte, den Akzent kenne ich doch, ist sie Schweizerin? Mein Vater war Schweizer gewesen, was er sagte, kam nie aus dem Herzen, sondern immer aus der Kehle. Wir werden jetzt als Erstes Keith empfangen, sagte die Buondoc.

Keith? Sie wollte Keith empfangen, unseren Keith? Coco sagte, Moment mal, es war abgemacht, dass wir als Erstes David empfangen, das war meine Bedingung, sonst wäre ich gar nicht hergekommen. In der *Sphäre*, sagte Madame Buondoc, gibt es keine Warteschlange, ich muss empfangen, wer sich empfangen lässt, und ich spüre, dass Keith sich jetzt empfangen lässt. Deine Assistentin hat es mir versprochen, sagte Coco, ich bin wegen David hier und nicht wegen diesem versoffenen Verleumder, du weißt doch genau, dass David es nicht ertragen würde, wenn er und dieser zweitklassige Gitarrist in derselben Sitzung empfangen werden, und Keith vor ihm, als Erster, dieser Mistkerl! Ich habe Ihnen nichts versprochen, Frau Schwab, sagte Jacqueline, die spirituelle Kontaktnahme erfolgt unabhängig von den emotionalen Präferenzen der Teilnehmer. Dann werde ich jetzt aufstehen und gehen, sagte Coco, aber sie stand nicht auf, sie löste nur ihre Hände aus dem Kreis. Ich spüre Keith, sagte Madame Buondoc, ich spüre seine Anwesenheit, aber ich spüre nicht David. So war's bei mir schon immer, sagte Don Was, tut mir leid, Coco, aber Keith hatte recht, nach *Ziggy Stardust* war alles, was Bowie machte, nur noch Pose. *Heroes, China Girl*, was ist das anderes als moderne Marschmusik. Jetzt stand Coco auf, sie setzte sich aber gleich wieder, sie sagte, dieser Junkie ist David in den Rücken gefallen, das verzeihe ich ihm nie, ich will diesen Toten hier nicht sehen! Sie denkt, sie ist Davids Mutter, sagte Don Was zu mir, ich pflichtete ihm bei, denn sie war keine Produzentin, er schon, ich sagte, sie versteht nichts von Musik, das ist unerträglich, und dann diese Batikhose! Coco Schwab versteht sogar sehr viel von Musik, sagte Don Was, und die Batikhose ist von Giuliani, meine Frau hat auch eine, jedes Mal, wenn sie sie trägt, kriege ich einen Steifen, weil mich die Muster erregen. Ich sagte nichts mehr, aber ich lächelte weiter. Coco Schwab, jetzt kapierte ich es erst, sie war die Assistentin von David Bowie gewesen, Jake hatte mal auf einer Bergwanderung behauptet, sie manipuliere Bowie, deshalb schreibe er seit Jahren nur noch Schlagermusik. Keith, ich kann deine Anwesenheit spüren, sagte Madame Buondoc. Wenn eine blinde Frau so etwas sagt, wirkt es viel überzeugender, als wenn ein Mann mit einem Feldstecher es sagt. Keith, wenn du da bist, sagte Coco Schwab, dann hör mir jetzt gut zu: Wenn du noch einen Funken Anstand im Leib hast, dann lässt du David als Ersten zu uns, das bist du ihm schuldig. Jacqueline sagte, ich bitte Sie, die Sitzung nicht dauernd zu unterbrechen, die Verbindung zur Sphäre reißt sonst ab. Die Sphäre gehört nicht Keith, sagte Coco Schwab, er ist nur ein ganz gewöhnlicher Toter, er soll sich mal nicht so aufspielen!

Madame Buondoc schlug mit der Faust auf den Tisch. Ich spüre Keith, rief sie, ich spüre ihn ganz deutlich, er ist schon in der ersten Schicht, nur noch Ihre Aggression trennt ihn von uns, Frau Schwab. Coco Schwab stand schon wieder auf, sie sagte, sie werde jetzt gehen, Don Was sagte, das hast du uns schon zweimal versprochen, du verzögerst hier alles, ich muss meinen Flug erwischen. Ihr habt doch keine Ahnung, sagte Coco Schwab, sie hielt sich die Hände vors Gesicht, sie weinte. Don Was sagte, so war es nicht gemeint, Coco, er nahm sie in den Arm und wiegte sie, er sang a cappella

For here
Am I sitting in a tin can
Far above the world
Planet Earth is blue
And there's nothing I can do

Er fehlt mir so, sagte Coco mit verstopfter Nase, sie blickte zu Don Was hoch, seit er tot ist, ist alles ... Sie sagte nicht, wie alles war, aber ich konnte es mir vorstellen, alles war grau, sinnlos, ihr Leben war entkernt, nichts stützte sie mehr von innen, sie drohte zu implodieren, ich sagte, könnten wir nicht vielleicht doch zuerst Bowie empfangen, er ist vielleicht auch schon in der ersten Schicht, könnten Sie nicht mal in der Sphäre seinen Namen aufrufen? Ich bin kein Automat, sagte Madame Buondoc, ich reagiere auf die Felder, die ich spüre, und wenn sich die Situation hier nicht beruhigt, beende ich die Sitzung, so was habe ich noch nie erlebt, Jacqueline, gib mir den Stein. Jacqueline drückte ihr den Quarzstein in die Hand, Madame Buondoc strich mit zwei Fingern über die glatte Oberfläche, es schien sie zu beruhigen. Es hat David so verletzt, sagte Coco Schwab, dass Keith sagte, bei ihm sei alles nur Pose, wie konnte er ihm das antun. Keith soll sich entschuldigen! Er entschuldigt sich, sagte Rosalea Buondoc, ich höre es ganz deutlich, Keith sagt, ich entschuldige mich, aber jetzt möchte ich Don endlich meine Botschaft überbringen. Er hat eine Botschaft für dich, Don. Coco Schwab sagte, das will ich gar nicht hören, ich gehe. Don Was brachte sie raus, und als er zurückkam, sagte er, Rosalea, es ist schon halb fünf.

Für vier Personen, die sich an den Händen halten wollten, war der Tisch ohne Coco Schwab zu groß, Madame Buondoc sagte, es reiche, wenn wir uns intensiv vorstellen, dass wir miteinander verbunden sind. Sie rief wieder nach Keith, sie bat ihn, uns ein Zeichen zu geben. Aber er gab keins. Sie sagte, Keith, gib uns bitte ein Zeichen, Don verpasst sonst seinen Flug. Ich dachte, Keith hört es nicht, er steht irgendwo da draußen vor der Terrassentür und hört das Stichwort nicht. Aber war es denn ein Stichwort? Keith hatte doch bestimmt nicht einem Medium der Sphäre erzählt, dass er noch lebt, ein solches Risiko ging er doch nicht ein! Irgendwie hatte er diese Seance organisiert, mit Lynns Hilfe? Wahrscheinlich hatte Lynn die Buondoc angerufen und eine Seance bestellt, bei der Keiths Geist Don Was eine Botschaft übermitteln sollte. Keith, sagte Madame Buondoc, ich sehe, du hast die erste Schicht überwunden, gib mir ein Zeichen, dass du bereit bist, von uns empfangen zu werden. Das leere Wasserglas von Coco Schwab machte ein Geräusch, und eine der Kerzen erlosch. Wie machten sie das? Ich höre dich gut, Keith, sagte die Buondoc, ich verstehe deine Nachricht an Don. Don, hier ist Keith, ich spreche durch Rosaleas Mund, hör mir zu, Don, du warst mir immer eine große Hilfe, bei allem, das wir zusammen gemacht haben, aber ich muss dich warnen. Es gibt Leute, die dir schaden wollen, Don, Leute in deiner nächsten Umgebung, Leute, denen du zu sehr vertraust. Das Wasserglas machte noch mehr Geräusche, das heißt, zuerst dachte ich, dass es das Wasserglas ist, aber es war die Terrassentür, sie knirschte, wie Glas knirscht, wenn man sich gegen eine Scheibe drückt. Hüte dich vor allem vor Leuten, sagte die Buondoc, die behaupten, dass sie deine Freunde sind. Es knirschte und knarzte, ich dachte, Keith drückt die Tür von außen auf, ist das ein plausibles Verhalten für einen Geist?

Hör uf mit dem Seich!, sagte die Buondoc. Jacqueline sagte, *das bi nöd ich. Wer denn süscht!*, sagte die Buondoc. Sie sprachen Schweizerdeutsch! Sie dachten, dass Don und ich es nicht verstehen, und Don Was verstand es auch bestimmt nicht, aber ich schon. Mein Vater hatte mir seine felsigen Cks und arabischen Chs in der Kindheit eingetrichtert, für ihn war seine Muttersprache die Sprache der Liebe, weil es so viele zärtliche Ausdrücke gibt, *Chäferli, Müntschi, Fützli,*

Brüschtli. Jetzt hörte man das Brechen von Glas, die Buondoc sagte, Keith, du brauchst uns keine Zeichen mehr zu geben, ich kann dich schon gut empfangen. Zu Jacqueline sagte sie, *was machsch denn da? Was isch das für en Lärm, bis äntlich still!* Jacqueline sagte, *jez glaub mer doch, das bi nöd ich, ich weiß nöd, wer das macht! Das isch ächt!* Ja, es war echt, es war nicht das Gläserrücken und Schrankpoltern, das Jacqueline sonst immer wahrscheinlich mit Magneten und Tonbandgeräten fabrizierte. Don Was saß mit großen Augen am Tisch, und weiter, sagte er, wer sind die Leute, vor denen ich mich hüten muss, und die sagen, dass sie meine Freunde sind, Eric? Ringo? Oder ist es Alanis Morrisette? Glas klirrte, und dann bauschte sich dieser fette, schwere Vorhang von innen, er nahm die Kontur einer Gestalt an, Jacqueline schrie wie ein Mädchen, das eine Spinne sieht. Jetzt schreist du auch noch, sagte Madame Buondoc auf Schweizerdeutsch, und Jacqueline sagte, da ist jemand, da ist einer, da kommt einer rein. Aber er kam nicht rein, er verhedderte sich im Vorhang, man sah Ausbuchtungen wie von Armen, unter dem Saum des Vorhangs schoben sich die Spitzen von Keiths Stiefeln hervor wie Schlangenköpfe. Gott im Himmel, sagte Don, so was hab ich noch nie erlebt, kann man das stoppen, Rosalea, willst du es nicht stoppen? Was denn stoppen, sagte Madame Buondoc, eins musste man ihr lassen: Sie war wirklich blind. Keiths Umrisse wanderten hinter dem Vorhang zur anderen Seite, dort fand er endlich einen

198

Ausgang, er taumelte ins Zimmer, überblickte die Lage und sagte, ihr habt mich gerufen, hier bin ich.

Jacqueline sagte, *är isch es, är isch es würkli, Scheiße, ich mach mer it Hose!* Ich hatte noch nie jemanden gesehen, der sich auf die Finger biss, aber sie nahm alle Finger in den Mund und biss darauf, ich hatte das für eine Geste gehalten, die es nur in Comics gibt. Was glotzt du mich so an, Don, sagte Keith, du hast doch schon eine Menge Geister gesehen, du hast ein Abo für Seancen, das hast du mir selbst mal erzählt. Don Was wollte etwas sagen, aber er konnte nicht, sein Mund stand zu weit offen. Du hast Joe Cocker gesehen, sagte Keith, Lou Reed, Whitney Houston, hast du die auch angeschaut, als seien sie Aussätzige? Es ist nicht gerade angenehm für einen Toten, so angeschaut zu werden, Don. Nicht so viel reden, dachte ich, wenn er zu viel redet, werden sie misstrauisch. Ich hab Cocker nicht gesehen, sagte Don, ich hab nur seine Klopfzeichen gehört. Na gut, wenn du Klopfzeichen willst, sagte Keith, die kann ich auch machen. Er schlug mit Madame Buondocs Wasserglas ein paarmal auf den Tisch. Wer zum Teufel ist das, fragte die Buondoc auf Schweizerdeutsch, und Jacqueline sagte, ich hab's dir doch schon zehnmal gesagt, er ist es, es ist er, er! Hör auf, mich zu verarschen, sagte die Buondoc. Wer immer du bist, sagte sie laut und auf Englisch, gibt dich zu erkennen! Keith sagte, seit wann muss man sich zu erkennen geben, wenn man aus dem Totenreich gerufen wird, wir sind hier nicht an der mexikanischen

Grenze. Ich will hier ganz grundsätzlich was klarstellen: Ich spreche nicht mit Medien. Ihr macht eine Menge Kohle mit uns Geistern, aber wenn ich in meine Tasche schaue, sehe ich da nur ein Schwarzes Loch. Bezahlt erst mal die Tantiemen, und dann können wir übers Zuerkennengeben reden. Ich werde hier nur mit Don sprechen. Ich dachte, er macht es nicht schlecht, aber es darf nicht zu lange dauern, er sieht viel zu echt aus, und er riecht nach Zigaretten. Okay, Keith, sagte Don Was, reg dich nicht auf, ich bin hier, Keith. Dann hör mir jetzt gut zu, Don, ich hab den weiten Weg vom Teufel zu dir gemacht, um dir den Kerl da zu zeigen, den Typen, der neben dir sitzt. Hör dir die Songs von ihm an. Diesen Rat geb ich dir. Er heißt Fred. Fred schreibt großartige Songs, ich könnte es selber nicht besser. Er liegt mir am Herzen, Don, *he moves the dead,* verstehst du? Er braucht den besten Produzenten, den es gibt. Und das bist du, Don, das weißt du. Er, sagte Don und schaute mich an, du meinst ihn? Genau den, sagte Keith, und weißt du noch, als du mir sagtest, dass Reed dir bei einer Seance den Tipp gab, die *Deadstring Brothers* nicht zu produzieren? War das richtig oder nicht? Don sagte, oh ja, das war richtig, verdammt richtig. Na siehst du, sagte Keith, der Rat eines Toten ist Gold wert, also tu, was ich dir sage, nimm den Jungen unter deine Fittiche. Den Jungen?, sagte Don, nur damit ich ganz sicher bin: Du meinst wirklich ihn? Er zeigte mit dem Daumen auf mich. Ich sagte Junge, weil wir noch mal von vorn an-fangen, sagte Keith, ich dachte, nein, nein, nein, halt jetzt den Mund und verschwinde! Von vorn anfangen, sagte Don Was, geht denn das, da wo du jetzt bist, ich meine, wie ist es denn da so, in der Sphäre? Es ist ganz okay, sagte Keith, außer, dass man friert wie ein Eisfischer. Und was machst du nachher, fragte Don Was, ich meine, wo gehst du hin? Man weiß nie, was man nachher macht, sagte Keith, aber das wirst du ja bald selbst rausfinden. Bald, fragte Don, heißt das, dass ich bald sterben werde? Nein, du wirst zweiundneunzig, sagte Keith, wenn du ein bisschen abnimmst, achtundneunzig, es liegt in deiner Hand, aber jetzt muss ich gehen, wir haben hier nur beschränkte Aufenthaltsrechte.

Es lief so gut! Bis ich sah, dass Jacqueline ihr Handy auf Keith richtete, sie sagte, *ich mach es Föteli, Rosi, ich mach es Föteli vom Keith, denn hemmer en Bewiis!* Madame Buondoc sagte auf Schweizerdeutsch, nein, mach ein Video von ihm, ein Video, oh mein Gott, ich kann es, ich kann es wirklich, ich besitze die Gabe! Ich wusste es immer, mach ein Video von Keith, mit Ton! Es ist immer Ton dabei, sagte Jacqueline, und Keith sagte, *hasta la vista, Don.* Er versuchte, durch die Terrassentür zu verschwinden, aber der Vorhang kam ihm wieder in die Quere, ich verstand nicht, warum er mit diesem Vorhang solche Schwierigkeiten hatte. Ein Geist sollte souveräner mit einem Vorhang umgehen, er sollte durch ihn hindurchgehen und nicht vor aller Augen an ihm rumzerren, weil er mit ihm nicht fertigwird. Es war sinnbildlich gesagt fünf vor zwölf, sie waren alle nahe dran, misstrauisch zu werden, es lag an mir, die bedrohliche Lage in einen Triumph zu verwandeln. Als Erstes musste diese schweizerdeutsche Videofilmerei verhindert werden. Ich rannte um den Tisch herum und riss Jacqueline das Handy aus der Hand. Mir reicht's jetzt, sagte ich, denn ich musste ja irgendwie erklären, warum ich das tat. Ich zertrümmerte das Handy auf dem Tisch mit der Wasserkaraffe, das heißt, ich versuchte es. Mich kotzte die hohe Qualität dieses Geräts an, ich musste es schließlich unter meinen Absatz legen und mehrmals drauftreten, damit endlich die inneren elektronischen Teile zum Vorschein kamen. Jacqueline hielt mich fest, wo sie konnte, Keith riss den Vorhang runter, mitsamt der Stange, das war seine Ultima Ratio. Jetzt gab es hier keinen mehr, dem nicht Zweifel an der Echtheit dieser Materialisation kamen, niemand hatte je einen Geist gesehen, der eine Vorhangstange runterriss und ihr mit einem Ausfallschritt auswich, um keine Beule zu kriegen.

Und jetzt, Jake, hatte ich die geniale Idee. Du weißt ja, ich hatte schon mal die geniale Idee, dass Vögel auf ihren Flügen nach Süden einfach den italienischen Autobahnen folgen, es war meine Idee, und ein Jahr später las ich in einer wissenschaftlichen Publikation, dass Verhaltensforscher genau das in einer Studie belegten. Und jetzt, als mit Ausnahme von Madame Buondoc, die die Sache mit dem Vorhang nicht gesehen hatte, alle dachten, da stimmt doch was nicht, rief ich, da stimmt doch was nicht! Von euch lasse ich mich nicht verarschen! Ihr wollt wissen, warum ich das Handy zertrümmert habe? Aus Ärger über die Show, die hier von einer Bernerin und einer St. Gallerin abgezogen wird, *ja, eu beide meini,* sagte ich zu Jacqueline und Madame Buondoc. *Jez lueged er blöd, hä!,* sagte ich, *min Vatter isch en Appezeller gsi, er hett de Chäs mitsamt em Teller gfresse!* Ich sagte auf Englisch, für wie dumm halten Sie Don und mich, das war ein Double, wie viel hat er gekriegt für seinen Auftritt als Keith Richards, ich hoffe, nicht mehr als dreißig Dollar, mehr war's nicht wert. Das war kein Double, sagte Jacqueline, sie stopfte Traubenzucker-Dragees aus ihrer Handtasche in sich rein, das war kein Double, Sie Idiot, ich hatte ihn auf Video, wir hätten's beweisen können. Double, Double, sagte Madame Buondoc, sie saß wie eine Statue aus dem Buddha-Bedarf am Tisch, das behaupten die Ignoranten immer, sie lachte. Das war kein Double, Don, sagte sie, Don, bist du noch hier? Absolut, sagte Don Was. Das war die stärkste Manifestation meiner Karriere, sagte Madame Buondoc, er hatte sogar einen Geruch, und nicht nach Phosphor, wie es manchmal bei schwachen Manifestationen vorkommt, er roch nach Zigaretten. Wenn ein Keith-Richards-Double nicht rauchen könnte, sagte ich, müsste er sich einen neuen Job suchen. Aber ich muss zugeben, das war ziemlich clever gemacht, vor allem die Sache mit den Songs, woher wissen Sie das, na los, das interessiert mich jetzt wirklich. Außer meinem besten Freund Jake weiß nämlich keiner, dass ich Songs schreibe. Also, woher wussten Sie das? Das wussten wir doch gar nicht, sagte Jacqueline mit einem Mund voller Traubenzucker, sie bekämpfte offenbar eine Unterzuckerung. Wir hatten keine Ahnung davon, wir wissen nichts von diesen Songs, sagte sie. Nur dein bester Freund weiß davon, fragte Don Was, bist du sicher? Absolut, sagte ich, nur er weiß es. Ich runzelte die Stirn, als kämen mir nun selbst Zweifel an meiner Double-Theorie, ich bin manchmal ein raffinierter Hund.

Don Was wischte sich mit seinem riesigen Taschentuch das Gesicht trocken. Wenn es nur dein Freund weiß, sagte er, dann war das kein Double. Da ist noch was, sagte er, hast du drauf geachtet, trug Keith vorhin einen Ring? Ich sagte Nein – keiner wusste das besser als ich. Genau, sagte Don Was, er trug keinen, aber als er noch lebte, hat er seinen Totenkopfring immer getragen, Tag und Nacht, ich kenne ihn gar nicht anders. Aber jetzt hat Patti diesen Ring, seine Frau, die Frage ist, ob ein Dreißig-Dollar-Double an so was denkt, doch wohl eher nicht. Ein Keith-Richards-Double weiß, was das Publikum von ihm erwartet: Es will eine Zigarette sehen, eine Jack-Daniel's-Flasche und diesen Ring. Wenn das ein Double gewesen wäre, hätte der Kerl eine billige Imitation des Rings getragen, ist doch klar! Ich sagte, hm, Sie könnten recht haben, daran hab ich gar nicht gedacht, aber das ist eine sehr überzeugende Argumentation,

204

dann war das also kein Double, du meine Scheiße, sagte ich, das heißt, Sie sind ein begnadetes Medium, Frau Buondoc, *da chani nur säge: Schappoo.*

Don Was wollte jetzt unbedingt Demoversionen meiner Songs, ich hatte zufällig welche auf einem USB-Stick dabei. Don sagte, er könne es kaum erwarten, sich die Songs anzuhören, das werde er auf dem Rückflug tun, und dann ruf ich dich an, und wir gehen ins Studio, mein Junge. Er klopfte mir auf die Schulter, du hast so ein Schwein, sagte er, der King of Rock 'n' Roll empfiehlt dich dem besten Produzenten, den ich kenne, was sagst du dazu! Die Pressearbeit wird ein Kinderspiel, wir schreiben *Songs recommended by Keith Richards* aufs Cover, du kriegst drei Millionen Klicks auf YouTube, wie viele Songs sind da drauf? Acht, sagte ich, der Hauptsong ist *Out The Window,* es ist eine Komposition von mir, die Melodie ist mir in einem Pfandleihhaus in den Sinn gekommen. Großartig, sagte Don Was, ich geb was auf den Rat von Geistern, damit bin ich immer gut gefahren, und Keith – besser geht's nicht! Ich gab ihm meine Handynummer und er mir sein Kärtchen, aber nicht das offizielle, mir gab er das für Freunde und Verwandte, mit seiner Geheimnummer. Ruf mich in einer Woche an, so lange brauche ich, um ein Studio freizuschaufeln. Den Fachbegriff *freischaufeln* kannte ich im Zusammenhang mit Studios noch nicht. Ich sagte, okay, ich bin dabei, wenn Keith Richards es will, kann man schlecht Nein sagen. Don sagte, ich solle nicht so bescheiden sein, wenn Keith meine Songs toll finde, dann seien sie auch toll, Keith irre sich nie, wenn es um Musik gehe.

Ich sagte, mein persönlicher Lieblingssong sei übrigens *Armstrong's Footprints,* die Idee dazu sei mir während eines Fußbads gekommen, ich bat Don Was, sich diesen Song als Ersten anzuhören. Ich dachte, wenn ich ganz oben in den Charts bin, setzt sich Jacqueline auf meinen Schoß und bittet mich um ein Autogramm für ihre Mutter, ich werde ja vermutlich hauptsächlich Frauen meines Alters begeistern, aber das war mir egal, Hauptsache, es war jemand da, wenn ich an einem Herbstabend von der Arbeit in die Wohnung zurückkehrte. Mir stand das Alleinleben bis zum Hals, ich wollte Fans, die im Garten meiner Villa campierten, ich wollte Bodyguards, die neben meinem Bett schliefen, weil einer der Fans mir mit Zeitungsbuchstaben eine Todesbotschaft geschrieben hatte, ich wollte mit Don Was in den Urlaub fahren und zu Jacqueline sagen, könntest du bitte auf meinem Schoß noch mal so rumrutschen wie vorhin. Ich wollte, dass der Tod mich im Wembley-Stadion vor fünfzigtausend Leuten zu sich holte, ich würde ins Mikrofon sagen, Leute, mir geht's nicht gut, ich glaube, ich hab einen Infarkt, und zehntausend Stimmen würden nach einem Arzt rufen, *Medic now! Medic now!,* das wäre ein versöhnliches Ende meines Lebens. Verlier meine Karte nicht, sagte Don Was, wir sehen uns im Studio!

DER BRIEF AUF DEM KOPFKISSEN

Mir fiel auf, dass ich in letzter Zeit häufig wichtige Gegenstände in der rechten Hosentasche meiner Jeans mit mir trug. Die Jeans war dieselbe, die ich in Deutschland schon seit drei Jahren trug, aber die rechte Hosentasche war bei mir jetzt irgendwie prominent. Nachdem Don Was, Madame Buondoc und Jacqueline weggefahren waren, suchte ich in den Büschen vor der Villa nach Keith, und dabei dachte ich über diese Hosentasche nach, in der sich zuerst der Totenkopfring, dann der USB-Stick mit den Songs befunden hatten, und jetzt die private Visitenkarte von Don Was, der die Stones, Dylan, Elton John, B.B. King, Joe Cocker produziert hatte und bald mich, Fred Hundt. Warum steckte ich wichtige Gegenstände immer in die rechte, nie in die linke Hosentasche? Die Antwort: Ich empfand die rechte als zuverlässiger. Wenn ich auf die Hosentasche hätte wetten müssen, aus der ich mit höherer Wahrscheinlichkeit etwas verliere, hätte ich auf die linke gewettet. Außerdem waren Gefühle im Spiel, die rechte Hosentasche war meinem Herzen näher, meine Beziehung zu ihr war stärker als zur linken, die mir wie jemand vorkam, der neben einem im Zug sitzt und Zeitung liest.

Hier, sagte Keith. Er saß als Mister Shelby im Gebüsch, um seine linke Hand hatte er sich die Krawatte gebunden, hab sie mir an einer Glasscherbe aufgekratzt, diese scheiß Terrassentür. Das sieht aber übler als aufgekratzt aus, sagte ich, und er sagte, es ist nur am Handrücken. Als Gitarrist verstand ich, dass das eine gute Nachricht war, der Handrücken ist von geringem Wert, solange er nicht vollständig durchtrennt ist, spielen wir Gitarristen weiter. Shelby rief die Taxigesellschaft an, sie schickten uns wieder Guillermo, wir erkannten ihn an der Prince-Musik, die aus seinem Wagenfenster schallte. Er sagte, oh Mann, regt euch jetzt bloß nicht wieder auf, ich schalte das gleich ab, was wollt ihr hören? Ich hab was von Madonna, das spiel ich für die Großväter, die ich zum Arzt fahre. Und was spielst du für die Jungen, die zu ihrem Dealer fahren, fragte Shelby. Sie bluten, sagte Guillermo. Bring mich ins Hotel, sagte Shelby, ich brauche eine neue Krawatte. Und in welches, fragte Guillermo. Es muss eins mit einem Krawattenshop sein, sagte Shelby, und mit einem Barkeeper, der bereit ist, Überstunden zu machen.

Guillermo fuhr uns ins Grace Bay Club Hotel, die Vitrine mit den Krawatten war größer als das Aquarium mit den Koi-Karpfen, die Krawatten waren noch bunter als die

Karpfen. Shelby wollte die seidene mit großen roten und violetten Punkten für den Kragen und eine billige ohne Punkte und ohne Seide als frisches Verbandsmaterial, das ging alles auf meine Kreditkarte. Die beiden Zimmer und die zwei Krawatten kosteten mehr als das Begräbnis meiner Mutter damals, aber ich vertraute auf meinen Aufstieg als Rockmusiker. Ich wasche nur kurz die Wunde auf der Toilette, sagte Shelby. Mir gefiel die Art, wie er Schnittwunden wegsteckte. Danach erklärte er an der Bar dem Barkeeper, wie man einen *Vanilla Sky Cocktail* macht. Und jetzt die Zesten einer Zitrone, sagte Shelby, aber nur das Gelbe abreiben, die Schicht drunter schmeckt bitter. Der Barkeeper sagte, dieser Drink wird hier selten bestellt. Weil er billig ist, sagte Shelby, aber mir schmeckt er besser als die Cocktails, für die Sie einen Bunsenbrenner brauchen, ich hab keine Lust, eine Viertelstunde zu warten, bis die Olive karamellisiert ist. Er erzählte dem Barkeeper, dass er Musikagent ist und früher Elton John unter Vertrag hatte, bis der nur noch Songs für Lady Diana schrieb. Shelby steckte sich eine Zigarette in den Mund, das geschah bei ihm mit der größten Selbstverständlichkeit. Sir, sagte der Barkeeper, es tut mir leid, aber das Rauchen ist nur im Raucherbereich erlaubt, draußen vor dem Eingang. Raucherbereich, sagte Shelby, ich verstehe nicht, warum die Leute, die in Raucherbereichen rauchen müssen, nicht mit dem Rauchen aufhören. Er erzählte mir, früher sei das Rauchverbot überall, wo er aufgetaucht sei, sofort aufgehoben worden, bei CNN hätten sie mal aus der

Requisite einen Aschenbecher aus den Siebzigerjahren besorgt, damit ich mich heimisch fühle. Früher hätte die Security die Bar hier mit einem Polizeiband abgesperrt und zum Raucherbereich erklärt, ich sagte, für Mister Shelby tun sie das nicht mehr. Aber für dich werden sie's bald tun, sagte Shelby, denn ich war heute richtig gut, ich hätte auch gern mal ein Danke von dir gehört. Danke, sagte ich, ja, du warst gut, bis auf die Sache mit dem Vorhang. Wichtig ist, dass Don unsere Songs hat, du hast ihm den Stick doch gegeben?, sagte Shelby, er hatte es mich bereits dreimal gefragt, ich sagte, er hört sie sich wahrscheinlich gerade im Flugzeug an, hoffentlich sitzt er nicht zu nahe bei den Düsen. Und wie hat er das ausgedrückt, sagte Shelby, ein Studio freischaufeln, den Ausdruck hab ich noch nie gehört. Ja, sagte ich, er wird es freischaufeln, er sagte, du irrst dich nie, wenn es um Musik geht. Wir werden aufs Cover schreiben: *Songs recommended by Keith Richards.* Auf welche Musik steht eigentlich Ihre Mutter, fragte Shelby den Barkeeper, während er sich die Zigarette fernab jedes Raucherbereichs anzündete.

Vom Hotelzimmer aus rief ich Jake an, er sagte, er liege mit Grippe auf dem Sofa. Quatsch, sagte ich, neunzig Prozent der Leute, die glauben, sie hätten eine Grippe, haben nur eine fiebrige Erkältung, kümmert's dich überhaupt nicht, wie es mir geht? Doch, sagte Jake, aber ich hab neununddreißig Fieber und so ein Surren in den Ohren. Das ist die Leitung, sagte ich, weil's ein

Überseegespräch ist, ich hab mich so darauf gefreut, dir alles zu erzählen, und jetzt redest du die ganze Zeit über deine kleine Erkältung, könnte es sein, dass du neidisch auf mich bist, Jake? Neidisch, worauf denn, sagte Jake, auf dein Trauma? Arabella sagt, dass du ein Trauma hast. Das hast du falsch verstanden, Jake, sie sagte bestimmt nicht, dass ich ein Trauma habe, sondern dass ich ihr Traummann bin, war nur ein Scherz, wir hatten ja nie was miteinander, du bist mein bester Freund. Dann erzählte ich ihm, dass Keith Richards heute bei einer Seance dem Produzenten von Elton John und Joe Cocker meine Songs empfohlen hatte, und dass der Produzent ein Studio für mich freischaufelt, wie man das nennt, sagte ich, jetzt brauche ich einen Bassisten für meine Hintergrundband! Und was glaubst du, an wen ich da denke? Ich muss dir was sagen, sagte Jake, ich wollte damit eigentlich warten, bis du in Behandlung bist, aber Arabella ist dagegen, sie sagt, man soll Leute mit einem Trauma nicht belügen, auch nicht, wenn sie suizidgefährdet sind, aber das bist du ja nicht, oder? Gut, ich sag's dir jetzt: Du warst nicht da, und wir brauchten einen Gitarristen, und Benni hat auf der Scheidungsfeier richtig gut gespielt, na ja, und er ist jetzt unser neuer Gitarrist. Es gab in der Band bei der Abstimmung nur eine Gegenstimme, das war ich, aber ehrlich gesagt war es nur pro forma, weil wir Freunde sind. Jake, sagte ich, gib mir einen Moment, ich muss eine Lachpause einlegen, hast du mir nicht zugehört? Ich schreibe mit Keith Richards Songs, Don Was produziert mein erstes Album, aufs Cover schreiben wir: *Songs recommended by Keith Richards,* und darüber steht mein Name, das sieht dann so aus: *Fred Hundt, Armstrong's Footprints, Songs recommended by Keith Richards.* Das ist nicht mehr die Welt der Kneipensäle, in der den Bräuten beim Sitzen die Nähte platzen. Von mir aus kann Benni *Michelle ma belle* spielen, bis der letzte rotgesichtige Schwager sein selbst verfasstes Gedicht vorgelesen hat, und bis der letzte Bräutigam *Spielt endlich was von Abba!* gebrüllt hat. Aber du, Jake, du und ich, wir leben jetzt in einer Welt, in der der Raucherbereich überall dort ist, wo unsere Security ist, und wir spielen nicht *Dancing Queen,* wir spielen die Hundt/Richards-Songs, wir spielen *Out The Window, Armstrong's Footprints, Ursa Minor, Rolling With The Punches.* Hab ich noch nie gehört, sagte Jake, ich kenne diese Songs nicht, ich spiele nächsten Samstag *Dancing Queen* und *Yesterday* und was immer die Eltern des Brautpaars wollen. Jake, ich brauche jemanden, dem ich vertrauen kann, in dieser neuen Welt ist man von falschen Freunden umgeben, sogar Don Was weiß nicht, ob er Ringo Starr oder Alanis Morissette seinen Hausschlüssel anvertrauen kann, ohne dass hinterher der Kühlschrank leer gefressen ist. Im Ernst, Jake, ich hab schon auch ein bisschen Schiss vor dem Scheinwerferlicht, in dem ich stehen werde, ich brauche im Tourbus einen Kumpel, der schon mein Freund war, als ich noch ein unbekannter Populärwissenschaftler war. Und für dich ist es die Chance, endlich mal richtig Bass spielen zu lernen. Ich hab jetzt neununddreißig vier, sagte Jake, ich sagte, hast du etwa Fieber gemessen, während ich mit dir über einen völlig neuen Lebensentwurf spreche? Es gibt kein neues Leben, sagte Jake, der Zug ist abgefahren, und in zwanzig Jahren kommt er an der Endstation an, und dann heißt es, bitte alle umsteigen in die Holzkisten. Manche steigen auch schon mit siebzig um, wie der Onkel von Arabella, letzte Woche ist er beim Radfahren umgekippt, er war kerngesund, und im nächsten Moment platzte ihm was im Gehirn. Das ist so langweilig und gewöhnlich, sagte ich, überleg's dir, Jake, mein Angebot steht, ein Anruf von dir genügt, und du spielst Bass in der Fred-Hundt-Band, lass mich jetzt nicht hängen.

Aber ich wusste, Jake wird mich hängen lassen. Jake fehlte die Kenntnis des Funktionsprinzips des menschlichen Lebens. Ich dachte, ruf ihn noch mal an und erklär ihm das Funktionsprinzip. Aber ich hatte es schon so vielen Schulklassen zu erklären versucht, und keine hatte es verstanden – warum sollte es Jake verstehen? Es ging ihm wie den Schülern: Sie *wollten* es nicht verstehen, es war ihnen zu unromantisch. Ich hatte es vor vielen Jahren Louise einmal zu erklären versucht. Wir waren in Berlin mit dem Rad unterwegs, sie wie immer zwei Radlängen vor mir, *weil du nicht mein Pascha bist*. Ein Lieferwagen kam ihr entgegen und fuhr an ihr vorbei, und nichts geschah, sie trat weiter in die Pedale, das Leben ging weiter wie vorher. Aber der Lieferwagen hatte hinten eine zweiflüglige Tür. Diese Tür war mit einem

Schnappschloss gesichert, damit sie während der Fahrt nicht aufspringt. Das Schnappschloss bestand aus Einzelteilen, die so konstruiert waren, dass das Schloss als Ganzes funktionierte wie erwünscht. Aber wenn etwas funktioniert, bedeutet das nur, dass die Wahrscheinlichkeit, dass es funktioniert, höher ist als die, dass es nicht funktioniert. An jenem Tag kreuzte nur ein einziger Lieferwagen Louise auf ihrem Rad. Die Wahrscheinlichkeit, dass das Schloss genau im Moment der Begegnung nicht funktionierte, war gering, und deswegen lebte Louise weiter, das war das ganze Geheimnis. Wären Louise aber an jenem Tag eine Million Lieferwagen entgegengekommen, wäre die Wahrscheinlichkeit, dass bei einem von ihnen das Schloss versagte, relativ hoch gewesen, und dann wäre Louise von der aufspringenden hinteren Tür wie mit einem riesigen Tennisschläger voll getroffen und vom Rad gefegt worden. Ich aber nicht, mich hätte ihr Wunsch gerettet, nicht drei Meter hinter mir herzufahren wie hinter einem Pascha. Warum hatte sie was gegen Paschas? Weil es dem Zeitgeist entsprach. Wäre sie dreißig Jahre früher geboren worden, hätte sie es für selbstverständlich gehalten, mich voranfahren zu lassen, und dann hätte die Lieferwagentür mich vom Rad gefegt. Es gibt nur eine einzige Säule, auf der das Leben ruht, und diese Säule heißt Wahrscheinlichkeit – wenn man jemanden kennenlernen will, der tiefe Einsicht in die Funktionsweise des sogenannten Schicksals hat, muss man mit dem Chef-Statistiker einer Versicherungsgesellschaft essen gehen. Die einzige Freiheit des

Menschen liegt darin, immer vorwärtszugehen, aber Jake wollte das nicht hören, er fand es bequemer, im Kreis zu gehen.

Am nächsten Morgen drückte der Wind mein Zimmerfenster auf, die Palmen bogen sich, und der Regen hatte eine Tendenz zum Waagrechten, im Fernsehen sagten sie, das sei bei einem Hurrikan so üblich. Beim Frühstücksbüfett im Speisesaal sagte Shelby, ist mir ganz egal, dass die Taxiboote heute nicht fahren. Er hatte sich eine Feige und ein Blatt Lyoner Wurst auf den Teller geholt, ich sagte, wovon lebst du eigentlich, ich hab dich noch nie mehr als eine Vogelration essen sehen. Vögel fressen viel, sagte Shelby, sie werden nur nicht fett, sie sind die Japaner der Lüfte. Shelby trug als Einziger im Speisesaal eine dunkle Sonnenbrille, ich merkte, dass die Leute zu uns rüberschauten und sich fragten, ob er ein Prominenter war. Seine Halbglatzenperücke saß schief, das machte mir Sorgen. Ach was, sagte er, du siehst ja, ich sitze mitten unter den Leuten, und keiner merkt was, sie denken alle, dass wir zwei alternde Drogendealer sind, es ist herrlich, ich will nicht mehr nach Jesters zurück, was soll ich dort!

Jetzt kam also das. Ja, jetzt kommt das, sagte Shelby, wundert's dich? Er sagte, ich solle ihm einen einzigen guten Grund nennen, warum er sich wieder auf Jesters verkriechen soll anstatt in Providenciales oder wer weiß, warum nicht zum Beispiel in Chicago ein ganz normales Leben als Mister Shelby zu führen? Jeden Tag mit Perücke und Sonnenbrille rumlaufen, na und, wenn das der Preis der Freiheit ist, dann bezahl ich ihn gern, sagte er. Ich sagte etwas sehr Kluges, und zwar: Selbst wenn du Geld hättest, könntest du nicht als Mister Shelby ein ganz normales Leben führen, den Müll rausbringen, Brötchen holen, den Basilikum gießen. Denn du würdest immer wissen, dass deine Frau und deine Kinder glauben, dass du tot bist. Ron Wood, Charlie, Johnny – alle deine Freunde glauben, dass du tot bist. Es wäre unmoralisch, dass du in einer Bar hockst, mit Leuten quatschst, im Supermarkt einkaufen gehst, während die, die du liebst, dich für tot halten. Dass du ihnen die Wahrheit nicht sagen kannst, hältst du auf Dauer nur aus, wenn du kein normales Leben führst. Du hältst es nur aus, wenn du dich auf einer winzigen Insel versteckst und das unnormale Leben eines Menschen führst, der für alle, die ihn lieben, tot ist. Keith sagte, wahrscheinlich hast du gerade etwas Kluges gesagt, aber ich hab nicht richtig zugehört, weil draußen vor dem Fenster ein Kinderwagen vorbeigeflogen ist, hoffentlich war er leer. Ich dachte, er hat sehr wohl zugehört, der alte Fuchs, er lässt nur keine Emotionen an sich ran, er hat was von einem Holzbrett, auf dem ein Herz und zwei Initialen eingeritzt sind.

Am Mittag stufte die Wetterprognose den Hurrikan zu einem normalen Sturm runter. Am Nachmittag empfahlen sie den Seglern, zu Hause zu bleiben, es herrsche

Flaute. Für die Rückfahrt mit dem Taxiboot war es zu spät, wir buchten eins für den nächsten Tag, ich hatte sowieso noch etwas Wichtiges zu erledigen. Gestern Abend hatte ich mir mit Kugelschreiber *Parfüm!!* auf den Handrücken geschrieben und am nächsten Morgen extra nicht geduscht, damit ich es nicht vergaß. Nach der Sturmentwarnung durchwühlte ich die Drogeriemärkte von Providenciales, ich hatte ein unglaubliches Glück: In einem Shop, dessen Besitzer vor einer Woche gestorben war, wie mir die Verkäuferin erzählte, und der deshalb morgen für immer geschlossen wurde, war Chanel Coco Mademoiselle am Lager.

Am nächsten Tag betrat Shelby widerstandslos das Taxiboot nach Jesters. Er sagte, ich könnte es meinen Lieben nicht antun, wenn sie leiden, muss ich auch leiden, ich kann nicht einfach morgens Brötchen holen und im Supermarkt einkaufen, wenn Patti mich für tot hält, ich kann kein normales Leben als Shelby führen, wenn meine Kinder Blumen auf mein Grab legen, das wäre nicht fair, seit gestern Nacht weiß ich das, denn ich habe lange darüber nachgedacht. Du hast über etwas nachgedacht, sagte ich, dass ich dir gestern beim Frühstück gesagt habe, exakt das habe ich gesagt, die Brötchen, der Supermarkt, das waren meine Worte. Ich hab schon beim Songschreiben gemerkt, sagte Shelby, dass du ein Territorialmensch bist, du rennst gern mit Holzpfählen und einer Rolle Stacheldraht rum, um dein Gebiet einzuzäunen. Chuck Berry war auch so, als wir den Film

Hail! Hail! Rock 'n' Roll drehten, hab ich mal einen einzigen Ton auf der Gitarre gespielt, und Chuck rief, Mann, das ist mein Song, warum spielst du meinen Song! Ich sagte, Chuck, das ist nur ein Ton, ein einfaches G, das gehört allen, und er rief, Scheiße, nein, das ist das G von *Sweet Little Sixteen.*

Am Horizont tauchte der sandige Streifen auf, der Jesters war, und ich dachte, gleich wird Lynn merken, dass ich ein Mann bin, bei dem es sich lohnt, Gefühle für ihn aufzubauen. Sie wird sich so über das Parfüm freuen! Hätte ich es ihr beim ersten Mal schon mitgebracht, hätte sie sich weniger gefreut, sie hätte es für selbstverständlich gehalten, dass ich es ihr mitbringe. Aber jetzt wird sie denken, ich habe mich in ihm getäuscht, ich war sicher, er hat es wieder vergessen, aber nein, diesmal hat er's dabei, ich hab ihm unrecht getan, der arme Kerl, wie konnte ich nur so misstrauisch sein, er ist so süß. Das Taxiboot legte an, wir stiegen aus, Keith war übel gelaunt, weil er wieder in den Kerker musste. Er stieß die Tür zum Haus mit dem Fuß auf, sie knarrte. Er riss sich die Halbglatzenperücke vom Kopf, die Krawatte vom Hals, beides ließ er auf den Boden fallen. Er streifte die Cowboystiefel ab, ich sagte, Keith, ich werde das nicht aufheben, ich bin nicht dein Ian Stewart. Das war ein Insider-Joke, aber Keith verstand ihn nicht, er verstand manchmal auch meine Scherze über die Stones nicht, er sagte, ich weiß nicht, was du meinst, Ian hat nie meine Stiefel aufgehoben. Nein, sagte ich, aber er hat dir und Mick im Studio Kaffee gebracht, Ian, bring uns doch bitte ein Kännchen Kaffee, und er ist rausgehuscht und hat euch den Kaffee geholt. Kann mich nicht erinnern, sagte Keith, er stapfte verdrossen die Treppe zu seinem Zimmer hoch, ich hörte, wie er oben die Tür zuwarf.

Im Haus war es sehr still. Lynn?, rief ich, Lynn, wir sind wieder da, und schau mal, was ich dir mitgebracht habe. Mir fiel auf, dass die Küche aufgeräumt war. Sonst lagen immer verkrustete Teller rum, Pizzaränder mit Bissspuren, Gabeln, zwischen deren Zinken Spaghettistückchen hingen, aber heute war alles blitzblank wie bei einer Wohnungsübergabe. Die Sofakissen waren ordentlich aufgereiht, die Tür zu Lynns Zimmer stand einen Spalt offen, ich kannte diesen Spalt. Mir lief es kalt über den Rücken. Es war derselbe Spalt wie der meiner Zimmertür damals, als ich Louise verließ, damals blickte ich noch mal zurück und dachte, so sehen Türen aus, wenn man geht. Ich stieß Lynns Tür mit der Fußspitze auf, als ich ihr Bett sah, wusste ich endgültig Bescheid: Ein Bett, das jemand zum letzten Mal gemacht hat, bevor er geht, sieht aus wie ein Hotelbett, es ist bereit, als Nächstes einen Fremden aufzunehmen. Die Tür von Bens Zimmer war zu, ich klopfte, keine Antwort, so what, Bens Verschwinden war für mein Herz irrelevant. Aber Lynn weg, das war, als würden meine Herzfasern mit zwei Gabeln einzeln auseinandergedröselt werden von einem Gott, der *Pulled Pork* mag.

Sie war gegangen.

Going, going, gone.
I can feel it in the air, it's there everywhere
Oh I'm losing you
Love is just a lie made to make you blue
Love hurts
Ooh love hurts

Ein Medley von Songzeilen, Dylan, Rod Stewart, Nazareth erklang in meinem Kopf, aber tonlos, nur die trau-
rigen Zeilen hörte ich, was für ein Unsinn, zu glauben,
dass Lyrik eine aussterbende Textsorte ist. Ich schraubte
die Parfümflasche auf und goss das ganze Chanel Coco
Mademoiselle über Lynns verlassenes Bett.

I got a letter this morning, how do you reckon it read?
»Oh, hurry, hurry, gal, your love is dead.«

Ein Brief! Oder auch nur ein Zettel! Lynn war bestimmt
nicht gegangen, ohne mir eine Nachricht in irgendeiner Form zu hinterlassen. Ich öffnete die Küchen-
schränke, aber wer legt denn einen Abschiedsbrief
zwischen die Kochtöpfe, Abschiedsbriefe legt man
an Orte, die mit den Erinnerungen behaftet sind, die
man im Brief heraufbeschwört, um dann zu schreiben
trotzdem. Ich ging rüber ins Gesindehäuschen, und ich
merkte, dass ich wirklich sehr sensibel bin, denn genauso war es: Wie mein Herz es geahnt hatte, lag auf
dem Kissen meines Messingbettes ein Briefumschlag.
Ich dachte, eine Frau, die mir einen Abschiedsbrief auf

das Kissen legt, auf dem wir miteinander lagen, ist die Tränen nicht wert. Ich weinte schon, als der Umschlag noch zu war, und als ich ihn mit dem Zeigefinger aufriss, klatschten die Tränen aufs Papier. Ich war emotional immer auf der Hut gewesen, immer vorbereitet auf ein *War alles nicht so ernst gemeint, Fred*. Man hat nicht Gefühle, um sich von ihnen beherrschen zu lassen, sondern um im Freundeskreis nicht als Verstandesmensch zu gelten, das kommt nicht gut an. Man hat Gefühle, um alle paar Jahre eine Liebesaffäre zu haben, aber für mich als Populärphysiker sind Gefühle unter dem Strich eben doch nur präkognitive Reaktionen auf eine Umwelt, die kleinen Pelztierchen ein Rätsel ist, weil sie keinen Frontallappen besitzen. Die Wahrheit ist: Wer ein Großhirn hat, für den sind Gefühle Artefakte aus einer Vergangenheit auf den Bäumen. Ich weinte vielleicht nur als Hommage an meine Urahnen, die nach Sonnenuntergang in einer Baumkrone vor Angst schlotterten, wenn sie unten das Rascheln nachtaktiver Raubtiere hörten. Den Brief las ich zuerst gar nicht, da konnte nichts drinstehen, das ich nicht schon wusste, sie hielt es nicht mehr aus mit mir, ich war ihr zu kalt, zu autistisch, sie hatte keine Lust, Zeit und Emotionen in eine Beziehung zu einem Mann zu investieren, der beim Weinen über die Macht der Evolution nachdenkt, diesen Vorwurf kannte ich schon von Louise. Ich wusch mir das Gesicht, schneuzte meine Nase, ich dachte, okay, lies es jetzt, dann hast du's hinter dir. Aber ich erlitt noch mal einen Tränenkrampf, wenn man schon Gefühle mit sich rumschleppt, dann wenigstens richtig.

Der Brief begann mit *Liebster Fred*. Lynn schrieb, sie warte in New York auf mich, sie werde mir später erklären, warum sie es auf Jesters nicht mehr ausgehalten habe, sie habe es ja schon in einem Gespräch angedeutet, es habe mit dem Gefühl ihrer eigenen Sterblichkeit zu tun, das in Keiths Nähe unerträglich geworden sei. Sie schrieb, *Fred, wir sind uns noch nicht wirklich nahegekommen, es war erst ein Vorgeschmack. Aber auf etwas, von dem ich glaube, dass es sich entwickeln kann. Nur nicht hier auf Jesters, hier kann sich nichts entwickeln, gar nichts, das ist mir in den vergangenen Wochen klar geworden.* Sie schrieb: *Ruf mich nicht an, komm einfach. Komm, wenn du denkst, dass es richtig ist. Ich warte.* Jetzt weinte ich, weil ich ein kaltes, autistisches Arschloch war, das nicht kapiert hatte, dass Lynn mir niemals einen Abschiedsbrief schreiben würde, denn sie hatte recht, vielleicht entwickelte sich ja was, aber nicht hier, hier konnte sich gar nichts entwickeln – außer allerdings meine Karriere als Rockmusiker, es wäre falsch gewesen, wenn ich das vergessen hätte. Ich las Lynns Brief vier- oder fünfmal, und jedesmal fand ich eine andere Stelle, die mein Herz wieder zusammensetzte, am Schluss war es fast ein bisschen zu sehr zusammengesetzt, es fühlte sich an wie ein komprimierter Klumpen, aber es war ein warmer, angenehmer Klumpen, wie ein Klumpen Brotteig, man weiß, wenn man das in den Backofen steckt, wird es knusprig und sehr lecker.

... wenn du denkst, dass es richtig ist, das bedeutete, ich fuhr zu Lynn nach New York, sobald Don Was das Studio freigeschaufelt hatte und meine Songs aufnahm. Ach, Lynn, vielleicht muss man sich gar nicht unbedingt nahekommen, um zusammen glücklich zu sein, um miteinander an schönen Ferienorten alt zu werden, in Andalusien, auf Kreta, jedenfalls irgendwo am Mittelmeer, ich dachte, ich werde Lynn das Mittelmeer zeigen, das kennt sie als Amerikanerin bestimmt noch nicht, aber sie wird in Agia Fotia nachmittags um drei, wenn das Meer das tiefste Blau erreicht, meinen Arm drücken und sagen, das ist eine lebendige Farbe, sie geht direkt in mein Herz. Ich durfte nur nicht vergessen, ihr vorher eine neue Flasche Chanel Coco Mademoiselle zu kaufen.

WILD HORSES RELOADED

In den folgenden zwei Tagen saß ich meistens am Strand und dachte an Lynn. Aber nicht nur an sie, das wäre trivial gewesen, ich wollte wissen, was sie mit den anderen Frauen verband, die ich geliebt hatte, mit Louise, Ruth Vollmer, Catherine, Susi, für die volle Hand fehlte mir noch eine. Gab es eine Gemeinsamkeit, oder hatte ich einfach immer die Frauen geliebt, die mir die anderen Männer übrig ließen? Nein! Die Gemeinsamkeit war, dass sie alle aus katholischem Haus stammten, wie ich. Ich hatte im Lauf der Jahre mit Daoistinnen geschlafen, mit Jüdinnen, einmal mit einer Lutheranerin, aber diese Affären hatten nur so lange gedauert, wie zwei Menschen brauchen, um irgendwann mal im Bett über Religion zu sprechen, das ist meistens nach sechs Monaten der Fall. Länger als ein halbes Jahr hatte es mich nur bei Katholikinnen gehalten, nur bei ihnen siedelte sich mein Herz an. Was für eine Erkenntnis! Mit fast sechzig wusste ich endlich, worauf ich bei der Partnersuche achten musste. Lynn hatte mir schon am zweiten

Tag nach unserer Ankunft auf Jesters erzählt, dass sie katholisch erzogen worden war, denn im Herrenhaus hing im Wohnzimmer ein Hinterglasbild, das in naiver Manier den heiligen Martin zeigte, der mit dem Schwert seinen Mantel teilt, er will die Hälfte einem Bettler überlassen. Ich sagte, dass ich schon als Kind nicht verstanden habe, warum er dem Bettler nur die Hälfte gibt, und Lynn sagte, weil die katholische Kirche den Adligen nicht zu viel zumuten wollte. Damit war für mich ein Rätsel gelöst, aber nur eine Katholikin hatte mir die Augen öffnen können.

Ich erzählte Keith, dass ich mich nur in katholische Frauen verlieben kann, und er sagte, er habe sich immer in Frauen verliebt, die es nicht störte, dass er raucht und trinkt. Ich sagte, Katholikinnen hätten ein sinnliches Verhältnis zur Selbstzerstörung, das lasse sich auf die aufopferungsbereite Natur des Religionsstifters zurückführen. Bei der Gelegenheit fragte ich ihn, mit wie vielen Frauen er eigentlich geschlafen habe. Er sagte, mit vierundzwanzig. Ich meinte nicht pro Tag, sagte ich, er sagte, mit vierundzwanzig total, und wann rufst du Don an? Ruf ihn doch jetzt gleich an, der Code fürs Satellitentelefon ist AB144. Don wollte, dass ich ihn in einer Woche anrufe, sagte ich, die Woche ist noch nicht um, du hast doch nicht nur mit vierundzwanzig Frauen geschlafen, bei mir waren's ja schon vierzehn. Es waren exakt vierundzwanzig, sagte Keith, und es wäre schön, wenn eine davon jetzt hier wäre, der Pullover muss gewaschen werden. Er meinte seinen roten Wollpullover. Hast du noch nie selbst gewaschen, fragte ich, dazu braucht man nur Wasser und Waschmittel und den festen Willen, es zu Ende zu bringen. Wann hätte ich denn waschen sollen, sagte er, in irgendeiner Garderobe in Tokio, Rom oder Los Angeles? Auf der Bühne während des Konzerts? Im Fernsehstudio beim Interview? Oder wenn wir ein Album aufnahmen, glaubst du, in den Aufnahmestudios gibt's Waschmaschinen, da gibt's nur Kaffeemaschinen. Du hättest zu Hause waschen lernen können, sagte ich. Wenn ich zu Hause war, sagte er, stiegen wildfremde Leute über mein Bett, wenn ich im Bad das Licht anknipste, lag einer in der Badewanne und las Kerouac, und wenn ich ihn fragte, warum er im Dunkeln liest, sagte er, weil er im Dunkeln sehen kann, seit ihm Leary einen LSD-Cake in den Mund gestopft hat, so war das damals, da gab's entweder keine Waschmaschine oder du kamst nicht an sie ran. Es war schade, dass man mit Keith nicht über den Zusammenhang zwischen Katholizismus und Liebe sprechen konnte, wie sollten wir denn jetzt die drei Tage rumbringen, bis die Woche um war.

In den Nächten stellte ich mir vor, wie begeistert Don Was von meinen Songs war, wie er mich in einem Learjet ins Studio einfliegen ließ, und wie ich Don Was bat, Eric Clapton zu bitten, Jake anzurufen und ihn davon zu überzeugen, dass er der einzige Bassist war, der für meine Backgroundband infrage kam. Ich fand es schön, dass ich in meinem Alter noch träumen konnte, die Augen anderer Männer um die sechzig sind erloschen, ein Aufstieg in der Versicherungsbranche, eine Karriere im Finanzsektor, ein Leben als mittelständischer Unternehmer ist die beste Garantie für dieses Ausknipsen des Lichts in den Augen. Ich stellte mir vor, wie Lynn bei meinem Debütkonzert in der ersten Reihe saß, und ich trat ans Mikrofon und sagte: *This one is for the woman in the first row, her name is Lynn, she's a Catholic, like all the other women I loved, but don't worry, Lynn, it's you I love more than all these other catholic women. Who's booing? Don't get me wrong, I wouldn't say no to you non-catholic women in the audience, not at all, I love you all! Non-catholic women are great! Stop booing! Please stop booing!* Ich konnte es nicht erwarten, von Don Was endlich das *Go!* zu kriegen. Auch Keith tigerte ungeduldig um das Satellitentelefon herum, am sechsten Tag sagte er, wenn du nicht endlich anrufst, tu ich's! Wir sitzen beide auf Nadeln, sagte ich, lass uns ein bisschen um die Insel herumgehen, jemand muss die Sandkörner zählen. Am nächsten Tag war es endlich so weit, die Woche war um. Aber ich möchte nicht, dass du zuhörst, sagte ich, wenn du zuhörst, ist das für mich, wie wenn im Pissoir einer neben mir steht, ich bin sehr sensibel, meine Mutter musste mir die Nägel im Schlaf schneiden. Ich höre nicht zu, sagte Keith, ich gehe in mein Zimmer, siehst du, ich bin schon unterwegs, ich bin weg.

Ich tippte AB144 ein und wählte die Geheimnummer. Ich wartete.

Tuut.

Es war der Anruf meines Lebens, ich konnte nicht sitzen bleiben, ich ging im Zimmer auf und ab.

Tuut.

Vielleicht war es sogar ein historischer Anruf, der in die Musikgeschichte einging wie der Tag, an dem Keith und Mick Jagger sich auf der Dartford-Station begegneten, und Mick hatte Platten von ...

Tuut.

... Muddy Waters und Chuck Berry unter dem Arm. Ich dachte durchaus auch kurz an Julius Cäsar, wie er den Po überschritt.

Tuut.

Aber war es der Po gewesen? Mir fiel der Name des Flusses nicht mehr ein, es war irgendwas mit P, aber nicht Po.

Klick. Jemand sagte Ja. Aber ich war nicht sicher, ob es Don Was war.

– Spreche ich mit Don Was?

– Ja. Ja, klar.

– Ich bin's, Fred Hundt.

– Wer?

– Fred Hundt! Wir haben uns vor einer Woche an der spirituellen Beratung kennengelernt, bei Rosalea Buondoc. Sie sagten, ich soll in einer Woche anrufen, und jetzt ist die Woche um.

– Ach so, ja. Ja, ich hab auf Ihren Anruf gewartet. Hören Sie, ich weiß nicht, was da abgelaufen ist während der Beratung. Ich hab mit ein paar Leuten gespro-

228

chen, die sich mit Ganzkörpererscheinungen aus-
kennen, und sie sagten alle, dass so was sehr selten
vorkommt. Eigentlich nie, keiner hat so was je erlebt.
Und das sind Experten, einer war Parapsychologe
beim KGB. So was hat sogar er noch nie gesehen, er
hat mir geraten, es nicht ernst zu nehmen. Und ehrlich gesagt fällt's mir leicht, es nicht ernst zu nehmen, denn diese Songs, ich meine Ihre Songs ... Ich
will ganz ehrlich sein: Ich kann mir nicht vorstellen,
dass Keith extra aus der Sphäre auftaucht und mit
mir Kontakt aufnimmt, nur um mir ein paar aufgeba-
ckene Stones-Songs aus den späten Siebzigerjahren
zu empfehlen. Diese Songs sind noch epigonaler als
die der *Deadstring Brothers,* und das will was heißen.
Ich meine, es ist *Wild Horses Reloaded. Angie Reloaded.* Es sind alte Stones-Balladen mit neuen Texten.
Nur dass die Texte wesentlich schlechter sind. Sind
Sie noch da? Hallo?

War ich noch da? Ein Teil von mir nicht mehr, der war
abgehauen, ich fühlte mich, als sei nur noch die Hälfte
von mir übrig, der Rest einer Person, die noch vor zwei
Minuten vor Zuversichtlichkeit gestrotzt hatte. Ich war
eine Ruine. Ich sagte, wie meinen Sie das. Don Was
sagte, hören Sie, ich muss jeden Monat eine Menge
Lohntüten füllen. Wenn ich einen Musiker produziere,
den außer seiner Freundin niemand kennt, muss er
eine Menge bieten, damit es sich für mich lohnt, so ist
das nun mal im Scheißkapitalismus. Ihre Songs sind

okay, wenn Sie sie in einem Klub in Wyoming spielen, wo die Leute beim Biertrinken Songs im Stil der guten alten Stones-Balladen hören wollen. Touren Sie durch solche Klubs, das kann eine Menge Spaß machen, wenn man keine großen Erwartungen hat, und ich glaube, das ist es, was Sie tun sollten: Sie sollten sich von zu großen Erwartungen befreien. Musik ist für den, der sie macht, immer ein Glück, auch wenn's nur ein Hobby ist. Ich finde, Sie sind ein verdammt guter Hobbymusiker, ein Hobbysongwriter, das meine ich gar nicht abschätzig, ich möchte nur nicht, dass Sie an Ihren eigenen zu hohen Ansprüchen scheitern, verstehen Sie? Nein, sagte ich, nein, ich verstehe nicht, heißt das, Sie produzieren meine Songs nicht? Das kann doch nur ein Missverständnis sein, ich bin's, Fred Hundt, der Mann der bei der Seance neben Ihnen saß. Ja, weiß ich, sagte Don Was, es liegt leider keine Verwechslung vor. Sie sollten sich diese Songs noch mal in Ruhe anhören, sagte ich, *Out The Window, Armstrong's Footprints,* lassen Sie sich einfach Zeit, Mister Was. Ich glaube, das ist nur ein Missverständnis, weil Sie vielleicht im Augenblick zu beschäftigt sind, um sich diese Songs in Ruhe anzuhören. Sie werden merken, das ist etwas Neues, eine neue musikalische Stoßrichtung, ein neues Genre. Hören Sie es sich einfach noch mal an, ich bitte Sie. Okay, werde ich tun, sagte Don Was, aber rufen Sie mich bitte nicht mehr auf dieser Nummer an. Ich hätte Sie Ihnen nicht geben sollen, es war mein Fehler. Bitte zwingen Sie mich nicht, die Nummer zu wechseln, das ist immer sehr umständlich. Kein Problem, sagte ich, es ist eine Geheimnummer, ich weiß, ich werde sie vernichten. Wie lautet dann die neue Nummer, und wann darf ich Sie wieder anrufen? Es gibt keine neue Nummer, sagte Don Was, ich wünsche Ihnen viel Glück, denken Sie an meinen Rat, spielen sie in kleinen Klubs in Wyoming, sie werden die Leute glücklich machen.

Klick.

Dieses *Klick* blieb mir im Ohr stecken, es war ein besonderes Geräusch, ein sehr trockenes *Klick,* wie das der Kiefer eines Totenschädels, wenn sie zuklappen, es lag etwas Endgültiges darin, obwohl das Blödsinn ist, ein *Klick* ist immer endgültig, auch wenn man nur den Getränkedienst angerufen hat, aber hier ging es um meine Zukunft. Meine Zukunft wurde durch ein *Klick* widerrufen, von nun an gab es für mich keine Zukunft mehr, nur noch sich repetierende Gegenwart und vielleicht ab und zu die Süße von Erinnerungen, aber keine frischen, neuen Tage, keine frisch gespannten, neuen Saiten, kein *Ladies and gentlemen: Fred Hundt and The Jake Band!!* In den vergangenen Nächten war ich mit Bandnamen eingeschlafen und mit Bandnamen erwacht, *One Dead One Alive, The Footprint Band, The Out The Window Band, Old Zac Band, Fred Hundt and The Dead Friend Band, Fred Hundt and The Keith Memorial Band, One Dead One Alive* war mein Favorit gewesen, aber dann fiel mir als Zückerchen für Jake *The Jake Band* ein, ich dachte, wenn ich die Band nach ihm benenne, kann er nicht Nein sagen, dann muss er mein Bassist werden, außerdem klang es gut, *The Jake Band.* Aber jetzt war es *The Band That'll Never Play, Fred Hundt and The Lost Hope Band,* nein, noch schlimmer, es war *Iron Wings,* back to *Iron Wings, Ihre Band für die gelungene Hochzeit, Ihre Band für Beerdigungen aller Art, wir spielen die Lieblingssongs der Leichen, bei uns dürfen die Kinder mitsingen. Angie Reloaded, alte Stones-Balladen mit neuen Texten, nur dass die Texte wesentlich schlechter sind ...* Alte Stones-Balladen. Alte Stones-Balladen. Keith war so glücklich über diese Songs, *jetzt weiß ich, warum mir das passiert ist, warum ich weiterlebe: Es ist die Musik! Ich lebe, um Songs zu schreiben, das war schon immer so, aber vorher war es etwas Selbstverständliches, ich musste sterben, um zu begreifen, dass es überhaupt nichts Selbstverständliches ist, es ist ein Wunder und eine Gnade.* Keith hatte selten einen Glanz in den Augen, dafür hatte er zu viel gesehen, aber wenn er über unsere Songs sprach, hatte er Christbäume in den Augen, *diese Songs sind was Neues, Fred, es ist eine neue Stoßrichtung, weg von* Wild Horses, *weg von* Happy, *weg vom Folk, vom Blues, vom Country, es ist all das, aber noch viel mehr, du wirst sehen, sie werden sagen, dass es ein neues Musikgenre ist, sie werden ihm auf Spotify einen Namen geben!*

Ich wusch mir im Badezimmer das Gesicht mit lauwarmem Wasser, es stammte aus der Zisterne hinter dem Haus, die Zisterne brütete in der Sonne, kaltes Wasser hätte mich aus der Depression rausgeholt, aber lauwarmes war Gift für mich, ich dachte an den Ratschlag auf Suizid-Plattformen im Internet, dass man sich die Adern in lauwarmem Wasser aufschneiden soll, *spielen Sie in einem Klub in Wyoming.* Keith rief nach mir. Ich sagte, ich bin im Bad! Ich blieb eine Stunde drin, saß in der Dusche, weil es der bequemste Platz war, der Duschkopf war nicht dicht, ich wurde Tropfen für Tropfen nass, *aufgewärmte Stones-Balladen aus den Siebzigern.* Was machst du denn so lange da drin, fragte Keith, er klopfte an die Tür, ich sagte, ich komme gleich. Ich trocknete mich ab, *Angie Reloaded,* und setzte mich auf die Toilette, wir mussten Papier kaufen, es war nur noch eine Rolle da. Du sitzt schon zwei Stunden da drin, sagte Keith durch die Tür, hab nur ein bisschen Durchfall, sagte ich, ich komme gleich, wie ich schon mehrmals betonte! Lynn hat Medikamente gegen Durchfall dagelassen, sagte Keith, es war das erste Mal seit unserer Rückkehr, dass er Lynns Namen in den Mund nahm. Er weigerte sich, über ihre Fahnenflucht zu sprechen, das Thema war tabu, wenn ich damit begann, hob er die Hand und sagte, Illoyalität macht mich krank. Ich spülte mehrmals, damit es sich für Keith anhörte, als sei ich Diarrhoetiker. Sei sparsam mit dem Wasser, sagte Keith, der Pegelstand der Zisterne ist im Keller, du musst morgen ein Tankboot bestellen. Der hat Sorgen, dachte ich, was soll ich nur tun!

Es war schon dunkel, als ich aus der Toilette kam, Keith saß am Küchentisch, er trug blaue Wollsocken, seinen schmutzigen Pullover und drüber eine Wolldecke.

Geht's dir besser, sagte er, jetzt erzähl endlich, was hat
Don gesagt, wann gehst du ins Studio, nächste Woche?,
und wo nehmt ihr auf, in Santa Monica? New York? Das
Studio in New York ist zugig, da stimmt was mit der
Lüftung nicht, da hab sogar ich mal eine Erkältung gekriegt, obwohl du mich damals nackt im Schnee wälzen
konntest, ohne dass ich eine Gänsehaut kriegte. Wenn
es New York ist, geb ich dir meinen Wollpullover mit.
Keith lachte, ich verstand nicht, was daran lustig war,
aber ich hätte im Moment auch nicht verstanden, was
an *The Ministry of Silly Walks* von Monthy Phyton lustig
war. Keith sah auf dem Küchenstuhl mit all den Wollsachen aus wie ein Bub, der in ein Eisloch gefallen und
gerettet worden war, jetzt wartete er auf die Belohnung
fürs Überleben, er hatte die Christbäume in den Augen.
Mach's nicht so spannend, sagte er, wann geht es los?
Was hat er über die Songs gesagt, hat er das Wort brillant benutzt, wenn er brillant sagt, meint er gut, wenn er
großartig sagt, meint er, geht so, wenn er gut sagt, meint
er vergiss es, der Nächste bitte. Er hat doch bestimmt
brillant gesagt?

Ja, sagte ich, ja, er sagte brillant, vor allem *Out The
Window* findet er brillant, aber auch alle anderen Songs,
er sagte, sie sind brillant, er hat dieses Wort benutzt.
Siehst du, sagte Keith, ich wusste es, dass Don Elton John
produziert hat, heißt nicht, dass er nichts von Musik versteht, es heißt nur, dass er tolerant ist. Keith lachte zum
zweiten Mal in fünf Minuten, er ging mit seinem Lachen

sonst eher sparsam um, aber jetzt warf er damit nur so um sich. Wann macht ihr den Vertrag, fragte er, und ich sagte, in zwei Wochen. Das sind gute Neuigkeiten, sagte Keith, in zwei Wochen schon, das bedeutet, dass dich EMI oder Universal unter Vertrag nehmen werden, er hat mit den Jungs bestimmt schon gesprochen, wenn sie denken, dass sich viel Geld damit verdienen lässt, setzen sie für die Produktion immer eine enge Deadline. Ja, sagte ich, in zwei Wochen. Jetzt geht's los, sagte Keith, dir ist hoffentlich klar, dass du mit zwanzig Songs antanzen solltest, wir müssen in zwei Wochen zwölf weitere Songs schreiben, zur Not reichen auch acht, aber du musst Jongliermaterial haben, und wir müssen die Arrangements ausarbeiten, geh nie ohne fertige Arrangements ins Studio, auch nicht bei Don, sonst will jeder mitreden, es ist schon mal vorgekommen, dass die Putzfrau reinkam, sie sagte, ich finde, hier braucht's eine Geige, und am Schluss hatten wir eine Geige drin, die wir später wieder rausgeschnitten haben, als die Putzfrau weg war. Keith goss uns zwei Wassergläser mit Jack Daniel's voll, er wünschte sich, dass ich rauche, es ist keine Party, wenn du nicht rauchst, sagte er, und ich fing wieder mit Rauchen an. Wir stießen an, auf meinen Ruhm, auf das neue Genre bei Spotify, auf den Neuanfang. Ich trank und rauchte, die meisten meiner Empfindungen spielten sich in meiner Kehle ab, in der der Whiskey brannte und der Rauch kratzte, wo bei Leuten, die eine Zukunft haben, das Herz ist, dachte ich, ist bei mir die Kehle, sie ist mein Sinnesorgan für die Gegenwart, die mir als Einziges geblieben ist. In der Kehle fühlte ich auch das schlechte Gewissen darüber, dass ich Keith belog, aber war es denn nicht eine mütterliche Lüge, um ihm den Schmerz zu ersparen? Nach vielen Gläsern sagte ich, Keith, du wirst mir irgendwann Dinge übel nehmen, die ich getan habe, damit deine Christbäume nicht erlöschen. Welche Christbäume, sagte Keith. Die in deinen Augen, sagte ich. *Xmas-Trees in your eyes,* sagte Keith, er holte die Martin und spielte eine wehmütige Melodie, er sang

> *Xmas-Trees in your eyes*
> *a candle on the shelf*
> *that fire in the chimney burns*

Like a love, that never dies, sagte ich, und Keith sagte, nein, es muss sich auf *shelf* reimen oder auf *burns,* du darfst die Leute nicht überfordern. Ich dachte, morgen sage ich ihm die Wahrheit.

NOBODY TOUCHES MY GUITAR

Ich sagte sie ihm nicht. Als ich fünfzehn war, hörte ich meine Mutter zu einer meiner Tanten sagen, er ist ein guter Junge, er zieht junge Vögel groß, die aus dem Nest gefallen sind. Das bezog sich auf ein Spatzenjunges, das ich mal im Garten gefunden hatte, und weil ich es nicht töten konnte – der Nachbar schaute über den Zaun und wollte alles über den blöden Vogel wissen –, schob ich eine Kindergartenschaufel unter den Vogel. Ich nehm ihn mit in mein Zimmer und füttere ihn, versprach ich dem Nachbarn, und wenn er fliegen kann, lasse ich ihn frei. Tu das, mein Junge, sagte der Nachbar, aber sag's mir, wenn du ihn freilässt, ich möcht es mir mit-ansehen. Verdammt! Ich hatte vorgehabt, den Vogel auf der Schaufel in den Keller zu tragen und dann die Katze runterzulocken. Ich lernte gerade Latein und war von den römischen Arenakämpfen begeistert. Aber jetzt musste ich auf die blutigen Spiele verzichten, der Nach-bar war Polizist, da musste man vorsichtig sein, also fütterte ich den Vogel tagelang, das einzig Schöne daran war das Zerhacken der Regenwürmer. Meine Mutter fotografierte mich dabei, wie ich dem Vogel ein Wurmstück mit der Pinzette in den Rachen stopfte. All meine Freunde schossen mit Luftgewehren auf Vögel, nur ich saß einsam in meinem Zimmer und blickte in den aufgesperrten Rachen des Vogels. Ich wurde zum Einzelgänger, ich begann mit dem Spatzen zu reden, ich sagte, lern endlich fliegen, du kleiner Scheißkerl. Ich zog ihm die Flügel lang und bewegte sie auf und ab, danach fraß er zwei Tage lang nicht. Als ich mal nicht aufpasste, schlich sich die Katze in mein Zimmer, und jetzt konnte der feine Herr plötzlich fliegen, von der Deckenlampe aus schiss er auf meinen Spannteppich. Er war zutraulich geworden, wenn ich die Hand ausstreckte, landete er darauf und putzte an meinem Daumen seinen Schnabel. An einem Sonntagnachmittag warf ich ihn im Garten des Nachbarn in die Luft. Er flog davon. Der Nachbar schenkte mir einen Apfel und sagte, du bist ein guter Junge, nicht wie die anderen. Das Problem war, dass mir der Vogel jetzt fehlte. Drei Wochen lang hatte ich seinen unersättlichen Rachen gestopft und seine Federn berührt, in seine Augen geblickt, sein Piepsen gehört, er war außerdem ziemlich klug: Wenn ich *Pinzette* sagte, hüpfte er aufgeregt herum, wenn ich *Regenwurm* sagte, piepste er anders als sonst, er *verstand* diese Wörter. Am Tag, nachdem ich ihn freigelassen hatte, lief ich im Garten rum und rief *Pinzette! Regenwurm! Pinzette!* Es flatterten eine Menge Spatzen rum, aber er war nicht darunter, ich hätte ihn sofort erkannt. Am nächsten

238

Morgen stand ich extra sehr früh auf, ich dachte, früh am Morgen hat er sicher Hunger, im Pyjama öffnete ich das Fenster meines Zimmers und rief *Regenwurm! Regenwurm!,* ich schwenkte die Pinzette hin und her, um ihn anzulocken. Aber er kam nicht. Die Katze schaute von unten zu mir rauf, dann verschwand sie im Gebüsch, und ich schloss das Fenster und hatte zum ersten Mal das Gefühl, dass das Leben vielleicht nichts für mich ist.

Warum erzählst du mir das, fragte Keith. Er saß im Schaukelstuhl auf der Terrasse seines Zimmers, er spielte auf der Martin Bluesakkorde, wie jeden Tag, damit spielte er sich warm. Keine Ahnung, sagte ich. Und, fragte er, ist das Leben jetzt was für dich? Na ja, sagte ich, es ist ein bisschen wie die Sache mit dem Nachbarn. Ich verstehe, sagte Keith, aber ich war nicht sicher, ob er das nicht einfach nur so sagte.

Wir schrieben an einem neuen Song, *And all the ships,* es ging darin um einen Mann, der seinem Kind abends aus einem Buch vorliest, in dem sein eigener Tod beschrieben ist, es war Keiths Idee, er wollte, dass es glimpflich endet, der Mann und das Kind leben für immer. Die Arrangements für die Aufnahme meines erstes Albums waren fertig, wir hatten nächtelang dran gearbeitet. Tu mir einen Gefallen, sagte Keith, wenn du übermorgen Don triffst, sag ihm, dass du *Ernie-Ball*-Saiten willst, die .011-er, kannst du dir das merken? Das sind meine Saiten, ich weiß, dass er noch ein Set davon hat, ich hab's ihm zur Aufbewahrung gegeben, als wir *A Bigger Bang* eingespielt haben. Es wird ihn davon überzeugen, dass du wirklich einen sehr guten Draht zu mir hast, verstehst du, Draht, Saite, war ein Wortspiel. Verstanden, sagte ich, ja, ich werd's ihm sagen, wenn ich ihn morgen anrufe, um den Treffpunkt zu vereinbaren. Ist bestimmt das *Rubber Track Studio* in New York, sagte Keith, da wette ich meine rechte Hand drauf. Die linke hatte er schon mal bei anderer Gelegenheit verwettet, im Ernstfall wären jetzt beide weg gewesen.

Ich rief Don Was an, das heißt, ich redete ins Satellitentelefon, ich sagte, ja, Mister Was, hier ist Fred Hundt, wir sind ja übermorgen verabredet, es geht ja jetzt ins Studio, ich nehme an, es ist das Rubber Track Studio, ist das so? Wie? Oh je, das ist ja schrecklich. Wann ist das denn passiert? Die ganze Zeit hörte ich den durchgehenden *Tuut*-Ton, und ich dachte, das ist der Ton der Gegenwart, die sich endlos wiederholt, *Tuuuuuut,* ständige Gegenwart ohne Zukunft. Wer keine Zukunft hat, muss Zeit gewinnen, so ist das. Ich musste mich nicht mal anstrengen, um niedergeschlagen auszusehen, als ich zu Keith sagte, ich hab grad mit Don gesprochen, er kann erst in einem Monat, vielleicht auch erst in zwei, er wollte mir nicht sagen, warum, aber er sagte, es hat nichts mit den Songs zu tun, er findet sie brillant, das hat er zweimal gesagt, aber es ist höhere Gewalt, so hat er es genannt, er konnte kein Studio freischaufeln. Was soll denn das, sagte Keith, das gefällt mir nicht, ich kenne Don, er ist zuverlässig, wenn er sagt, in zwei Wochen, dann sind es zwei Wochen und nicht ein oder zwei Monate, was hat er sonst noch gesagt? Nur, dass er die Songs brillant findet, sagte ich, mach dir keine Sorgen, das ist kein Rückzieher, das sagte er auch, er sagte, denk nicht, dass das ein Rückzieher ist, Fred, ich produziere die Songs. Na gut, sagte Keith, das kann vorkommen, du hast noch keinen Vertrag, Don hat viele Verpflichtungen, kann sein, dass er den Termin verschieben musste, ist vielleicht sogar gut, so haben wir mehr Zeit für die neuen Songs.

Ja, genau. Wir hatten mehr Zeit, noch mehr als sonst schon. Wir schwammen in Zeit, und so kam es, dass sie uns nach einem weiteren Monat über den Kopf schwappte wie eine Welle beim Schwimmen. Ich saß in der Küche und schnitt mir die linken Fingernägel kurz, das sind die Grifffinger, an die rechten Finger ließ ich nur die Feile ran, die Nägel mussten einen Millimeter über die Fingerkuppe ragen, fürs Fingerpicking. Im Kofferradio spielten sie *She gives me religion* von Van Morrisson, eins meiner Lieblingslieder, deshalb störten mich die Wassergeräusche, die Keith in der Küche machte. Er hatte sich nach reiflicher Überlegung entschieden, seinen roten Wollpullover nun doch selbst zu waschen, und dazu war ihm nur das Spülbecken in der Küche gut genug, weil es breiter war als das Lavabo im Badezimmer. Ich sagte, weich den Pullover doch einfach ein, dann verbrauchst du nicht so viel Wasser, keiner weiß besser als du, wie niedrig der Pegelstand ist. Er könnte höher sein, sagte Keith, wenn du endlich das Tankboot bestellen würdest. Das mag sein, sagte ich, aber warum bestellst du es nicht, sprich einfach mit verstellter Stimme, dann kommt keiner auf die Idee, dass Keith Richards aus dem Grab heraus zweihundert Liter Süßwasser bestellt. Ich möchte nur in Ruhe meinen Pullover waschen, sagte Keith, er drehte den Wasserhahn bis zum Anschlag auf. Ich drehte das Kofferradio lauter, denn ich hatte das Recht, in Ruhe *She gives me religion* zu hören. Er sagte, du vergeudest Batterien, wenn du dir diesen Mist so laut anhörst. Er konnte mit Van Morrisson nichts anfangen, aber das war nichts Außergewöhnliches, man konnte mit ihm über keinen Song der Rockgeschichte sprechen, ohne dass er nicht persönlich wurde. Van Morrisson, Bowie, Reed, Springsteen, Aerosmith, Bob Dylan, Oasis, Dire Straits, Led Zeppelin, er sprach über sie, wie Büroangestellte nach einem Betriebsausflug über ihre Kollegen sprechen, sie sind alle unverschämt, hinterhältig, inkompetent und überflüssig, und weil man sie schon so lange kennt, kann man dieses Urteil durch Beweise untermauern. Keith sagte, wenn es dich mal stört, dass du guter Laune bist, trink mit Van Morrisson ein Bier, danach findest du sogar Kindergärten zum Kotzen.

Der Sprecher im Radio sagte, man schalte gleich zur Live-Übertragung des Memorial-Konzertes der Rolling Stones ins Wembley-Stadion, ich drehte den Lautstärkeregler auf null. Ist schon in Ordnung, sagte Keith, mach's wieder lauter, ich will wissen, wer für mich spielt. Der Sprecher sagte, zu dem Gedenkkonzert für Keith Richards seien siebzigtausend Menschen erschienen, Keith wrang seinen Pullover aus und hielt ihn wieder unter den Wasserstrahl, er sagte, was soll die Scheiße, im Wembley haben neunzigtausend Platz! Man sollte Wollpullover nicht so behandeln, sagte ich, und stell endlich das Wasser ab, ich möchte morgen duschen! Ich wasche meine Pullover, wie es mir passt, sagte Keith, stell das Radio auf den Tisch, sonst höre ich nur dein Wassermangel-Gejammere. Du hörst nichts, sagte ich, weil das Wasser so rauscht! Ich stellte das Radio auf den Tisch und drehte den Regler wieder auf Max. Die Lautsprecher schepperten, als der Sprecher sagte, lange habe man gerätselt, wer an dem Gedenkkonzert den Gitarrenpart von Keith Richards übernehmen werde, bei den Buchmachern stehe es 10 zu 1 für Mick Taylor. Keith schmiss den Pullover ins Spülbecken, zog ihn raus, schmiss ihn wieder rein, ich konnte nicht zusehen, so machst du die Fasern kaputt, sagte ich, du musst den Pullover in lauwarmes Wasser einlegen, aber schaff vorher alle Rasierklingen aus dem Haus! Mick Taylor, sagte Keith, dann könnten sie ja gleich auf mein Grab pissen, Charlie und Ronnie würden nie zulassen, dass Taylor für mich spielt, das ist, als hättest du Kinder, die Orangen essen wollen, und dann sagst du zu ihnen, Orangen sind keine mehr da, esst mal schön Zitronen. Ich sah, dass der fette Wasserstrahl, der aus dem Hahn schoss, Ermüdungserscheinungen zeigte, die Pumpe pumpte bereits viel Luft rauf, die Zisterne war ergo schon fast leer. Ich ging hin und drehte den Hahn zu. Ich bin sicher, sagte ich, du möchtest dir das Konzert in Ruhe anhören, und ich möchte morgen duschen, wie ich schon sagte. Sie haben es spannend gemacht, sagte der Sprecher, aber seit heute Morgen steht es fest, Mick Taylor wird Keith Richards vertreten, wenn man das so nennen will, für alle Mick-Taylor-Fans ist der Tag gerettet. Bei mir im Studio ist jetzt Jeff Kozlovksi vom Rolling Stones Magazin, Jeff, du gehörst zu den Kritikern, die glauben, dass Mick Tayler die Stones in den Siebzigerjahren von einer Garagenband erst zu einer ernst zu nehmenden ...

Keith packte das Radio, er schleuderte es auf die Veranda, wo es unter den Tisch schlidderte. Aber es war noch nicht tot, noch immer hörte man Jeff Kozlovski Dinge sagen, die einfach nicht gesagt werden sollten, wenn Keith Richards zuhört. Keith schob das Radio mit dem Fuß unter dem Tisch hervor und versetzte ihm einen Tritt. Aber es war ein Überlebensradio für Schiffbrüchige, es gab seinen Geist nicht so schnell auf, es knallte gegen eine der Verandasäulen, das Intro von *Happy* erklang, und ich sagte, jetzt beruhig dich mal, immerhin spielen sie dir zu Ehren *Happy.* Ja, aber Mick singt es, sagte Keith, er schraubte ein Bein aus einem Holzstuhl, als Schlagwaffe gegen das Radio. Wer soll es denn sonst singen, sagte ich, Mick ist Leadsänger der Stones, schon vergessen. Mick kann diesen Song nicht singen, sagte Keith, bei ihm wird Käse zu Margarine. Er versuchte, mir das Radio aus den Händen zu reißen.

Never made a school mama happy, sang Mick Jagger.
Never blew a second chance
I need a love to keep me happy
I need a love to keep me happy

In diesem Moment sah ich vom Strand her drei Männer auf uns zurennen. Sie waren barfuß, um im Sand besser Halt zu finden. Staubwölkchen stoben von ihren Füßen auf. Sie trugen dunkle Sonnenbrillen. Der vorderste streckte beim Rennen eine Pistole aus. Er rief etwas auf Französisch. Es waren die armen Kerle aus Haiti, denen Lynn gerne ihr Geld gegeben hätte, die hinteren beiden trugen Taschen bei sich, in jeder Hand eine, um darin ihr Stück vom Wohlstandskuchen zu verstauen. Abhauen, rief ich, das sind Piraten, aber sie hatten uns schon erreicht. Der mit der Pistole schrie uns an, *Safe, Safe, where is Safe!* Er war sehr mager, um bei seinen Opfern den Spenderinstinkt zu wecken, ich sagte, *parlez-vous français, monsieur,* es war clever, ihn mit Monsieur anzusprechen, die meisten Überfallenen nannten ihn bestimmt *crétin, fils de pute,* ich hoffte, dass ihn mein Respekt besänftigen würde. Ich dachte, zum Glück ist Lynn nicht da, sie wollen Geld und Frauen, und sie hat beides. Der Pistolero drückte mir die Pistole an die Stirn und sagte, *Safe! Open Safe!,* wenn er's hätte schreiben müssen, hätte er es bestimmt mit v geschrieben, wozu spendet man denen Bleistifte. Nein, sagte Keith, so läuft das nicht, mein Junge, der Safe bleibt zu, bis du deine Kanone einsteckst, was ist ist das überhaupt, eine Neun-Millimeter? Keith schien sich für die Waffe ernsthaft zu interessieren. *You shut up, you shut up, white shit!,* schrie der Mann, er war der Nervenbelastung seines Jobs nicht gewachsen, er wäre besser Fischer geworden. Die anderen beiden gingen mit ihren Tüten und Taschen ins Haus, auf einer der Taschen stand *Foundation for International Development Assistance,* wenigstens hatten die Kerle Sinn für Humor. Der Oberpirat drückte mir die Pistole an alle möglichen Stellen meines Schädels, ich hatte sonderbarerweise keine Angst, denn ich wusste, dass er nicht schießen wird. Ich spürte es einfach. Es machte mir keine Sorgen, dass Keith zu ihm sagte, *Putain de merde, va te faire foutre!* Keith hatte in den Siebzigern in Südfrankreich gelebt, er wusste, wie man jemanden auf Französisch beleidigt. Der Mann zielte mit der Pistole jetzt auf ihn, ich dachte, hoffentlich ist er kein Stones-Fan, wenn er Keith erkennt, müssen wir ihn umbringen. *Casse-toi! Va te faire enculer!,* sagte Keith, er griff nach der Pistole und drehte sie weg, wenn er jetzt nicht schießt, dachte ich, schießt er nie, und er schoss nicht. Die anderen beiden kamen mit dicken Taschen aus dem Haus, was hatten sie da nur drin, Kochtöpfe? Es gab im Haus nicht viele Wertgegenstände, Keith hatte es ja erst vor Kurzem gekauft, aber der eine hatte die beiden Gitarren gefunden. Jungs, das läuft so nicht, sagte Keith, er ging auf den zu, der die Gitarren wegtragen wollte, nimm deine Pfoten von meiner Gitarre, *nobody touches my guitar!*

Ich wusste nicht, wie unglaublich laut der Schuss einer Pistole ist. Er ist so laut, dass man zuerst ganz mit dem Lärm beschäftigt ist, obwohl man schon sieht, dass ein Körper zu Boden sinkt. Man ist betäubt, man hört keine Geräusche, wenn der Körper fällt, kein Stöhnen, nichts. Ich hörte auch die drei Männer nicht, ich sah sie tonlos zurück zu ihrem Boot rennen, einer verlor die Gitarre, er zögerte, kehrte dann aber die paar Schritte zurück und hob die Gitarre auf, danach rannte er umso schneller zum Boot. Keith lag mit offenem Mund am Fuß der Verandatreppe, sein Bein war sonderbar abgewinkelt. Er trug einen blauen Ersatzpullover aus Wolle, sein roter Lieblingspullover lag ja im Spülbecken in der Küche. Auf der blauen Wolle breitete sich in der Magengegend ein roter Fleck aus. Keiths Blick kam aus der Ferne. Er drückte meine Hand, ich dachte, er hat noch Kraft, er drückt kräftig. Seine Hand war eiskalt, ich rieb sie, er schüttelte den Kopf. Bleib hier liegen, sagte ich, bleib einfach ganz ruhig liegen, ich werde dich nicht umdrehen, ich werde gar nichts tun, vielleicht mache ich etwas falsch, ich rufe Lynn an, ich gehe rein und rufe Lynn an, ich bin gleich zurück. Sie wird einen Arzt rufen, wir bringen dich in ein Krankenhaus, das dauert nur ... es dauert nur ...

Ich wusste, es würde Stunden dauern, und Keith wusste es auch. Sie werden einen Hubschrauber schicken, sagte ich, das war der rettende Gedanke, aber Keith hielt meine Hand fest, er sagte etwas. Ich hielt mein Ohr an seine Lippen, er sagte, das geht nicht. Kein Arzt. Es war nicht alles umsonst. Er meinte vermutlich, *sonst war alles umsonst.* Ich werde dich nicht hier sterben lassen, sagte ich, und er lächelte! Er lächelte, und er roch nach kaltem Pulver, sein ganzer Körper roch nach dem Schuss, und der Fleck breitete sich aus wie Wein auf dem Tischtuch. Du darfst jetzt nicht sterben, Keith, sagte ich. Ich brauche dich. Wir müssen neue Songs schreiben. Was soll ich denn ohne dich tun, wenn ich berühmt werde und die Leute neue Songs von mir hören wollen? Das war doch so abgemacht! Du kannst mich jetzt nicht im Stich lassen. In drei Wochen fliege ich nach Los Angeles! Don Was hat mich gestern Nacht angerufen. Ich hab's dir nicht gesagt, ich wollte dich damit überraschen. Er hat mich angerufen und gesagt, dass er jetzt doch ein Studio freischaufeln konnte, ich soll am Vierzehnten in Los Angeles sein, dann beginnen die Aufnahmen. Er hat noch mal gesagt, wie toll er die Songs findet, er sagte, *Ursa Minor* sei besser als *Angie.* Kein Arzt, sagte Keith fast ohne Stimme, und kein Begräbnis. Seebestattung. Auf dem Meer. Noch nie hatte ich einen solchen Blick in den Augen eines Menschen gesehen, dieser Blick war alles, was vom Leben übrig blieb. Auf dem Meer, sagte Keith und drehte den Kopf zum Meer. Ich muss verschwinden, flüsterte er in mein Ohr.

Ich fasste ihn unter den Armen, zog ihn zum Strand, zum Landungssteg, es war nicht weit, und es bereitete ihm keine Schmerzen. Hätte ich einen Arzt gerufen, wäre alles umsonst gewesen. *Ich muss verschwinden,* Keith hatte recht, es war das Einzige, das ich noch für ihn tun konnte. Ich wusste nur nicht, wie. Aber er. Ich zog mein T-Shirt und meine Hose aus und schob ihm das Bündel unter den Kopf. Eine Handbewegung von ihm bedeutete, komm näher. Ich hielt mein Ohr wieder an seine Lippen, er sagte, Zigarette. Es beruhigte mich, dass er rauchen wollte, ich rannte ins Haus zurück, holte drei Zigaretten, nicht nur eine, der Tod sollte nicht denken, dass man ihn hier akzeptierte. Ich steckte Keith die Zigarette in den Mund und hielt sie fest. Es war schön, ihn rauchen zu sehen, der Rauch, der von ihm aufstieg, war ein Signal des Lebens. Das Rauchen tat Keith gut, seine Stimme wurde kräftiger, er sagte, letzter Zug. Er blies den Rauch aus. Die letzte Zigarette schmeckt immer am besten, sagte er. Er versuchte zu lachen und hustete mir Blut über die Hand. Du musst mich ins Boot legen, sagte er. Den Anker um meine Beine wickeln. Den Motor starten. Er hatte recht. Er musste im Meer versinken, hinuntergezogen vom Anker, den ich vor einigen Wochen in einer langweiligen Stunde als Wurfobjekt benutzt hatte. Ich wusste, er war schwer genug, um einen Menschen auf den Meeresgrund zu ziehen, und das musste jetzt geschehen. Sonst war alles umsonst gewesen. Jetzt heb mich ins Boot, sagte Keith.

Es war eine furchtbare Prozedur, es war, als müsste man einem, dessen Beine gebrochen sind, die Lederstiefel ausziehen. Ich musste Keith hochheben, umdrehen, ihn über die Kante des Boots ziehen. Danach musste ich Keiths Beine mit der Ankerschnur umwickeln, ich legte ihm eigenhändig die Schlinge um den Hals, es war nichts anderes. Ich biss mir auf die Lippen, um nicht in Tränen auszubrechen, ich wollte nicht, dass er mich schluchzen hörte, ich zog das Seil straff, wenn es sich später mit Meerwasser vollsog, quoll es auf und wurde locker, deshalb musste ich es sehr straff anziehen. Ich führte es noch zusätzlich zwischen Keiths Beinen durch und um die Schultern. Ich erledigte die Henkersarbeit mit schrecklicher Geschicklichkeit. Er sagte, hab vielleicht nicht mehr genug Kraft, um es aus dem Boot zu schaffen, ist besser, du tust es. Oh nein, das konnte ich nicht, nicht das auch noch. Ich strich ihm über die Haare, ich sagte, das kann ich nicht, Keith. Dann mach ein Loch rein, sagte er mit geschlossenen Augen, dann Motor an. Loch reinmachen. Ich rannte zum Haus zurück, holte im Geräteschuppen die Axt, rannte zurück, ich schlug ein Loch ins Boot, das Wasser quoll zu schnell rein. Ich setzte meinen Fuß auf das Loch, sonst hätten wir keine Zeit für einen Abschied gehabt. Ich legte meine Hände um Keiths Kopf, ich dachte, er ist schon bewusstlos, das brach mir das Herz. Ich sang leise:

And you can
send me dead flowers
every morning

Keith öffnete die Augen, er kehrte noch einmal zu mir zurück, mit heiserer Stimme sang er:

Send me dead flowers
by the mail

Und dann sangen wir beide:

Send me dead flowers
to my wedding
And I won't forget to put roses
on your grave

Ich stand bis zum Nabel im Wasser und schaute dem Boot zu, wie es aufs Meer raustuckerte, es lag schon tief im Wasser, es hatte Schlagseite, aber es bewegte sich noch, immer weiter vorwärts, es fuhr tatsächlich auf die untergehende Sonne zu, und es kam erstaunlich weit, es versank fast gleichzeitig mit der Sonne.

EPILOG

Das Universum ist ein Zustand der Erregtheit. Damit ist aber nur gemeint: Es tut sich etwas und nicht nichts. Es ist völlig unerheblich, was genau sich tut, es tut sich einfach alles, das möglich ist. Es ist möglich, dass es Wesen gibt, die beobachten, dass sich etwas tut, und da sie sich fragen, was sich denn da tut, messen sie dem, was sich tut, einen Sinn bei. Das ist die Tragik dieser Wesen. Denn in Wirklichkeit tut sich einfach nur etwas und nicht nichts, ohne dass das mehr Sinn hätte als das Nichts.

Ein Jahr, nachdem Keith im Meer versunken war, machte ich eine Schulklasse in Detmold mit der Tatsache vertraut, dass das Universum sich zurzeit in einer kosmologischen Phase befindet, in der sich komplexe Strukturen wie Sonnen, Monde und Lehrer bilden können, das mit den Lehrern sorgte für eine kurze Heiterkeit. Ich sagte, das sei aber eine kurze Phase, denn das Universum sei nicht an komplexen Strukturen interessiert, sondern an Gleichförmigkeit, und deshalb seien wir Menschen und die Dinge um uns herum nur eine Episode auf dem Weg zur totalen Gleichförmigkeit, in der nichts mehr an unsere einstige Existenz erinnern werde. Das Wahrscheinlichste im Universum sei die Gleichförmigkeit, jede Abweichung davon sei per se etwas Unwahrscheinliches. Eine Schülerin schreckte auf und fragte, und was hat das mit meinem Leben zu tun? Ich sagte, das hängt ganz von dir ab. Die Pausenglocke läutete genau im richtigen Moment, ich fuhr nach Berlin zurück, und abends traf ich mich in einem chinesischen Restaurant mit Rebekka, einer Frau, die ich vor zwei Wochen im Internet kennengelernt hatte, es war unser erstes Treffen. Sie sagte, hier gibt's ja kein Sushi, und ich sagte, Sushi ist japanisch. Sie schaute mich interessiert an. Kann es sein, dass wir uns schon mal gedatet haben, fragte sie. Glaube ich nicht, sagte ich, doch, doch, sagte sie, jetzt erinnere ich mich wieder, das war vor einem Jahr, und du hast dauernd mit Frauen am Nebentisch gesprochen. Ja, könnte sein, sagte ich, war dein Ex-Mann ein Sadist? Das Treffen endete noch vor der Bestellung, ich klingelte früher als geplant bei Jake, er öffnete in Unterhosen. Du kommst viel zu früh, sagte er, sind die anderen schon da, fragte ich. Aber sie kamen erst eine Stunde später, wir übten in Jakes Keller *Nothing Compares 2 U,* die Braut, an deren Hochzeit wir nächstes Wochenende spielten, wünschte sich das für ihren Liebsten, er war Mechatroniker, und sie wollte ihn damit überraschen, dass sie das Lied auf der Bühne für ihn sang. Um Mitternacht schloss ich meine Wohnung auf, ein kalter Luftzug kam mir entgegen, der Luftzug einer Wohnung, die weiß, dass in ihr ein Mann wohnt, der gleich eine Mail an eine Frau in New York schreiben wird, und die Frau wird zurückschreiben, *Fred, du hättest mich früher besuchen sollen, nicht erst nach fast einem Jahr, du hast dir zu viel Zeit gelassen, ich kann es dir nur noch einmal sagen.*

Ich checkte meine Mails, es waren neue Mails von Amazon gekommen, eine von der Telekom und eine mit dem Betreff *Probability sucks.* Ich öffnete die Mail, sie enthielt ein Foto. Das Foto zeigte Mister Shelby. Das war unmöglich. Ich vergrößerte das Foto: Doch. Er war es. Mister Shelby. Er trug wie immer eine Sonnenbrille und eine Halbglatzen-Perücke, diesmal eine mit kürzerem Schläfenhaar, dafür wirkte es dichter. Er trug nicht wie früher einen Anzug, sondern einen weißen Seemannspullover mit Rollkragen. Er stützte den Arm lässig auf einen Pflock, an dem ein Seil festgebunden war, das aus dem Bild hinausführte. Wo war das? Es sah nach Dschungel aus, eine Lichtung im Dschungel. Die ungewöhnlich dicken Bäume mit glatter Rinde, die Lianen, die Pflanzen mit den riesigen, ovalen Blättern: Das war irgendwo im Dschungel. Am Bildrand war ein Teil eines Strohdachs zu erkennen. Zwischen Shelbys knotigen, unverwechselbaren Fingern steckte eine Zigarette, das war der letzte Beweis, den ich brauchte.

Unter dem Foto stand handschriftlich:

Hat wieder nicht geklappt.

INHALT